현대인을 위한
고전 다시 읽기
02

맹
자

02 현대인을 위한
고전 다시 읽기

孟子

맹자

【 조관희 평역 】

청아출판사

그럴 수 없을 정도로 참담한 현실이다. 모든 것이 뒤집히고 뒤틀린 가운데 무지와 몰상식이 온 세상을 뒤덮고 있다. 무슨 말이라도 외쳐야 할 것 같은 답답한 마음에 길을 나서 보지만 어디로 가야 할지 방향조차 잡을 수 없는 현실에 막막한 심정은 더해만 간다.

일찍이 공자는 '정치란 바르게 하는 것(政者, 正也)'〈논어〉〈안연〉이라고 갈파했거니와 그 요체는 '이름을 바로잡는 것(正名)'이라 했다. 이와 연관해 공자는 다음과 같이 말하기도 했다.

이름이 바르지 아니하면, 말이 이치에 맞지 않게 되고, 말이 이치에 맞지 않게 되면, 일이 잘될 수 없고, 일이 잘되지 않으면 나라의 예악 제도 역시 제대로 거행이 안 될 것이며, 예악 제도가 제대로 시행되지 않으면, 형벌도 타당하게 적용되지 않을 것이니, 형벌이 타당하게 적용되지 않는다면, 백성은 손과 발을 어디다 두어야 좋을지 모르게 되는 법이다. 그래서 군자는 하나의 용어로 이치에 맞는 말을 할 수 있고, 이치에 맞는 말 역시 통하게 할 수 있으니, 군자는 그 말에 있어 구차한 바가 없게 된다.

　　　　　　　　　　　　　　　　　　　－《논어》〈자로〉

　과연 우리가 처한 현실은 공자가 살아 돌아오더라도 똑같은 말을 했을 것으로 추정할 수 있을 만큼 어지러운 게 사실이다. '녹색 성장'을 이야기하지만 실상은 자연 파괴를 대가로 일부 대기업의 배를 불리고, '바른 정치'를 운위하지만 그 뒤에서는 온갖 탈법과 불법이 횡행하는 작금의 현실이야말로 '이름이 바로 서지 않은' 암흑의 시대인 것이다.

　맹자가 살았던 전국 시대 또한 그랬다. 백성을 위한 정치를 펴 나간다는 군주의 말은 실상은 백성의 고혈을 짜내기 위한 빌미에 불과했고, '인의' 같은 공허한 명분보다는 부국강병의 현실 논리가 천하에 횡행했다. 맹자는 이런 시대에 태어나 스승인 공자의 생각을 이어받아 왕도 정치로 혼란한 세상을 바로잡고자 했다. 그래서 《맹자》라는 책 역시 나라의 이익을 말하는 양혜왕을 통렬하게 비판하는 것으로 첫 장을 시작했던 것이다.

그런 면에서 보자면 맹자는 단순한 사상가가 아니라 현실에 참여해 세상을 바꾸어 놓고자 하는 실천가나 정치가로서의 면모가 더욱 돋보이는 인물이다. 당연하게도 그를 이렇게 만든 것은 시대 상황 때문이었다. 공자가 살았던 춘추 시대와는 달리 맹자가 살았던 전국 시대는 저마다의 이익을 앞세워 큰 나라가 작은 나라를 병탄하고 전란이 끊이지 않았던 지극히 혼란한 시대였다. 맹자는 홀로 이런 거대한 시류에 맞서 싸우며 상대방과 논전을 벌여 나가는 가운데 자신의 주장을 폈다. 그래서 잘 알려진 대로 《맹자》라는 책은 단편적인 아포리즘과 관념적인 논리 전개에 그치지 않고 실제로 이루어진 수많은 대화 속에 현실감 있는 비유와 치열한 논변을 담고 있다. 그래서 그의 글은 언제 읽어도 우리에게 시사하는 바가 크다.

한편 《맹자》는 《논어》와 마찬가지로 이제까지 수없이 많은 번역본들이 쏟아져 나왔다. 그런 현실에서 역자가 또 하나의 그저 그런 번역본을 내놓는 것은 오히려 독자들의 눈을 어지럽히는 결과를 낳을 수도 있을 것이다. 그래서 이 역서는 기왕의 틀을 완전히 벗어나 맹자가 말하고자 하는 바를 크게 세 가지로 나누어 새롭게 엮었다. 첫째, 인간의 본성은 어떤 것인가? 둘째, 무엇을 위해 살 것인가? 셋째, 어떻게 살 것인가? 그리고 《맹자》의 원문과 번역문을 각각의 세부 항목에 맞춰 분류한 뒤 역자의 설명을 삽입하였다. 이렇게 함으로써 독자들은 좀 더 편한 마음으로 《맹자》를 읽어 나갈 수 있을 거라 기대한다.

어떻게 보면 조금은 파격적으로 보일 수도 있는 이러한 방식의 번역을 취한 이유는 목표로 삼고 있는 독자가 다르기 때문이다. 곧 이 역서는 전문적으로 고전을 연구하는 학자들을 위한 책이 아니라는 것이다. 고전을 전문적으로 해독하는 연구자는 글귀 하나하나에도 주의를 기울이고 글자 하나하나마저도 끝까지 고증을 해야 한다. 하지만 일반 독자의 입장에서 이런 일은 언감생심일 뿐만 아니라 사실상 별로 의미가 없다. 그래서 원문에 대해 번역을 해 나갈 때에도 자세한 주석의 인용이나 글자에 대한 고증 같은 것은 최대한 배제함으로써 해당 글귀가 담고 있는 함의를 직접 독자에게 전달하는 것을 목표로 삼았다. 또 같은 이유에서 내용 가운데 지나치게 당대 현실에 머물고 있는 것은 가급적이면 배제하고 숨아 냈다.

앞서도 말했듯이 고전에 대한 번역이 차고도 넘칠 정도로 범람하고 있는 현실에서 이 역서가 또 하나의 군더더기가 될지도 모른다는 우려가 앞서기도 한다. 하지만 동시에 너무 고

답적인 분위기에서 고전을 번역하는 풍토를 일신하고자 하는 소박한 바람이 있는 것도 사실이다. 이제 모든 것은 역자의 손에서 떠나갔다. 남은 것은 독자들의 몫이다.

마지막으로 고전 시리즈를 기획한 청아출판사 이상용 사장님과 그것을 실행에 옮기느라 수고한 청아출판사 편집부에게 고마운 뜻을 전한다.

2014년 3월

조관희

차례

머리말 4

서장 **맹자에 대한 이해** 12
　　맹자의 생애 | 맹자의 시대와 사상

【첫 번째 장】인간의 본성은 어떤 것인가?

❈ 인간의 본성에 대한 여러 논의들 28

❈ 성선설 46

❈ 인의 62

【두 번째 장】무엇을 위해 살 것인가?

❈ 정전법과 사회 분업의 중요성 100

❈ 군자의 지향 128

❈ 백성을 위해 백성과 더불어 178

❀ 어진 정치를 베풀어야(왕도와 패도) 246

❀ 삼가고 두려워할지니 304

【세 번째 장】 어떻게
살 것인가?

❀ 대장부라면 모름지기 호연지기를 기를 것이다 316

❀ 효와 덕행을 쌓고 340

❀ 군자가 남을 가르치매 378

❀ 자신을 돌아보는 것이야말로 388

서장

맹자에 대한 이해

맹자의 생애

진 시황(秦始皇)은 중국 최초의 통일 제국을 세웠다. 그 이후로 중국은 황제를 정점으로 한 중앙집권적 전제 정부를 이어왔다. 그래서 서구 학자들은 진(秦)에서 청(淸)에 이르는 역대 왕조가 사실상 본질적으로는 성격이 동일한 하나의 정치 체제를 이어 온 것으로 파악하기도 한다. 아울러 이 왕조들이 명목상 내걸었던 통치 이념은 주로 유가 사상이었다. 잘 알려져 있듯이 유가 사상이 한 나라를 다스리는 통치 이념으로 확립된 것은 한 무제(漢武帝, 기원전 156~기원전 87) 때였다. 다시 말해 그 이전에는 유가 사상이 다른 사상과 마찬가지로 주목을 받지 못했다는 것이다. 심지어 진 시황 때에는 분서갱유(焚書坑儒)라는 미증유의 탄압을 받기도 했다.

그러나 한 무제 때 국가 통치 이념으로 확고한 지위를 얻은 뒤 유가 사상은 독보적인 위치에서 정치뿐만 아니라 일반 백성의 일상적인 삶에까지 고루 영향을 미쳤다. 그리고 유가 사상을 대표하는 두 인물인 공자(孔子)와 맹자(孟子)는 성인이라는 칭호를 받을 정도로 존경과 흠모의 대상이 되었다. 그런데 한 가지 흥미로운 것은 개인적인 사적이 그런대로 알려져 있는 공자에 비해 맹자에 대해서는 제대로 알려진 게 없다는 사실이다.

맹자는 공자와 마찬가지로 지금의 산동성(山東省)에 속하는 추(鄒) 땅에서 태어났다고 한다. 이곳은 공자의 고향인 노(魯)나라 곡부(曲阜)와 매우 가까운 곳이다. 《맹자》에서 역시 맹자 자신의 말로 '성인 공자께서 사시던 곳이 이처럼 가깝다(近聖人之居, 若此其甚也)'라고 하였다.〈진심〉하 그런 까닭에 맹자가 주로 교사를 생업으로 삼았던 공자의 제자들로부터 가르침을 받았을 것이라는 추론이 가능해진다. 그러나 그것 말고는 맹자의 어린 시절이나 일생에 대해 우리가 알고 있는 것은 극히 일부분에 지나지 않는다.

우리가 기록에 의해 맹자에 대해 확증할 수 있는 것은 그가 남긴 유일한 저서인 《맹자》뿐이다. 물론 이 책을 과연 맹자 자신이 썼는가 하는 점에 대해 많은 이견이 있다. 크게 보면 맹자 자신이 직접 쓴 것이라는 설과 맹자 사후 제자들이 정리한 것이라는 설, 맹자가 제자들과 더불어 썼다는 설로 나눌 수 있다. 이에 대해서 역대 많은 학자들이 고증을 했으나, 여기서는 상세히 논할 겨를이 없다. 다만 여러 정황을 놓고 보았을 때 맹자 자신이 쓴 것이라는 설이 조금 더 설득력이 있다는 점만 밝혀 둔다.

이런 까닭에 《맹자》에서 직접 언급되지 않은 맹자에 대한 많은 일들은 사실 후대 사람들이 조작한 것이다. 심지어 유명한 맹모삼천(孟母三遷)의 고사나 베를 짜는 모친에 대한 고사마저도 그러하다. 맹모삼천은 굳이 부연 설명이 필요 없을 정도로 유명한 이야기인데, 《맹자》의 내용 곳곳을 살펴보면 그가 어려서 어머니의 영향을 많이 받았고, 또 젊은 시절에는 집안이 가난했던 것은 사실인 듯하다. 그러나 그렇다고 해서 맹자가 시장 바닥이나 장례식장 근처에 살 정도로 가난했던 것은 아니었으며, 그의 아버지 역시 적어도 맹자가 성인이 될 때까지 살아 있었다. 맹모단기지교(孟母斷機之敎)라는 고사 역시 마찬가지다. 어린 시절 맹자가 공부가 재미없다며 중도에 작파하려 하자 그의 어머니는 짜고 있던 베를 잘라 버리며 공부를 중단하면 그때까지 짜고 있던 베를 자른 것처럼 쓸모없게 된다고 훈계한다. 하지만 이것은 맹자

사후 300여 년이 지난 서한(西漢) 시대의 《열녀전》이라는 책에 기록된 것으로, 진위를 알 수 없다.

맹자의 생몰 연대 역시 확실하게 알 수 없다. 그 가운데 기원전 372년경에 태어나 기원전 289년경에 죽었다(84세)는 설과 기원전 385년 전후 태어나 기원전 304년경에 죽었다는 설이 비교적 많은 편인데, 이것 역시 확증할 수 없다. 그러나 어찌 되었든 그는 당시로서는 장수라 할 수 있는 80세 전후까지 살면서 많은 곳을 편력하며 제후들에게 유세를 펼치다 만년에 고향으로 돌아가 제자를 가르치는 한편, 자신의 일생을 회고하는 책을 집필하다 죽었다.

맹자의 시대와 사상

맹자가 살았던 시기는 전국 시대였다. 흔히 춘추 시대와 병칭되는 이 시기는 기원전 453년 춘추 시대에 중원 세력의 중심 역할을 했던 진(晉)나라가 한(韓), 위(魏), 조(趙) 세 나라로 나뉜 것을 기점으로 삼고 있다. 전국 시대에 접어들어 춘추 시대 초기 200여 개에 이르던 제후국들이 전쟁으로 병탄되는 등 극심한 생존 경쟁을 통해 일곱 나라만이 살아남았다. 이 과정에서 군대가 확충되어 병력이 늘어나고 무기 역시 개량되었다. 이렇게 되자 전쟁의 양상 또한 일변하여 일단 전투가 벌어지면 대량 살육전이 벌어졌다. 《맹자》에 기록된 바에 의하면, '성을 다투어 전쟁하니 죽은 사람이 성에 가득하고, 들을 다투어 전쟁하니 죽은 사람이 들에 가득했다'(이루 상)라고 한다. 전쟁에 소요된 물자 또한 상상할 수 없을 정도로 많이 들어 《전국책》에 의하면 전쟁을 한 번 치르게 되면 '10년간 토지에서 생산해도 보상할 수 없을 정도'의 병갑(兵甲)과 거마(車馬)가 없어졌다고 한다.

전쟁 비용을 감당하기 위해 조세 제도 또한 변했다. 춘추 시대에는 신하들에게 토지와 작위를 부여하고, 신하는 다시 자신의 부하들에게 토지를 분배하는 방식으로 나라 살림을 꾸려 나갔다. 그러나 전국 시대에는 관할 지역에 파견된 관리들이 직접 농민들을 상대로 곡물로 세금을 받고 군역에 충당했다. 이와 동시에 나라를 다스리는 통치 제도 또한 새롭게 변했다. 그것은 무엇보다 달라진 조세 제도를 효율적으로 시행하기 위해서이기도 했지만, 전쟁을 통해 정복한 나라를 효율적으로 다스리기 위한 것이기도 했다. 춘추 시대에는 교통과 통신의 미발달로 나라의 규모가 커질 수 없었다. 그래서 소도시를 중심으로 한 읍제 국가가 대다수였다. 통치 기

반 역시 군주와 귀족이 공통의 조상에 제사를 지내는 일종의 제정일치를 기본으로 삼았다. 그러나 전국 시대에 접어들면서 전쟁을 통해 정복한 도시 국가를 하나의 현(縣)으로 삼고, 그 나라와는 혈연적으로 아무런 관계도 없는 자국의 관리를 파견해 다스렸다. 그리고 이러한 현들을 통괄하는 군(郡)이라는 상급 행정 조직을 두어 이른바 군현제(郡縣制)라는 지방 행정 조직이 만들어졌다.

따라서 춘추 시대와 전국 시대는 여러 가지 면에서 사회적인 성격이 달랐다. 춘추 시대에는 천하의 패자로 등극한 제후들이라 하더라도 명목상으로는 '주 왕실을 존중하고 이민족을 물리친다(尊王攘夷)'라는 생각을 갖고 있었다. 그러나 전국 시대 제후들에게는 그런 명분이 더 이상 의미가 없었다. 그들은 오직 어떻게 하면 나라 살림을 확충하고 군사력을 증강할지 골몰했다. 그리하여 사회 전반적으로 가문이나 신분의 상하를 불문하고 재능에 따라 인재를 등용하는 기풍이 확립되었고, 열국의 병탄 과정에서 나라를 잃은 귀족들은 자신의 몸을 맡길 곳을 찾게 되었다. 이들은 통치자가 원하는 바를 파악해 그들에게 국가 경영의 방향을 제시하고, 서로의 생각을 논박하는 과정을 통해 웅변술을 익혔다. 그 와중에 보수적인 생각을 가진 이들은 구질서의 회복과 복구를 꾀했고, 또 다른 사상가들은 이에 대한 통렬한 비판과 반성 속에 새로운 개혁과 쇄신을 도모하였다. 실로 후대에 백화제방(百花齊放), 백가쟁명(百家爭鳴)이라 불렸던 중국 역사상 전무후무한 학술과 사상이 만개한 시기가 도래했던 것이다.

그 가운데 가장 선두에 섰던 이가 잘 알려진 대로 공자(孔子, 기원전 551~기원전 479)이다. 그는 과거 주나라 왕실의 화려했던 과거를 동경하며 춘추 시대 본연의 읍제 국가의 제정일치에 의한 귀족 정치의 형식을 보존하면서도 실질적으로는 그 문화의 전통을 계승한 신흥 사(士) 계급에게 정치를 담당케하고자 했다. 유교적인 교양을 교육받은 사 계급을 양성해 관료제에 의한 문치적 봉건 국가를 세우고자 했던 것이다. 공자의 사상을 이어받은 제자들은 여러 나라로 흩어져 관리로 등용되었는데, 이들은 무력과 권력을 배제한 도덕과 예를 바탕으로 한 도덕 정치, 곧 덕치(德治)를 주장했다.

이러한 덕치 사상을 구체화한 이는 공자의 재전제자(再傳弟子)인 맹자였다. 그는 부국강병책을 묻는 양혜왕(梁惠王)에게 "왕께서는 어찌 '이익'을 말씀하십니까? 오직 인의만이 있을 뿐"이라고 대답하면서, "왕께서 '어떻게 하면 내 나라를 이롭게 할 수 있을까' 하시면, 대부들은 '어떻게 하면 내 집안을 이롭게 할까'라고 합니다. 위와 아래가 서로 이익을 다투면 나라는 위태로워집니다." 하고 설파했다. 바로 이 대화가 맹자의 사상을 한 마디로 요약해 보여 준다. 공자가 말한 '인(仁)'에 '의(義)'를 더해 자신의 왕도(王道) 정치를 완성한 것이다.

맹자는 빈틈없는 구성과 논리, 박진감 넘치는 논변으로 자신의 주장을 펼쳐 보였다. 그의 주장은 인간의 본성이 본질적으로 선하다는 것을 전제로 인간에 대한 적극적인 신뢰를 주장한 성선설(性善說)과 민의(民意)에 의한 폭군의 교체를 합리화한 혁명론(革命論)을 중심 기둥으로 삼고 있다. 이에 따르면 한 사람이 자신의 몸을 닦아 타고난 착한 본성을 발현하면, 그의 집안이 안정되고, 나아가 나라가 잘 다스려지고 천하가 편안해지게 된다(修身齊家治國平天下). 곧 그가 말하는 왕도 정치란 한 사람이 도덕적으로 완성되면 그것이 주위 사람들을 교화해 선정(善政)으로 나타나는 것이며, 나아가 모든 백성이 안정된 생활과 풍부한 교양을 지니고 도덕적 질서를 지켜 나간다면 왕도 정치가 실현될 수 있다는 것이다. 당연한 말이지만 이것은 이상적인 생각에 불과하고 인간의 본성을 지나치게 긍정적이고 낙관적으로 파악했다는 단점이 있다. 그렇기 때문에 공자와 맹자를 비롯한 유가의 주장은 당시에는 제후들에게 받아들여지지 않았다. 조관희, 《조관희 교수의 중국사강의》, 궁리, 2011, 98~99쪽

스승인 공자와 마찬가지로 맹자 역시 자신의 주장을 펼치기 위해 여러 나라를 돌아다녔다. 맹자가 장년 시절 가장 오래 머문 나라는 제나라였다. 후대 학자들의 고증에 의하면 맹자는 제나라 위왕(威王) 시절 18년간 머물렀다고 한다. 그곳에 체류하면서 맹자는 자신이 꿈꾸었던 '인정(仁政)'이라는 이상을 실현하려 했으나, 제 위왕은 그의 주장에 아무런 관심도 두지 않았다. 그러나 제 위왕은 현자를 우대하는 당시 풍조에 따라 맹자를 객경으로 봉해 그 나름대로 예우를 다했다. 맹자 또한 오랫동안 제나라에 머물면서 학문적으로도 일가를 이루는 한편, 많은 제자를 거두었다.

그가 제나라에 머무는 동안 몇 가지 사건이 있었는데, 그중 광장(匡章)이라는 사람과의 교유를 두고 사람들로부터 비판을 받은 적이 있었다. 광장은 자신의 아버지가 큰 죄를 지은 어머니를 죽여 마구간 바닥에 아무렇게나 묻어 버리자 아버지와의 연을 끊었고, 그럼에도 자신이 천륜을 어겼다는 생각에 아내와 자식을 쫓아내고 혼자 살았다. 사람들은 광장이

불효자라고 비난했지만, 맹자는 도리어 어쩔 수 없는 상황이 그로 하여금 그렇게 할 수밖에 없도록 내몰았다고 변호했다. 그 뒤 광장이 제나라의 장군이 되어 진(秦)나라와의 전쟁에서 승리를 거두고 돌아오자 제나라 사람과 제 위왕은 맹자에 대한 생각을 크게 바꾸었다.

그런저런 일들을 계기로 맹자는 제나라에서 영향력을 발휘했고, 제 위왕은 그에게 황금 100냥을 주었다. 그러나 맹자는 자신이 왕으로부터 상금을 받을 아무런 이유가 없다고 하면서 받지 않았다. 곧 자신이 제나라에서 아무런 관직도 없는데, 돈을 받는 것은 뇌물을 받는 것이나 다름없다고 여겼던 것이다.

또 맹자가 제나라에 머물고 있을 때 그에게 큰 영향을 끼쳤던 어머니가 돌아가셨다. 맹자는 황급히 노나라로 돌아와 모친상을 치렀는데, 노나라 군주와 그의 제자들도 참석하는 등 매우 호화로웠다. 그로 인해 맹자는 훗날 나중에 치른 어머니의 장례가 앞서 치른 아버지의 장례보다 과분했다는 비판을 듣기도 했다. 맹자는 노나라에서 삼년상을 치른 뒤 다시 제나라로 돌아왔다.

그러나 그 뒤에도 제 위왕은 그의 주장을 받아들이지 않았다. 그러던 차에 송나라 강왕이 등극하자 맹자는 그에게 기대를 품고 제나라를 떠났다. 그가 제나라를 떠날 즈음에는 이미 상당한 사회적 명망과 지위를 얻었기에 그를 따르는 제자들 역시 많았다고 한다. 그의 제자 팽갱(彭更)의 묘사에 따르면 '뒤에 수십 대의 수레를 거느리고 수백 명의 제자를 따르게 하면서 제후들을 차례로 찾아다녔다'〈등문공 하〉라고 할 정도였다.

그러나 송나라 강왕 역시 그의 주장을 받아들이려 하지 않았기에, 맹자는 송나라를 떠났다. 송의 강왕은 맹자에게 황금 70냥을 주었는데, 맹자는 자신이 송나라에 대해 온 힘을 다했다고 생각했기에 그것을 받았다. 그 뒤 당시 소국이었던 추나라와 설나라, 임나라, 등나라, 노나라 등을 거쳐 대략 기원전 320년경에 처음으로 위(魏)나라에 가게 된다. 맹자가 위나라의 수도 대량(大梁)에 도착했을 때에는 수레가 10대에 수행 인원이 수백 명이나 되었으며, 그 명성과 지위가 매우 높았다 한다.

당시 위나라는 여러 차례의 전투에서 패해 매우 위급한 상황이었다. 기원전 353년과 기원전 341년에 벌어진 제나라와의 전쟁에서 태자와 대장인 방연(龐涓)이 피살되었다. 다시 몇

년이 지나 기원전 330년에는 진(秦)나라가 제나라, 조나라와 연합해 위나라를 정벌했는데, 상앙(商鞅)이 진나라 군대를 이끌고 위나라 군대와 싸워 위나라의 성 여덟 곳을 점령했다.

이런 상황에서 맹자가 위나라에 이르자 당시 왕인 혜왕(惠王, 재위 기원전 370~기원전 335)은 여러 차례에 걸친 패전의 치욕을 씻고자 그에게 큰 기대를 걸고 "선생께서 천 리를 멀다 않고 찾아오셨으니 또한 내 나라를 이롭게 하실 방법이 있으신지요?"라고 물었다. 그러나 잘 알려진 대로 맹자는 몇 차례 이어진 그와의 대화를 통해 '인의를 중시하고 이익을 경시할 것이며', '백성과 고락을 같이하고', '농사철을 빼앗지 말고', '백성의 부모가 되어', '인정(仁政)을 실시하고 형벌을 경감하며 세금을 적게 걷으라'라는 등 지극히 원론적인 수준에서의 대응책을 제시했을 따름이었다. 결국 혜왕은 그의 제안을 받아들이지 않았고, 그다음 해에 죽고 말았다. 그의 뒤를 이은 양왕에 대해 맹자는 '멀리서 바라보아도 임금 같지가 않았고, 가까이 보아도 두려워할 만한 위엄이 보이지 않았다'〈양혜왕 상〉라고 평하고는 위나라를 떠나 다시 제나라로 돌아갔다.

제나라에서 맹자는 5~6년 동안 머물렀다. 그는 제나라가 큰 나라이므로 왕도 정치와 인정(仁政)을 시행하는 것이 손바닥 뒤집듯 쉬울 것이라 여겨 큰 기대를 걸었다. 그러나 당시 제나라 왕이었던 선왕은 맹자를 우대하기는 했지만, 그의 주장을 받아들이지는 않았다. 제 선왕이 연나라를 공격해 점령한 뒤 맹자에게 어떻게 하면 좋겠냐고 물었을 때 맹자는 당장 연나라에서 철수하고 연나라 백성과 의논해 그곳에 새로운 군주를 세우라고 건의했다. 하지만 제 선왕은 그의 의견을 받아들이지 않았다. 결국 연나라 사람들이 들고 일어나 제나라 군대를 나라 밖으로 내쫓기에 이르렀다. 맹자는 일련의 사태에 실망해 제나라를 떠나기로 결심했다. 그러나 여전히 제 선왕에게 미련이 남아 국경 지역에서 사흘을 머물며 자신을 만류해 주기를 기대했으나 아무도 붙잡지 않자 결국 제나라를 떠나고 만다.

천 리 길을 멀다 않고 찾아가 왕을 만난 것은 내가 바랐던 일이다. 그러나 내 뜻이 받아들여지지 않아 제나라를 떠난 것이야 어찌 내가 바랐던 일이겠느냐? 나도 마지못해 그랬던 것이다. 또 내가 주 고을에서 사흘이나 묵고 떠났다지만, 내 마음에는 오히려 좀 빠르지 않나 생각된다. 나는 왕이 태도를 고치길 바랐는데, 만약 왕이 태도를 고쳤다면 반드시 나를 다시 돌아오라고 불렀을 것이다. 그러나 내가 주 고을을 떠났어도 왕은 나를 부르기 위해 사람을 보내지 않았다. 그 뒤 나 역시 고향으로 돌아갈 뜻이 분명해졌다.

〈공손추 하〉

제나라를 떠난 뒤 한동안 떠돌던 맹자는 유세의 꿈을 접고 현실 정치 무대와 이별한다.

만년의 맹자는 대부분의 시간을 음악 연주와 독서로 보내면서 저술에 힘썼다. "만장 등 제자들과 《시경》, 《서경》을 재편집하고 공자의 사상을 해석하여 《맹자》7편을 지었다."《사기》 〈맹순열전〉 스승인 공자와 마찬가지로 맹자 역시 살아생전에는 자신을 뜻을 펼쳐 보이지 못했다. 《맹자》의 마지막 대목은 그런 현실에 대한 한탄으로 마무리된다.

공자로부터 오늘에 이르기까지는 100여 년밖에 안 된다. 성인 공자께서 사시던 때가 이처럼 가깝고, 성인 공자께서 사시던 곳이 이처럼 가까운데도, 그를 보고서 알았던 사람이 벌써 없구나. 그러니 앞으로 들어서 알 사람도 아무도 없겠구나.

〈진심 하〉

【첫 번째 장】

인간의 본성은 어떤 것인가?

맹자의 사상은 인간의 본성에 대한 고찰로 시작한다. 인간의 본성은 선한가? 그렇지 않으면 사악한가? 맹자가 내린 결론은 주지하는 대로 선하다는 것, 곧 성선설이다. 사실 맹자의 성선설은 후대에 많은 논란을 야기했다. 실제로는 단순히 성선설로만 설명하기에 어려운 복잡다단한 상황들로 점철되어 있다. 그럼에도 맹자가 자신 있게 성선설을 주장한 것은 오히려 인간이 갖고 있는 잠재적인 능력을 그만큼 강하게 믿었기 때문이 아니었을까?

孟子

一. 인간의 본성에 대한 여러 논의들

◈ 맹자는 인간의 본성에 대해 근본적으로 긍정적인 인식을 갖고 있었다. 그러나 정작 《맹자》를 읽다 보면 사람의 본성을 가리키는 '성(性)'에 대한 이야기는 별로 나오지 않는다. 《맹자》 전체를 통틀어 '성'이라는 글자는 37번 나오는데, 그 가운데 〈고자(告子) 상〉에 22번 나오고, 〈진심(盡心) 상〉에서 약간 등장할 따름이다. 오히려 《맹자》의 내용은 첫째 인의와 왕도에 대한 것, 둘째 정치에 대한 맹자의 생각, 셋째 요와 순 임금을 비롯한 정치가 선배들에 대한 찬양과 비판, 마지막으로 이상적인 정치를 위한 아이디어가 그 대부분을 차지하고 있다. 장

현근, 《맹자》, 살림, 2006, 21쪽

인간의 본성에 대해 맹자는 근본적으로 긍정적인 입장을 지니고 있다. 그의 주장은 특히 고자(告子)와의 대화에서 극명하게 나타난다. 일단 두 사람의 대화를 들어 보자.

〈고자 상告子 上〉 1장 고자가 맹자에게 말했다. "사람의 타고난 본

성은 마치 갯버들과 같고, 사람이 살아가면서 실천하는 의라고 하는 것은 바로 그 갯버들로 엮어 만든 그릇과 같습니다. 사람의 본성으로 인의를 실천하는 것은 마치 갯버들로 그릇을 만드는 것과도 같습니다. [곧 후천적인 노력에 의해 그것을 실행에 옮기는 것입니다.]"

맹자가 이에 대해서 말했다. "선생께서는 버들의 본성을 거스르지 않고 그릇을 만든다고 생각하십니까? [그렇지 않으면] 버들을 꺾고 다치게 해서야 그릇을 만들 수 있다고 생각하십니까? 만약 버들을 꺾고 다치게 한 뒤에야 그릇을 만들 수 있다고 한다면, 마찬가지로 사람 역시도 꺾고 다치게 한 뒤에야 인의를 실천할 수 있게 된다고 말할 수 있지 않을까요? 온 세상 사람들로 하여금 인의를 망치게 하는 것은 바로 선생의 터무니없는 말 때문입니다."

告子曰 "性, 猶杞柳也. 義猶桮棬也. 以人性爲仁義, 猶以杞柳
고 자 왈   성   유기류야   의유배권야   이인성위인의   유이기류

爲桮棬."
위 배 권

孟子曰 "子能順杞柳之性而以爲桮棬乎? 將戕賊杞柳而後以
맹 자 왈   자능순기류지성이이위배권호   장장적기류이후이

爲栝棬也? 如將戕賊杞柳而以爲栝棬, 則亦將戕賊人以爲仁義
위 배 권 야   여 장 장 적 기 류 이 이 위 배 권   즉 역 장 장 적 인 이 위 인 의

與? 率天下之人而禍仁義者, 必子之言夫!"
여   솔 천 하 지 인 이 화 인 의 자   필 자 지 언 부

〈고자 상告子 上〉 2장 고자가 말했다. "사람의 본성은 마치 고여 있
는 물과도 같습니다. 물줄기를 동쪽으로 터 주면 동쪽으로
흘러가고, 서쪽으로 터 주면 서쪽으로 흘러갑니다. 사람의
본성을 착하다 또는 착하지 않다고 구분 지을 수 없는 것은
마치 고여 있는 물이 동서로 나뉘지 않는 것과 매한가지입니
다."

맹자는 다음과 같이 말했다. "고여 있는 물은 확실히 동서의
구분이 없습니다. 하지만 상하의 구분까지 없다고 할 수 있
겠습니까? 사람의 본성이 착한 것은 마치 물이 아래쪽으로
흘러가는 것과 같습니다. 사람은 누구라도 착하지 않은 사람
이 없고, 물은 어느 것이라도 아래로 흐르지 않는 게 없습니
다. 이제 물을 손가락으로 튕겨 튀어 오르게 하면 사람의 이
마도 넘어가게 할 수 있고, 또 꼭 막았다가 흘러가게 터 주면
산꼭대기까지 올라가게도 할 수 있습니다. 하지만 이게 어찌

물의 본성이겠습니까? 외부적인 힘에 의해 일시적으로 그렇게 되었을 뿐이지요. 사람이 나쁜 짓을 할 수도 있겠지만, 그것 역시 외부의 힘에 의해 일시적으로 그렇게 되었을 뿐이랍니다."

告子曰 "性猶湍水也, 決諸東方則東流, 決諸西方則西流. 人性
고자왈 성유단수야 결제동방즉동류 결제서방즉서류 인성

之無分於善不善也, 猶水之無分於東西也."
지무분어선불선야 유수지무분어동서야

孟子曰 "水信無分於東西, 無分於上下乎? 人性之善也, 猶水
맹자왈 수신무분어동서 무분어상하호 인성지선야 유수

之就下也. 人無有不善, 水無有不下. 今夫水, 搏而躍之, 可使過
지취하야 인무유불선 수무유불하 금부수 박이약지 가사과

顙; 激而行之, 可使在山. 是豈水之性哉? 其勢則然也. 人之可
상 격이행지 가사재산 시기수지성재 기세즉연야 인지가

使爲不善, 其性亦猶是也."
사위불선 기성역유시야

〈고자 상告子 上〉 3장 고자가 말했다. "타고난 것이 인간의 본성입니다."

맹자는 이렇게 말했다. "타고난 것이 본성이라면, 마치 하얀

것을 하얗다고 하는 것과 같은 뜻입니까?"

"네, 그렇습니다."

"그렇다면 하얀 깃털의 하얀 것이 하얀 눈의 하얀 것과 같으며, 하얀 눈의 하얀 것이 하얀 옥의 하얀 것과 같다는 것입니까?"

"네, 그렇습니다."

"그렇다면 결국 개의 본성이 소의 본성과 같고, 소의 본성이 사람의 본성과도 같다는 말입니까?"

告子曰 "生之謂性."
고 자 왈   생 지 위 성

孟子曰 "生之謂性也, 猶白之謂白與?"
맹 자 왈   생 지 위 성 야   유 백 지 위 백 여

曰 "然."
왈   연

"白羽之白也, 猶白雪之白; 白雪之白, 猶白玉之白與?"
 백 우 지 백 야   유 백 설 지 백   백 설 지 백   유 백 옥 지 백 여

曰 "然."
왈   연

"然則犬之性猶牛之性, 牛之性猶人之性與?"
 연 즉 견 지 성 유 우 지 성   우 지 성 유 인 지 성 여

〈고자 상告子 上〉 6장 [맹자의 제자인] 공도자가 맹자에게 말했다. "고자는 '사람의 본성 자체는 선한 것도 없고, 선하지 않은 것도 없다'라고 말했습니다. 그런데 어떤 이는 또 이렇게 말합니다. '사람의 본성은 선하게 될 수도 있고, 선하지 않게 될 수도 있다. 그런 까닭에 문왕이나 무왕과 같은 성군이 나타나면 백성이 선한 것을 좋아하고, 유왕이나 여왕과 같은 폭군이 나타나면 백성이 포악한 짓을 좋아했던 것이다.' 또 어떤 사람은 이렇게 말했습니다. '본성이 선한 사람도 있고, 선하지 않은 사람도 있다. 그런 까닭에 요 임금처럼 어진 임금 아래에도 [순의 이복동생인] 상같이 악한 이가 있었고, 고수같이 완악한 아버지에게서도 순 임금같이 착한 아들이 나왔다. 그리고 [은나라 마지막 왕인] 주왕 같이 악한 조카 임금에게도 미자계나 왕자비간 같은 현명한 숙부가 있었다.' 그런데 지금 선생님께서는 '사람의 본성이 선하다'라고만 하시니, 그렇다면 앞사람들이 한 말은 다 틀렸다는 것입니까?"

맹자가 이렇게 대답했다. "만약 인간의 본성에서 발동되는 성정에 따라 행동하면 선할 수 있다. 그래서 바로 '사람의 본성이 선하다'라고 말한 것이다. 만약 선하지 않은 행동을 하더라도, 그건 그 사람의 타고난 자질이 저지른 죄는 아니다.

'측은히 여기는 마음(측은지심)'을 사람들이 모두 지녔다. '부끄러워하는 마음(수오지심)'도 사람들이 모두 지녔다. '공경하는 마음(공경지심)'도 사람들이 모두 지녔으며, '시비를 가리는 마음(시비지심)'도 사람들이 모두 지녔다. 측은히 여기는 마음이 바로 인(仁)이고, 부끄러워하는 마음이 바로 의(義)이다. 공경하는 마음이 바로 예(禮)이고, 시비를 가리는 마음이 바로 지(智)다. 이러한 인·의·예·지는 밖으로부터 와서 나에게 덧씌워진 것이 아니라 내게 본래부터 있었던 덕성인데, 자각하지 않고 있었을 뿐이다. 그러기에 '스스로 찾으면 그 덕성을 얻지만, 버려두면 잃는다'라고 하는 것이다. 그래서 사람의 덕성이 두 곱절, 다섯 곱절 헤아릴 수 없이 차이가 나게 되는데, 이는 자신이 타고난 자질을 다 찾지 않았기 때문이다. 《시경》〈증민(烝民)〉에 다음과 같은 유명한 구절이 있다. '하늘이 모든 백성을 내시고 사물이 있으면 그 고유한 법칙도 있게 하셨네. 백성들도 변치 않는 본성을 지녀 이 아름다운 덕을 좋아하도다.' 공자께서 이 시에 대해 이렇게 평하셨다. '이 시를 지은 사람은 인간의 도리를 깨달은 자로다. 그렇기에 모든 사물에 법칙이 있다 하고, 백성이 변하지 않는 본성을 지녔기에 이 아름다운 덕을 좋아하는 것이다.'"

公都子曰 "告子曰 '性, 無善無不善也.' 或曰 '性可以爲善, 可
공도자왈　고자왈　성　무선무불선야　혹왈　성가이위선　가

以爲不善. 是故, 文武興則民好善; 幽厲興則民好暴.' 或曰 '有
이위불선　시고　문무흥즉민호선　유려흥즉민호폭　혹왈　유

性善, 有性不善. 是故以堯爲君而有象; 以瞽瞍爲父而有舜; 以
성선　유성불선　시고이요위군이유상　이고수위부이유순　이

紂爲兄之子且以爲君, 而有微子啓王子比干.' 今日 '性善,' 然
주위형지자차이위군　이유미자계왕자비간　금왈　성선　연

則彼皆非與?"
즉피개비여

孟子曰 "乃若其情, 則可以爲善矣, 乃所謂善也. 若夫爲不善,
맹자왈　내약기정　즉가이위선의　내소위선야　약부위불선

非才其罪也. 惻隱之心, 人皆有之; 羞惡之心, 人皆有之; 恭敬
비재기죄야　측은지심　인개유지　수악지심　인개유지　공경

之心, 人皆有之; 是非之心, 人皆有之. 惻隱之心, 仁也; 羞惡之
지심　인개유지　시비지심　인개유지　측은지심　인야　수악지

心, 義也; 恭敬之心, 禮也; 是非之心, 智也. 仁義禮智, 非由外
심　의야　공경지심　예야　시비지심　지야　인의예지　비유외

鑠我也, 我固有之也, 弗思耳矣. 故曰 '求則得之, 舍則失之.' 或
삭아야　아고유지야　불사이의　고왈　구즉득지　사즉실지　혹

相倍蓰而無算者, 不能盡其才者也. 詩曰, '天生蒸民, 有物有
상배사이무산자　불능진기재자야　시왈　천생증민　유물유

則. 民之秉彝, 好是懿德.' 孔子曰 '爲此詩者, 其知道乎! 故有
칙　민지병이　호시의덕　공자왈　위차시자　기지도호　고유

物必有則, 民之秉彝也, 故好是懿德.'"
물 필 유 칙 민 지 병 이 야 고 호 시 의 덕

❀ 고자의 주장은 '갯버들의 비유'와 '고여 있는 물의 비유'를
통해 궁극적으로 인간의 본성은 '타고난 것'으로 귀결되며, 그
렇기 때문에 본성 자체는 '선한 것도 없고, 선하지 않은 것도
없다'라는 것으로 요약된다. 아울러 맹자의 제자인 공도자는
이와 연관해 두 가지 주장을 추가했다. 그 하나는 '사람의 본
성은 선하게 될 수도 있고, 선하지 않게 될 수도 있다'라는 것
이고, 다른 하나는 '본성이 선한 사람도 있고, 선하지 않은 사
람도 있다'라는 것이다. 이렇게 말한 사람이 누구인지는 구체
적으로 드러나 있지 않지만, 주희(朱熹)는 고자와 같은 계열의
주장을 편 것으로 해석했다. 그러나 주희의 주장에 반드시 동
조할 필요는 없고, 당시 인간의 본성에 대해 여러 사람들이 다
양한 의견을 개진한 것으로 이해하면 될 것이다. 그럼에도 세
가지 주장의 공통점은 인간의 본성은 타고난 것으로, 그 자체
로는 선악을 논할 수 없다는 것이라 할 수 있다.

사실 이러한 논의들은 그 자체로는 문제가 될 것이 없다. 철저
하게 본능과 '생'에 대한 욕구에 의해 살아가는 것은 인간이나

동물이나 마찬가지다. 먹어야 살고, 또 '색(色)'으로 표현되는 섹스를 통해 종족을 번식하고 이어 나간다는 측면에서 볼 때, 문명이나 문화 이전에 인간은 자연의 일부일 뿐이다.

〈고자 상告子 上〉 4장 고자가 말했다. "식욕과 색욕이 사람의 본성입니다. 그리고 인은 내재적인 것이지, 외재적인 것이 아닙니다. 이와는 대조적으로 의는 외재적인 것이지, 내재적인 것이 아닙니다."

이에 대해 맹자가 다음과 같이 물었다. "무엇을 근거로 인이 내재적인 것이요, 의는 외재적인 것이라고 말씀하십니까?"

"저 사람이 연장자여서 내가 그를 연장자로서 공경하는 것이지, 내 마음속에 본래부터 그를 공경하고자 하는 생각이 있었던 것은 아닙니다. 마치 저것이 하얗기 때문에 내가 그것을 하얗다고 하는 것과 같습니다. 나의 밖에 있는 외재적인 것이 하얗기 때문에 하얗다고 한 것입니다. 그래서 의는 외재적이라고 말한 것이지요."

"하얀 말이 하얀 것은 하얀 사람이 하얀 것과 다를 게 없습니다. 그러나 늙은 말을 보고 늙었구나 하고 생각하는 것은 나이 든 사람을 보고 나이가 들었다고 여기는 것과 다르지 않습니까? 그러니 나이 든 사람을 단순히 나이가 들었다고 여기는 게 의겠습니까? 그렇지 않으면 그가 나이 들었다고 공경하는 것이 의겠습니까?"

고자가 다시 말했다. "누구라도 자기의 아우는 사랑하지만 다른 나라인 진나라 사람의 아우는 사랑하지 않습니다. 그 까닭은 내 안에서 아우를 사랑하는 마음이 우러나와 그것이 내게 즐거움을 주기 때문입니다. 그래서 인이 내재적인 것이라 말했던 것입니다. 이에 비해 초나라의 나이 든 사람을 어른 대접하는 것이나 내 나라의 나이 든 사람을 어른 대접하는 것이나 똑같이 어른 대접을 함으로써 내 마음이 즐겁기 때문에 이를 일러 외재적이라고 말했던 것입니다."

맹자가 말했다. "진나라 사람이 불고기를 좋아하는 것이나 우리나라 사람이 불고기를 좋아하는 것이나 다를 게 없습니다. 대저 모든 사물에는 그와 같은 이치가 담겨 있습니다. 그렇다면 불고기를 좋아하는 것 역시도 외재적이기 때문이라고 할 수 있겠습니까?"

告子曰 "食色, 性也. 仁, 內也, 非外也; 義, 外也, 非內也.
고자왈 식색 성야 인 내야 비외야 의 외야 비내야

孟子曰 "何以謂仁內義外也?"
맹자왈 하이위인내의외야

曰 "彼長而我長之, 非有長於我也; 猶彼白而我白之, 從其白於
왈 피장이아장지 비유장어아야 유피백이아백지 종기백어

外也, 故謂之外也.
외야 고위지외야

曰 "異於白馬之白也, 無以異於白人之白也. 不識長馬之長也,
왈 이어백마지백야 무이이어백인지백야 불식장마지장야

無以異於長人之長與? 且謂長者義乎? 長之者義乎?"
무이이어장인지장여 차위장자의호 장지자의호

曰 "吾弟則愛之, 秦人之弟則不愛也, 是以我爲悅者也, 故謂之內.
왈 오제즉애지 진인지제즉불애야 시이아위열자야 고위지내

長楚人之長, 亦長吾之長, 是以長爲悅者也, 故謂之外也.
장초인지장 역장오지장 시이장위열자야 고위지외야

曰 "耆秦人之炙, 無以異於耆吾炙. 夫物則亦有然者也, 然則耆
왈 기진인지자 무이이어기오자 부물즉역유연자야 연즉기

炙亦有外與?"
자역유외여

❋ 고자가 이렇게 말한 것은 사실 유가에서 말하는 일반적인

주장과도 상통한다.《예기》〈예운(禮運)〉 편에서도 '먹고 마시

고 남녀 관계, 바로 여기에 사람의 가장 큰 욕구가 있다(飮食男

女, 人之大欲存焉)'라고 하였다. 이것은 맹자도 부정할 수 없는 사실이다. 그럼에도 맹자는 고자의 이러한 주장들을 하나하나 논박하고 있다.

첫째, 인간에게 '먹고' '섹스하는' 것은 타고난 본성이긴 하지만, 이것은 인간을 인간답게 만드는 그야말로 본질적인 의미에서의 본성과는 상관이 없는 것이다. 유적 존재로서 인간과 동물이 모두 갖고 있는 생명 현상만으로 인간의 본성을 규정하면 인간과 동물의 경계 또한 구분하기 어렵게 된다. 그래서 맹자는 고자에게 "그렇다면 결국 개의 본성이 소의 본성과 같고, 소의 본성이 사람의 본성과도 같다는 말입니까?"라고 반문한 것이다.

또 인간의 본성을 갯버들에 비유하고 '의'를 그것으로 만든 그릇에 비유한 고자는 이에 그치지 않고 본성을 '고여 있는 물'에 비유했다. 결국 그는 인간의 본성이라는 것이 타고난 것으로, 갯버들을 엮어 다양한 크기와 모양의 그릇을 만들고, 고여 있는 물이 그 자체로 동서의 구분이 없듯이 인간의 본성도 그 자체로는 선악의 구분이 없다고 주장한 것이다.

이에 대해 맹자는 고자가 인을 내재적인 것으로 파악하고, 의를 외재적인 것으로 파악했다고 비판했다. 맹자에 따르면 인

의와 같은 도덕적 가치는 갯버들을 '꺾고 다치게 한 뒤에야' 만들어지는 그릇과 같은 것이 아니라 인간이 선험적으로 갖고 있는 것이다. 또 물의 본성에 동서의 구분이 없는 것은 맞지만, 다른 한편으로 물은 위에서 아래로 흐르게 마련이라며, 인간의 본성이 선한 것 역시 물이 아래로 흘러가듯 자연스러운 것인 동시에 선천적으로 정해진 것이라 주장했다.

이렇듯 맹자는 선험적으로 주어진 인간의 능력을 '양능(良能)'과 '양지(良知)'라는 말로 표현했다. 이것은 마치 현대의 언어학자 노암 촘스키가 언어를 '인간의 타고난 능력(linguistic competence)'으로 파악하는 것과 맥락을 같이한다.

〈진심 상盡心 上〉 15장 맹자가 말했다. "사람에게는 배우지 않고도 잘하는 능력이 있으니, 그것이 바로 양능(良能)이다. 또 생각하지 않고도 저절로 알 수 있는 힘이 있으니 그것이 바로 양지(良知)이다. 두세 살 먹은 어린아이라도 그 부모를 사랑할 줄 모르는 이는 없으며, 장성해서는 자기 형을 공경할 줄 모르는 이가 없다. 부모를 친애하는 것이 인이고, 나이 많은 이를 공경하는 것이 의이다. 이것은 다른 게 아니라 [인과 의야

말로] 천하에 두루 통달하는 것이기 때문이다.

孟子曰 "人之所不學而能者其良能也; 所不慮而知者其良知也.
맹 자 왈   인 지 소 불 학 이 능 자 기 량 능 야   소 불 여 이 지 자 기 량 지 야

孩提之童, 無不知愛其親也; 及其長也, 無不知敬其兄也. 親親,
해 제 지 동   무 부 지 애 기 친 야   급 기 장 야   무 부 지 경 기 형 야   친 친

仁也; 敬長, 義也. 無他, 達之天下也.
인 야   경 장   의 야   무 타   달 지 천 하 야

   🔅 이에 그치지 않고 아래 글에서 맹자는 이러한 능력이 선험

적으로 인간에게 주어진 것이라는 사실을 다시 한 번 강조하

고 있다.

〈진심 하盡心 上〉 24장 맹자가 말했다. "우리의 입이 맛있는 것을

좋아하고, 눈이 미색을 좋아하며, 귀가 아름다운 소리를 좋

아하고, 코가 향기로운 것을 좋아하며, 사지가 편안한 것을

좋아하는 것은 인간의 타고난 본성이다. 하지만 이런 것들은

다분히 타고난 운명적 요소가 있기에, 군자는 이것을 본성이

라 말하지 않는다. 부자간에는 인을, 군신 간에는 의를, 손님

과 주인 간에는 예를 구현하고, 현명한 이가 지를 추구하고, 성인이 천도를 추구하는 것이야말로 타고난 운명적 요소라할 수 있다. 하지만 이런 것들은 본래 타고난 본성적 요소가 있기에 군자는 이것을 운명이라고 말하지 않는 것이다.

孟子曰 "口之於味也, 目之於色也, 耳之於聲也, 鼻之於臭也,
맹자왈 구지어미야 목지어색야 이지어성야 비지어취야

四肢於安佚也, 性也. 有命焉, 君子不謂性也. 仁之於父子也,
사지어안일야 성야 유명언 군자불위성야 인지어부자야

義之於君臣也, 禮之於賓主也, 智之於賢者也, 聖人之於天道也,
의지어군신야 예지어빈주야 지지어현자야 성인지어천도야

命也. 有性焉, 君子不謂命也.
명야 유성언 군자불위명야

❀ 인간은 누구나 감각적인 쾌락을 추구하게 마련이지만, 그것이 인간을 인간답게 만드는 절대적인 요인이 되지 못한다. 맹자는 다시 한 번 인간은 유적 존재로서 동물적인 욕구를 넘어서는 가치를 추구하는 존재라는 것을 강조하고 있다. 그러한 가치의 구체적인 발현물인 인·의·예·지, 사단(四端)이야말로 인간을 인간답게 만드는 것이다. 하지만 그렇다고 이것을 운명으로 받아들여서는 안 된다는 것이 맹자의 생각이다.

그것을 역설하기 위해 맹자가 최후의 보루로 꺼내 든 것이 바

로 인간의 본성이 선하다는 이른바 '성선설(性善說)'이다.

二.

성선설

❀ 맹자의 본성론은 인간의 본성은 본디 선하다는 이른바 성
선설(性善說)로 이어진다. 이것은 잘 알려진 대로 순자(荀子)의
성악설(性惡說)과 대비되는 개념이다. 사실상 맹자나 순자나
천하에 왕도 정치를 구현하겠다는 뜻을 가졌다는 측면에서는
동공이곡(同工異曲)이라 할 수 있는데, 양자의 차이는 그 길로
나아가는 방법에 있었다. 곧 '순자는 인간 사회의 갈등에 주목
하였으며, 인간 본성을 방치하면 사회적으로 큰 혼란을 불러
온다고 생각'해, '예의를 통해 인간의 악한 성향을 철저히 규제
함으로써 왕도에 도달할 수 있다'라고 보았다. 이에 반해 맹자
는 '동물과 다른 인간 고유의 심성에 주의를 기울여' '원초적으
로 선한 본성을 지닌 인간의 도덕적 능력을 신뢰하였다. 그래
서 사람의 어진 마음을 가족으로부터 천하로 확충함으로써 왕
도를 구현할 수 있다고 생각했던' 것이다. 장현근, 《맹자》, 살림, 2006, 76쪽

성선설은 앞서 〈고자 상〉 6장에서 이미 언급한 바 있는데, 그
선한 마음이 구체적으로 발현된 것이 바로 측은히 여기는 마
음(측은지심)인 인(仁)과 부끄러워하는 마음(수오지심)인 의(義),

공경하는 마음(공경지심)인 예(禮), 시비를 가리는 마음(시비지심)인 지(智)를 가리키는 사단이다. 이것은 아래의 글에 다시 부연된다.

〈공손추 상公孫표 上〉 6장 맹자가 말했다. "사람은 누구나 다 차마 어찌지 못하는 마음을 갖고 있다. 고대의 선왕들은 남에게 차마 어찌지 못하는 마음을 갖고 있었기 때문에 남에게 차마 어찌지 못하는 인정을 베풀 수 있었다. 이처럼 남에게 차마 어찌지 못하는 마음을 갖고 남에게 차마 어찌지 못하는 정치를 한다면, 천하를 다스리는 일이 마치 손바닥 위에 물건을 놓고 주무르듯 쉬울 것이다. 이제 사람이라면 누구나 남에게 차마 어찌지 못하는 마음을 지녔다고 말하는 까닭은 이러하다.

지금 어떤 사람이 막 어린아이가 우물에 빠지려 하는 것을 본다면 누구나 깜짝 놀라면서 측은하게 여기는 마음이 생길 것이다. 이것은 그 어린아이의 부모와 좋은 인연을 맺어 보기 위해서도 아니고, 마을 사람이나 친구들에게 칭찬을 받기 위해서도 아니며, 또 구해 주지 않았다는 데 대한 비난의 소리를 듣기 싫어 그러는 것도 아니다. 이렇게 볼 때 측은하게 여기는 마음(惻隱之心)이 없는 자는 사람이 아니요, 악을 부끄럽게 여기고 미워하는 마음(羞惡之心)이 없는 자 역시 사람이 아니요, 사양하는 마음(辭讓之心)이 없는 자도 사람이 아니요, 시비를 가리는 마음(是非之心)이 없는 자도 사람이 아니다. 측은하게 여기는 마음은 인의 단서이고, 악을 부끄럽게 여기고 미워하는 마음은 의의 단서이며, 사양하는 마음은 예의 발단이고, 시비를 가리는 마음은 지의 단서이다.

사람이라면 누구나 다 이 네 가지 단서를 갖고 있는 것은 마치 사람에게 사지가 있는 것과 같다. 그런데 이 네 가지 단서가 있으면서도 자기는 이 네 가지 일을 할 수 없다고 하는 자는 자기 자신을 해치는 사람이고, 또 자기 임금더러 그런 일을 하지 못하게 하는 자는 자기 임금을 해치는 사람이다. 내게 있는 이 네 가지 단서가 내 안에 있으매, 그것을 확대하고 충만케 하는 것을 알게 된다면, 마치 미약한 불이 타올라 거대한 들판을 불태우고, 작은 샘물이 거대한 바다에 이르게 되듯이 퍼져 나갈 것이다. 진실로 이 네 가지 단서를 제대로 확충할 수 있다면 천하를 보전할 수 있겠지만, 그렇지 못한다면 자신의 부모마저도 제대로 모실 수 없을 것이다."

孟子曰 "人皆有不忍人之心. 先王有不忍人之心, 斯有不忍人
맹자왈   인개유불인인지심   선왕유불인인지심   사유불인인

之政矣. 以不忍人之心, 行不忍人之政, 治天下可運於掌上. 所
지정의 이불인인지심 행불인인지정 치천하가운어장상 소

以謂人皆有不忍人之心者, 今人乍見孺子將入於井 皆有怵惕
이위인개유불인인지심자   금인사견유자장입어정   개유출척

惻隱之心, 非所以內交於孺子之父母也, 非所以要譽於鄕黨朋
측은지심   비소이내교어유자지부모야   비소이요예어향당붕

友也, 非惡其聲而然也. 由是觀之, 無惻隱之心, 非人也; 無羞
우야   비악기성이연야   유시관지   무측은지심   비인야   무수

惡之心, 非人也; 無辭讓之心, 非人也; 無是非之心, 非仁也. 惻
오지심   비인야   무사양지심   비인야   무시비지심   비인야   측

隱之心, 仁之端也; 羞惡之心, 義之端也; 辭讓之心, 禮之端也;
은지심   인지단야   수오지심   의지단야   사양지심   예지단야

是非之心, 智之端也. 人之有是四端也, 猶其有四體也. 有是四
시비지심   지지단야   인지유시사단야   유기유사체야   유시사

端而自謂不能者, 自賊者也; 謂其君不能者, 賊其君者也. 凡有
단이자위불능자   자적자야   위기군불능자   적기군자야   범유

四端於我者, 知皆擴而充之矣, 若火之始然, 泉之始達. 苟能充之,
사단어아자   지개확이충지의   약화지시연   천지시달   구능충지

足以保四海; 苟不充之, 不足以事父母."
족이보사해   구불충지   부족이사부모

⚫ 앞서 살펴보았듯이 맹자는 인간의 선한 마음이라는 것이

외재적으로 주어진 것이 아니라 본래적으로 타고난 것이라 주장하고 있다. 곧 어린아이가 우물에 빠지려는 것을 보고 구해야겠다고 마음먹는 것은 그 순간 아이의 부모를 기쁘게 해 주기 위함도, 그를 통해 이익을 보기 위함도 아닌 순수한 동정심의 발로라고 본 것이다. 이것이야말로 남의 불행한 처지를 보고 '차마 어쩌지 못하는 마음(不忍之心)'일 터이니, 인간을 인간답게 만드는 결정적인 것이다. 그래서 이러한 마음이 충분히 발현된다면 마치 미약한 불이 타올라 거대한 들판을 불태우고, 작은 샘물이 거대한 바다에 이르게 되듯이 퍼져 나가 천하를 보전할 수 있게 되겠지만, 그렇지 못한다면 자신의 부모마저 제대로 모실 수 없게 될 것이다. 그러나 그러한 마음은 아무런 노력 없이 지켜지는 것은 아니다.

〈고자 상告子 上〉 8장 맹자가 말했다. "[제나라의] 우산의 수풀은 원래 아름다웠지만, [수도인 임치(臨淄)의] 교외에 있었기 때문에 사람들이 [땔감 등을 구하느라] 도끼로 베어냈으니, 어찌 그 아름다움을 그대로 유지할 수 있었겠는가? [그럼에도] 밤낮으로 생장하는 기운이 가득하고 비와 이슬이 적셔 주어

새싹이 돋아나지 않았던 것은 아니었으나, 이번에는 소와 양들을 풀어 먹이니 결국 저와 같이 까까머리 민둥산이 되어 버린 것이다. 사람들은 민둥산만을 보고 이 산에는 원래부터 나무가 없었던 것이라고 생각하는데, 이것이 어찌 그 산의 본성이겠는가?

사람이 본래 지니고 있는 것을 두고 말한다 해도 어찌 인의의 마음이 없었겠느냐마는, 그 본래의 선한 마음(良心)을 내버리는 것이 마치 도끼로 나무를 찍어 내는 것과 같다. 날마다 찍어 버리니, 아름다울 수가 있겠는가? 사람의 양심도 [저 우산과 마찬가지로] 밤낮으로 생장하고 새벽의 맑은 기운을 받으니, 그때는 선을 좋아하고 악을 미워하는 인간의 본래 모습에 근접하는 마음이 적지 않게 일어난다. 하지만 사람들이 대낮에 행하는 세속적인 행위들이 그런 맑은 기운들을 사라지게 만든다. 이러한 질곡이 반복되면, 그 싹을 키워 주던 맑은 밤의 기운도 존재할 수 없게 되고, 맑은 밤의 기운이 사라지면 그 인간은 금수와 다를 바 없다. 사람들은 금수와 다를 바 없는 모습을 보고 본래부터 착한 재질이 없었다고 생각하지만 그게 어찌 사람의 본래의 성정이겠는가?

그러므로 모든 사물은 그 생육에 걸맞은 상황에 놓으면 잘 자라지 않는 것이 없고, 반대로 생육에 걸맞은 상황에서 벗어나면 소멸하지 않는 것이 없다. 그래서 공자께서도 이렇게 말씀하셨다. '잘 조절하면 존속하지만, 그냥 방치하고 내버려 두면 없어지게 된다. 무시로 드나들고 어디로 향할지 잘 모르겠다.' 이야말로 인간의 마음을 두고 하신 말씀이 아니겠는가?"

孟子曰 "牛山之木嘗美矣, 以其郊於大國也, 斧斤伐之, 可以爲
맹 자 왈　 우 산 지 목 상 미 의　 이 기 교 어 대 국 야　 부 근 벌 지　 가 이 위

美乎? 是其日夜之所息, 雨露之所潤, 非無萌蘗之生焉, 牛羊又
미 호　 시 기 일 야 지 소 식　 우 로 지 소 윤　 비 무 맹 얼 지 생 언　 우 양 우

從而牧之, 是以若彼濯濯也. 人見其濯濯也, 以爲未嘗有材焉,
종 이 목 지　 시 이 약 피 탁 탁 야　 인 견 기 탁 탁 야　 이 위 미 상 유 재 언

此豈山之性也哉? 雖存乎人者, 豈無仁義之心哉? 其所以放其
차 기 산 지 성 야 재　 수 존 호 인 자　 기 무 인 의 지 심 재　 기 소 이 방 기

良心者, 亦猶斧斤之於木也, 旦旦而伐之, 可以爲美乎? 其日夜
양 심 자　 역 유 부 근 지 어 목 야　 단 단 이 벌 지　 가 이 위 미 호　 기 일 야

之所息, 平旦之氣, 其好惡與人相近也者幾希, 則其旦晝之所
지 소 식　 평 단 지 기　 기 호 악 여 인 상 근 야 자 기 희　 즉 기 단 주 지 소

爲, 有梏亡之矣. 梏之反覆, 則其夜氣不足以存; 夜氣不足以存,
위　 유 곡 망 지 의　 곡 지 반 복　 즉 기 야 기 부 족 이 존　 야 기 부 족 이 존

則其違禽獸不遠矣. 人見其禽獸也, 而以爲未嘗有才焉者, 是
즉 기 위 금 수 불 원 의　 인 견 기 금 수 야　 이 이 위 미 상 유 재 언 자　 시

豈人之情也哉? 故苟得其養, 無物不長; 苟失其養, 無物不消.
기 인 지 정 야 재   고 구 득 기 양   무 물 부 장   구 실 기 양   무 물 불 소

孔子曰 '操則存, 舍則亡; 出入無時, 莫知其鄕.' 惟心之謂與?"
공 자 왈   조 즉 존   사 즉 망   출 입 무 시   막 지 기 향   유 심 지 위 여

❀ 인간이 태어나면서부터 갖고 있는 '본래의 선한 마음(良心)'

이라는 것도 다른 모든 사물과 마찬가지로 생육에 걸맞은 상

황에 놓이면 잘 자라지 않는 것이 없고, 반대로 생육에 걸맞은

상황에서 벗어나면 소멸하지 않는 것이 없다. 그렇기 때문에

그러한 마음을 잃지 않도록 항상 경각심을 잃지 않고 끊임없

이 노력하는 것이 중요하다.

〈고자 상告子 上〉 13장 맹자가 말했다. "두 뼘이나 한 뼘 가웃 되는

오동나무나 가래나무를 키우려고 할 때에는 모두 그 키우는

방법을 안다. 그러나 자기의 심신을 키우는 것에 관해서는

그 방법을 모르고 있다. 그 까닭이 어찌 자기 자신을 오동나

무나 가래나무만큼 사랑하지 않기 때문이겠느냐? 심신 수양

에 대해서 좀처럼 생각하지 않기 때문이다."

孟子曰 "拱把之桐梓, 人苟欲生之, 皆知所以養之者. 至於身, 而
맹자왈 공파지동재 인구욕생지 개지소이양지자 지어신 이

不知所以養之者, 豈愛身不若桐梓哉? 弗思甚也.
부지소이양지자 기애신불약동재재 불사심야

〈진심 上盡心 上〉 16장 맹자가 말했다. "순이 깊은 산속에 기거할
때, 나무나 바위틈에서 살고, 사슴이나 멧돼지들과 함께 놀
았으니, 깊은 산속에 사는 여느 야인과 다른 점이 거의 없었
다. 그러나 단 한 번이라도 좋은 말을 듣고, 선행을 보게 되면
마치 큰 강의 제방이 터져 물이 거세게 쏟아져 나오는 것 같
아 아무도 막을 수 없었다."

孟子曰 "舜之居深山之中, 與木石居, 與鹿豕遊, 其所以異於深
맹자왈 순지거심산지중 여목석거 여록시유 기소이이어심

山之野人者幾希. 及其聞一善言, 見一善行, 若決江河, 沛然莫
산지야인자기희 급기문일선언 견일선행 약결강하 패연막

之能禦也.
지능어야

✿ 위 인용문에서 말하는 타인의 선한 말이나 선한 행위는 우

리가 일상생활에서 마주할 수 있는 종합적인 환경으로 확대 해석될 수 있다. 뛰어난 잠재 능력을 가진 사람이 자신의 능력을 일깨워 줄 좋은 선생, 좋은 친구, 좋은 환경을 만나는 것은 행운이다. 인간의 잠재 능력을 믿고 그것이 후천적인 요소에 의해 계발된다는 믿음을 공유하는 사회라면, 그 좋은 환경이 우연한 행운에 좌우되지 않도록 좋은 교육 제도와 교육 환경을 만드는 데 힘쓸 것이다. 그러한 후천적 도움에 의해 잠재적 군자는 '막혔다가 터지는' '강물'처럼 대단한 기세로 선(善)을 향해 성장한다. 이혜경, 《맹자, 진정한 보수주의자의 길》, 그린비, 2011, 87쪽

그러나 아무리 좋은 환경을 타고났더라도 그 자신이 그것을 받아들여 함양할 생각이 없다면 만사휴의(萬事休矣)라. 맹자는 제나라 선왕이 자신의 충정 어린 권고를 물리치고 주변 소인 배들의 주장에 귀 기울이는 것을 보고 다음과 같이 말했다.

〈고자 상告子 上〉 9장 맹자가 말했다. "제나라 선왕이 지혜롭지 못하다고 괴이쩍게 여기지 말라. 세상에서 아주 잘 자라는 식물이 있다 하더라도, 하루만 햇볕을 쬐게 하고 열흘 동안은 어둡고 차가운 그늘에 내버려 두면, 제대로 살아남을 수가

없을 것이다. 내가 임금을 만나는 기회가 극히 제한되어 있고, 내가 물러나기만 하면 곧 임금을 어둡고 차갑게 만드는 자들이 몰려드는 판이니, 내가 그 임금에게 어떻게 양심의 싹을 틔우게 할 수 있단 말인가?

이제 바둑을 비유로 들자면, 그 술수라고 해 봐야 몇 가지 되지 않지만, 그렇더라도 전심전력하지 않으면 제대로 수를 배울 수 없는 것이다. 혁추는 온 나라 안에서 바둑을 가장 잘 두는 자인데, 그로 하여금 두 사람에게 바둑을 가르치게 했다. 한 사람은 온 마음을 쏟고 뜻을 다해 오직 혁추의 가르침을 잘 새겨들었다. 그러나 다른 한 사람은 비록 혁추의 가르침을 듣기는 했지만, 마음 한구석에서 큰 기러기가 날아오면 활을 당겨 쏘아야겠다는 생각을 하고 있었다. 비록 그들이 함께 배웠다지만, 바둑의 수는 같지 않을 것이다. 그들의 지혜가 같지 않았기 때문이겠느냐? 그렇지 않다."

孟子曰 "無或乎王之不智也. 雖有天下易生之物也, 一日暴之,
맹 자 왈　무 혹 호 왕 지 부 지 야　수 유 천 하 이 생 지 물 야　일 일 폭 지

十日寒之, 未有能生者也. 吾見亦罕矣, 吾退而寒之者至矣, 吾
십 일 한 지　미 유 능 생 자 야　오 현 역 한 의　오 퇴 이 한 지 자 지 의　오

如有萌焉何哉? 今夫奕之爲數小數也; 不專心致志, 則不得也.
여 유 맹 언 하 재　금 부 혁 지 위 수 소 수 야　부 전 심 치 지　즉 부 득 야

奕秋, 通國之善奕者也. 使奕秋誨二人奕, 其一人專心致志, 惟
혁 추　통 국 지 선 혁 자 야　사 혁 추 회 이 인 혁　기 일 인 전 심 치 지　유

奕秋之爲聽. 一人雖聽之, 一心以爲有鴻鵠將至, 思援弓繳而射
혁 추 지 위 청　일 인 수 청 지　일 심 이 위 유 홍 곡 장 지　사 원 궁 격 이 사

之, 雖與之俱學, 弗若之矣. 爲是其智弗若與? 曰 非然也.
지　수 여 지 구 학　불 약 지 의　위 시 기 지 불 약 여　왈 비 연 야

〈진심 上盡心 上〉 4장 맹자가 말했다. "모든 사물의 이치가 다 나의
본성 속에 갖추어져 있다. 그러니 내 자신을 돌이켜 보아 성
실하게 살면, 그보다 더 큰 즐거움이 없다. 힘써 남을 용서하
는 것이 인을 구하는 가장 가까운 길이다."

孟子曰 "萬物皆備於我矣. 反身而誠, 樂莫大焉. 强恕而行, 求
맹 자 왈　만 물 개 비 어 아 의　반 신 이 성　낙 막 대 언　강 서 이 행　구

仁莫近焉."
인 막 근 언

⚫ 여기에서 우리는 맹자가 강조하고 있는 것이 인간의 본성
이 선한가 그렇지 않은가 하는 데 있지 않다는 것을 눈치챌 수

있다. 실제로 인간에게는 선한 측면도 있지만, 반대로 악한 측면도 있기 때문이다. 그러니 인간의 본성을 놓고 선한가 악한가 논하는 것은 조금은 부질없는 일일 수도 있다. 그런 맥락에서 맹자는 인간의 주체적인 능동 작용과 후천적인 객관적 환경의 영향을 강조했다고 말할 수 있다. 공자도 "저마다 타고난 본성은 서로 가깝지만, 후천적인 습관 탓에 나중에는 서로 멀어지게 된다(性相近, 習相遠)."라고 말했다. 그렇기 때문에 맹자 역시 '심신 수양'을 거듭 강조했던 것이다.

〈진심 상盡心 上〉 6장 맹자가 말했다. "사람이 부끄러움을 몰라서는 안 된다. 부끄러워하는 마음이 없다는 사실을 부끄러워할 줄 알게 되면, 부끄러워할 일이 없게 될 것이다."

孟子曰 "人不可以無恥, 無恥之恥, 無恥矣."
맹 자 왈   인 불 가 이 무 치   무 치 지 치   무 치 의

〈진심 상盡心 上〉 7장 맹자가 말했다. "인간에게 있어 부끄럽게 여

기는 마음이야말로 중요한 것이다. 남을 교묘하게 속여 넘기는 자는 부끄러운 마음을 가질 수가 없다. 자신이 남보다 못한 것을 부끄러워하지 않으면 어떻게 남보다 낫기를 바랄 수 있을까 보냐?"

孟子曰 "恥之於人大矣. 爲機變之巧者, 無所用恥焉. 不恥不若
맹자왈 치지어인대의 위기변지교자 무소용치언 불치불약

人, 何若人有?"
인 하약인유

三.

인의

인간 본성에 대한 논의는 결국 유가 사상의 핵심적인 개념이라 할 인(仁)과 의(義)에 대한 논의로 이어진다. 인의에 대해서는 공자를 비롯한 많은 사람들이 언급한 바 있다. 맹자는 자신의 저작에서 인의에 대한 논의를 선언적으로 하지 않고, 실제 상황에서 다양하게 실례를 들어가며 설명하고 있다.

〈공손추 상公孫丑 上〉 7장 맹자가 말했다. "화살을 만드는 사람이 어찌하여 본래부터 갑옷 만드는 사람보다 어질지 않겠는가마는, 화살 만드는 사람은 오직 사람을 상하게 하지 못할까하는 것을 걱정하고, 갑옷 만드는 사람은 오직 사람이 상하게 될까 하는 것을 걱정한다. [사람을 살리는] 무당이나 [사람이 죽어야 먹고 살 수 있는] 관 만드는 목수도 또한 이와 같다. 그러니 살아가면서 직업이나 기술을 선택할 때 신중을 기하지 않을 수가 없는 것이다.

공자께서도 말씀하셨다. '사람이 사는 곳에는 어진 인덕이 있어야 좋으니라. 사는 곳을 선택하되, 인덕이 없는 곳이라면 어찌 지혜롭다고 할 수 있겠느냐!' 대저 어진 인덕이란 하늘이 내려 주시는 가장 높은 작위이고, 사람이 인간답게 살수 있는 가장 편안한 집이다. 아무도 여기에 못 들어오게 막지 않는데도 인하지 않게 사는 것이야말로 지혜롭지 못한 것이다.

어질지도 않고 지혜롭지도 않으며, 예가 바르지도 않고 의롭지도 않은 인간들은 다른 사람에게 부림을 받아야 마땅하다. 그런 인간이 남에게 부림을 받으면서 그 부림 받는 것을 부끄러워하는 것은 마치 활 만드는 사람이 활 만드는 것을 부끄럽게 생각하고, 화살 만드는 사람이 화살 만드는 것을 부끄러워하는 것과 같다. 만약 그것이 부끄럽거든 어진 행동을 하여 다른 사람을 부릴 수 있는 위치에 서야 할 것이다. 어진이는 활 쏘는 이와 같다. 활 쏘는 이는 먼저 자신의 몸을 바르게 하고 정신을 집중한 뒤에야 화살을 쏜다. 활을 쏘아 맞지 않더라도 자기를 이긴 자를 원망하지 않고 활을 쏜 자기 자신을 돌아보고 반성할 따름이다."

孟子曰 "矢人豈不仁於函人哉? 矢人惟恐不傷人, 函人惟恐傷
맹자왈　시인기불인어함인재　시인유공불상인　함인유공상

人. 巫匠亦然, 故術不可不愼也. 孔子曰 '里仁爲美. 擇不處仁,
인　무장역연　고술불가불신야　공자왈　이인위미　택불처인

焉得智?' 夫仁, 天之尊爵也, 人之安宅也. 莫之禦而不仁, 是不
언득지　부인　천지존작야　인지안택야　막지어이불인　시부

智也. 不仁不智, 無禮無義, 人役也. 人役而恥爲役, 由弓人而恥
지야　불인부지　무예무의　인역야　인역이치위역　유궁인이치

爲弓, 矢人而恥爲矢也. 如恥之, 莫如爲仁. 仁者如射, 射者正己
위궁　시인이치위시야　여치지　막여위인　인자여사　사자정기

而後發. 發而不中, 不怨勝己者, 反求諸己而已矣."
이후발　발이부중　불원승기자　반구저기이이의

〈공손추 하公孫丑 下〉 2장 맹자가 제나라 선왕을 뵈러 가려는데, 왕
의 사자가 와서 말했다. "과인이 선생 계신 곳으로 가서 만나
야 하겠지만, 마침 감기에 걸려 바깥바람을 쐴 수가 없습니
다. 선생께서 조정까지 나오실 수 있다면 제가 조정에 나가
있겠습니다. 그러니 과인이 선생을 만나 뵐 수 있게 해 주실
수 있는지요?"

맹자는 제 선왕의 태도에 언짢아 말했다. "불행하게도 저 또
한 병이 나서 조정에 나아갈 수가 없겠습니다."

그다음 날 맹자가 [제나라 대부인] 동곽씨(東郭氏)의 문상을 위해 나서려는데 공손추가 물었다. "어제는 병이 나셨다고 임금의 부름을 사절하셨다가, 오늘은 문상하러 나가시는 것은 옳은 일이 아니지 않을까요?"

"어제는 병이 나서 아팠고, 오늘은 나았으니 조문을 못 갈 이유가 없지 않은가?"

이렇게 맹자가 외출한 뒤 왕이 사람을 시켜 병문안을 하고 의원도 보냈다. 집에 있던 [맹자의 종형제인] 맹중자(孟仲子)는 곤혹스러워하며 이렇게 둘러댔다. "어제는 왕명이 있었지만, 마침 병이 나서 조정에 뵈러 가지 못했습니다. 오늘은 병이 조금 나았기에, 서둘러 조정으로 달려갔습니다. 지금쯤 조정에 도착했는지 모르겠습니다."

이렇게 말하고는 몇 사람을 시켜 길목을 지키다가, 맹자에게 "집으로 돌아오지 마시고, 조정으로 꼭 가십시오."라고 말하게 했다. 맹자는 이럴 수도 저럴 수도 없어서 경추씨(景丑氏)의 집으로 가서 머물렀다. 이에 경추씨가 말했다. "집 안에서는 부자 관계가, 집 밖에서는 군신 관계가 사람의 중대한 윤리입니다. 부자간에는 은혜를 위주로 하고, 군신 간에는 공경을 위주로 하는 법이지요. 그런데 내가 보기에 우리 왕께서는 선생을 공경했지만, 선생께서는 왕을 공경하지 않으시는 듯합니다그려."

"허, 그게 무슨 말씀이요. 제나라 사람 중에는 인의(仁義)에 대하여 왕에게 말하는 자가 너무도 없는 듯하여이다. 이 어찌 인의 그 자체를 불미스러운 것으로 여기는 것이겠소? 그들은 마음속으로 '이런 임금과 어찌 인의를 말하겠나?'라고 생각해서 그런 것이니, 이보다 더 큰 불경(不敬)이 어디 있겠소? 나는 요 임금과 순 임금의 도가 아니면 절대 왕 앞에서 말하는 법이 없소. 그러니 제나라 사람 가운데 나만큼 왕을 충심으로 공경하는 이도 없을 거요."

"아니오. 내가 말한 불경이란 그런 뜻이 아닙니다.《예기》에 이르기를, '어버이가 부르시면 대답할 틈도 없이 달려가고, 임금이 부르시면 수레에 말을 매기도 전에 달려간다'라고 하였소. 선생께서는 본래 임금을 뵈러 가려고 했다가 왕명을 듣고는 도리어 가지 않았으니,《예기》의 가르침과는 다른 것 같습니다."

"어찌 그런 뜻이겠소? 증자가 이런 말을 했소. '진나라와 초나라같이 큰 나라 군주의 부(富)는 내가 따라갈 수가 없지만, 저들이 그 부를 내세우면 나는 나의 인(仁)으로써 대할 것이다. 또 저들이 작위(爵位)를 내세우면, 나는 나의 의로써 대할 것이다. 내가 그들에게 꿀릴 것이 뭐 있겠는가?' 대저 이것이 불의한 것이라면 어찌 증자께서 그런 말씀을 하셨겠소? 증자의 말에는 반드시 일리가 있을 것이오. 천하에 두루 존귀하게 여기는 것이 세 가지 있으니, 작위가 그 하나요, 나이가 그 하나며, 덕망이 그 하나입니다. 조정에서는 작위만큼 귀한 것이 없고, 마을에서는 나이만큼 귀한 것이 없습니다. 세상을 돕고 백성을 다스리는 데 덕망만큼 귀한 것이 없습니다. 어찌 그 가운데 하나를 가진 임금이라고 해서, 다른 두 가지를 가진 나를 무시할 수가 있겠소? 그러므로 장차 큰일을 도모하려는 임금은 반드시 호락호락 불러들일 수 없는 신하가 있어야만 합니다. 의논하고 싶은 일이 있으면, 임금이 그 신하를 찾아가야 합니다. 덕을 존중하고 도를 즐기는 태도가 이와 같지 않으면, 함께 큰일을 할 수가 없지요. 그래서 탕 임금은 이윤(伊尹)에게 배운 다음에 그를 신하로 삼았소. 그랬기에 힘들이지 않고 왕자(王者)가 된 것이지요. 또 환공(桓公)도 관중(管仲)에게 배운 다음에 그를 신하로 삼았소. 그랬기에 힘들이지 않고 패자(霸者)가 된 것이지요. 지금 천하의 여러 나라들은 영토의 크기도 비슷하고 임금들의 덕망도 고만고만

하니 누구 하나 남보다 뛰어난 이가 없습니다. 그 까닭은 다른 게 아니라 자기가 가르칠 수 있는 신하만을 좋아하고, 자기 자신이 배울 수 있는 신하는 좋아하지 않기 때문입니다. 탕 임금은 이윤을, 환공은 관중을 감히 만나자고 불러내지 못했습니다. 관중 같은 사람도 불러내 볼 수 없었거늘, 하물며 관중 정도는 우습게보고 그와 같이 되기를 원치 않는 나의 경우야 더 말해서 무엇하겠습니까?"

孟子將朝王, 王使人來曰 "寡人如就見者也, 有寒疾, 不可以風.
맹 자 장 조 왕   왕 사 인 래 왈   과 인 여 취 견 자 야   유 한 질   불 가 이 풍

朝, 將視朝, 不識可使寡人得見乎?"
조   장 시 조   불 식 가 사 과 인 득 견 호

對曰 "不幸而有疾, 不能造朝."
대 왈   불 행 이 유 질   불 능 조 조

明日, 出吊於東郭氏. 公孫丑曰 "昔者辭以病, 今日吊, 或者不
명 일   출 적 어 동 곽 씨   공 손 추 왈   석 자 사 이 병   금 일 조   혹 자 불

可乎?"
가 호

曰 "昔者疾, 今日愈, 如之何不吊?"
왈   석 자 질   금 일 유   여 지 하 부 조

王使人問疾, 醫來. 孟仲子對曰 "昔者有王命, 有采薪之憂, 不能
왕 사 인 문 질   의 래   맹 중 자 대 왈   석 자 유 왕 명   유 채 신 지 우   불 능

造朝. 今病少愈, 趨造於朝, 我不識能至否乎?"
조조 금병소유 추조어조 아불식능지부호

使數人要於路, 曰"請必無歸, 而造於朝!"
사수인요어로 왈 청필무귀 이조어조

不得已而之景丑氏宿焉. 景子曰"內則父子, 外則君臣, 人之大
부득이이지경추씨숙언 경자왈 내즉부자 외즉군신 인지대

倫也. 父子主恩, 君臣主敬. 丑見王之敬子也, 未見所以敬王也."
륜야 부자주은 군신주경 추견왕지경자야 미견소이경왕야

曰"惡! 是何言也! 齊人無以仁義與王言者, 豈以仁義爲不美也?
왈 오 시하언야 제인무이인의여왕언자 기이인의위불미야

其心曰'是何足與言仁義也'云爾, 則不敬莫大乎是. 我非堯舜
기심왈 시하족여언인의야 운이 즉불경막대호시 아비요순

之道, 不敢以陳於王前, 故齊人莫如我敬王也."
지도 불감이진어왕전 고제인막여아경왕야

景子曰"否! 非此之謂也. 禮曰'父召, 無諾. 君命召, 不俟駕.'固
경자왈 부 비차지위야 예왈 부소 무낙 군명소 불사가 고

將朝也, 聞王命而遂不果, 宜與夫禮若不相似然."
장조야 문왕명이수불과 의여부례약불상사연

曰"豈謂是與? 曾子曰'晉楚之富, 不可及也. 彼以其富, 我以吾
왈 기위시여 증자왈 진초지부 불가급야 피이기부 아이오

仁; 彼以其爵, 我以吾義, 吾何慊乎哉?'夫豈不義而曾子言之?
인 피이기작 아이오의 오하겸호재 부기불의이증자언지

是或一道也. 天下有達尊三: 爵一, 齒一, 德一. 朝廷莫如爵, 鄉
시혹일도야 천하유달존삼 작일 치일 덕일 조정막여작 향

黨莫如齒, 輔世長民莫如德. 惡得有其一以慢其二哉? 故將大
당막여치　보세장민막여덕　오득유기일이만기이재　고장대

有爲之君, 必有所不召之臣. 欲有謀焉, 則就之. 其尊德樂道,
유위지군　필유소불소지신　욕유모언　즉취지　기존덕락도

不如是, 不足與有爲也. 故湯之於伊尹, 學焉而後臣之, 故不勞
불여시　부족여유위야　고탕지어이윤　학언이후신지　고불로

而王; 桓公之於管仲, 學焉而後臣之, 故不勞而霸. 今天下地醜
이왕　환공지어관중　학언이후신지　고불로이패　금천하지추

德齊, 莫能相尙, 無他, 好臣其所敎, 而不好臣其所受敎. 湯之
덕제　막능상상　무타　호신기소교　이불호신기소수교　탕지

於伊尹, 桓公之於管仲, 則不敢召. 管仲且猶不可召, 而況不爲
어이윤　환공지어관중　즉불감소　관중차유불가소　이황불위

管仲者乎?"
관중자호

〈이루 상離婁 上〉 1장 맹자가 말했다. "이루같이 눈이 밝고, 공수
자처럼 솜씨가 뛰어나도, 컴퍼스와 기역 자를 쓰지 않으면
사각형이나 동그라미를 제대로 그릴 수가 없다. 또 사광처
럼 귀가 밝아도 육률을 쓰지 않으면 오음을 바로잡지 못한
다. 요 임금과 순 임금의 도가 있어도 실제로 어진 정치를 펴
지 않으면 천하를 화평하게 다스릴 수가 없다. 지금도 마음

이 어진 임금이 있고, 어질다고 소문난 임금도 있으나, 백성이 어진 정치의 혜택을 받지 못하고 또 그 임금들이 후세의 본보기가 될 수 없는 까닭은 그들이 선왕의 왕도 정치를 실천하지 않기 때문이다. 그러므로 말한다. 단지 선한 의도가 있다고 해서 바른 정치가 이루어지는 것도 아니요, 갖추어진 법을 따른다고 좋은 정치가 행해지는 것도 아니다. 《시경》〈대아(大雅)〉〈가락(假樂)〉에서도 '잘못을 저지르지도 않고 정도를 잊지도 않는다. 오직 선왕의 법도만을 따르네'라고 했듯이, 선왕의 법도를 따르고서도 어떤 허물이 있었던 적은 없었다.

성인들은 자신의 시력을 다했을 뿐 아니라 컴퍼스나 기역자, 수평기와 먹줄과 같은 도구까지 사용해 사각형이나 동그라미, 수평, 직선을 만들어 그 활용 범위가 이루 헤아릴 수 없을 정도였다. 또 자신의 청력을 다했을 뿐 아니라, 여기에 육률까지 활용해 오음을 바로잡으니 그 활용 방도가 이루 헤아릴 수 없을 정도였다. 또 백성에게는 자기의 마음을 다했을 뿐 아니라 차마 어쩌지 못하는 인정을 베푸시니 그 어진 정치가 온 천하를 뒤덮을 수 있었다. 그러므로 '높이 오르려면 반드시 언덕을 의지해야 하고, 아래로 내려가려면 반드시 시냇물이나 늪을 따라가야 한다'라고 말하는 것이다. 어찌 정치를 하되 선왕의 왕도 정치를 따르지 않고서도 지혜롭다고 말할 수 있겠는가?

그러므로 오직 어진 사람만이 높은 자리에 있어야 한다. 어질지 못한 사람이 높은 자리에 있게 되면, 많은 백성에게 악을 퍼뜨리게 될 것이다. 위에 있는 임금이 올바른 도로써 모든 일을 헤아리지 않으면, 아래에 있는 신하도 법도에 따라 자기의 직책을 지키지 않는다. 조정이 도의를 미더워하지 않고, 여염의 기술자들도 도량형의 기준을 미더워하지 않으며, 군자가 의를 범하고, 소인배들이 형벌을 받을 만한 죄를 저지르면서도 한 나라가 그대로 온존하고 있다면 그것은 요행에 불과한 것이다.

그러므로 말한다. 성곽이 제대로 갖추어져 있지 않거나 무기와 갑옷이 많지 않은 것은 나라의 재앙이라고 말할 수 없다. 전답이 개간되지 않고 재물이 많이 쌓이지 못했다고 해서 반드시 나라에 해가 되는 것은 아니다. 윗자리에 있는 자들이 예를 모르고, 백성이 교육을 받지 못하면, 그 백성이 도적 떼가 되어 나라가 망할 날도 얼마 남지 않을 것이다. 《시경》〈대아〉〈판(板)〉에서도 말했다. '하늘이 바야흐로 주나라를 엎으려 하는데, 주나라의 신하들은 예예 하고 하나 마나 한 말만 하고 있다.' 이 시에서 예예는 요즘 말로 시끄럽게 떠들어 대는 소리다. 오늘날 임금을 섬기는 데 의가 없고, 벼슬에 나아가거나 물러갈 때 예를 지키지 못하며, 입만 벌리면 선왕의 도를 비난하는 이들이야말로 방금 말한 아무 내용도 없이 시끄럽게 떠들어 대는 것과 같다. 그러므로 나는 말한다. 실행에 옮기기 어려운 왕도 정치를 자기 임금에게 베풀라고 강권하는 것이야말로 공(恭)이고, 선한 인정을 진언하면서 사악한 도를 막아 내는 것을 경(敬)이라 하며, 우리 임금은 인정을 실행할 능력이 없다고 단정하는 것을 적(賊)이라고 한다."

孟子曰 "離婁之明, 公輸子之巧, 不以規矩, 不能成方員; 師曠
맹자왈 이루지명 공수자지교 불이규구 불능성방원 사광

之聰, 不以六律, 不能正五音; 堯舜之道, 不以仁政, 不能平治
지총 불이육률 불능정오음 요순지도 불이인정 불능평치

天下. 今有仁心仁聞而民不被其澤, 不可法於後世者, 不行先
천하 금유인심인문이민불피기택 불가법어후세자 불행선

王之道也. 故曰, 徒善不足以爲政, 徒法不能以自行. 詩云: '不
왕지도야 고왈 도선부족이위정 도법불능이자행 시운 불

愆不忘, 率由舊章.' 遵先王之法而過者, 未之有也. 聖人旣竭目
건불망 솔유구장 준선왕지법이과자 미지유야 성인기갈목

力焉, 繼之以規矩準繩, 以爲方員平直, 不可勝用也; 旣竭耳力焉,
력언 계지이규구준승 이위방원평직 불가승용야 기갈이력언

繼之以六律, 正五音, 不可勝用也; 旣竭心思焉, 繼之以不忍人
계 지 이 육 률 정 오 음 불 가 승 용 야 기 갈 심 사 언 계 지 이 불 인 인

之政, 而仁覆天下矣. 故曰, 爲高必因丘陵, 爲下必因川澤. 爲政
지 정 이 인 복 천 하 의 고 왈 위 고 필 인 구 릉 위 하 필 인 천 택 위 정

不因先王之道, 可謂智乎? 是以惟仁者宜在高位. 不仁而在高
불 인 선 왕 지 도 가 위 지 호 시 이 유 인 자 의 재 고 위 불 인 이 재 고

位, 是播其惡於衆也. 上無道揆也, 下無法守也, 朝不信道, 工
위 시 파 기 악 어 중 야 상 무 도 규 야 하 무 법 수 야 조 불 신 도 공

不信度, 君子犯義, 小人犯刑, 國之所存者幸也. 故曰, 城郭不
불 신 도 군 자 범 의 소 인 범 형 국 지 소 존 자 행 야 고 왈 성 곽 불

完, 兵甲不多, 非國之災也; 田野不辟, 貨財不聚, 非國之害也.
완 병 갑 부 다 비 국 지 재 야 전 야 불 벽 화 재 불 취 비 국 지 해 야

上無禮, 下無學, 賊民興, 喪無日矣. 詩曰 '天之方蹶, 無然泄泄.'
상 무 례 하 무 학 적 민 흥 상 무 일 의 시 왈 천 지 방 궐 무 연 설 설

泄泄, 猶沓沓也. 事君無義, 進退無禮, 言則非先王之道者, 猶沓
설 설 유 답 답 야 사 군 무 의 진 퇴 무 례 언 즉 비 선 왕 지 도 자 유 답

沓也. 故曰, 責難於君謂之恭, 陳善閉邪謂之敬, 吾君不能謂之賊."
답 야 고 왈 책 난 어 군 위 지 공 진 선 폐 사 위 지 경 오 군 불 능 위 지 적

〈이루 上離婁 上〉 2장 맹자가 말했다. "컴퍼스와 기역 자는 네모와

동그라미를 그리는 기준이 되며, 옛 성인들은 인간 윤리의

기준이 된다. 훌륭한 임금이 되려고 하면 임금의 도리를 다

해야 하고, 훌륭한 신하가 되려고 하면 신하의 도리를 다해야 한다. 임금이나 신하나 모두 요 임금과 순 임금을 본받으면 된다. 순 임금이 요 임금을 섬기던 태도로 자기 임금을 섬기지 않으면, 자기 임금을 공경하지 않는 신하이다. 또 요 임금이 백성을 다스리던 태도로 자기 백성을 다스리지 않으면, 자기 백성을 해치는 임금이다. 공자께서는 이렇게 말씀하셨다. '사람에게는 두 가지 도가 있으니, 어진 것과 어질지 않은 것뿐 그 사이에 다른 것은 없다.' 임금이 자기 백성에게 포학하게 굴되 그 정도가 심하면, 결국 자기는 죽임당하고 나라도 망하게 된다. 그 정도가 심하지 않더라도 신변이 위태로워지고 나라는 쇠약해질 것이다. [그런 군주라면] 유왕이나 려왕과 같은 시호로 불리게 되어, 비록 효성스럽고 자애로운 자손들이 나타나더라도 백대를 두고 그 이름을 고칠 수 없다. 그래서 《시경》〈대아〉〈탕(蕩)〉에서도, '은나라 주왕의 거울이 멀리 있지 않으니, 바로 하나라 걸왕 때 있었네'라고 한 것이다. 이것은 곧 후대의 임금에게 전대의 폭군을 경계하라고 이른 것이다."

孟子曰 "規矩, 方圓之至也; 聖人, 人倫之至也. 欲爲君, 盡君道;
맹 자 왈 규 구 방 원 지 지 야 성 인 인 륜 지 지 야 욕 위 군 진 군 도

欲爲臣, 盡臣道. 二者皆法堯舜而已矣. 不以舜之所以事堯事君,
욕 위 신 진 신 도 이 자 개 법 요 순 이 이 의 불 이 순 지 소 이 사 요 사 군

不敬其君者也; 不以堯之所以治民治民, 賊其民者也. 孔子曰
불 경 기 군 자 야 불 이 요 지 소 이 치 민 치 민 적 기 민 자 야 공 자 왈

'道二, 仁與不仁而已矣.' 暴其民甚, 則身殺亡國; 不甚, 則身危
도 이 인 여 불 인 이 이 의 폭 기 민 심 즉 신 살 망 국 불 심 즉 신 위

國削. 名之曰'幽''厲', 雖孝子慈孫, 百世不能改也. 詩云 '殷鑒
국 삭 명 지 왈 유 려 수 효 자 자 손 백 세 불 능 개 야 시 운 은 감

不遠, 在夏后之世.' 此之謂也."
불 원 재 하 후 지 세 차 지 위 야

〈이루 상離婁 上〉 3장 맹자가 말했다. "하, 은, 주 3대가 천하를 얻
은 까닭은 어진 정치를 폈기 때문이고, 그들이 말기에 천하
를 잃은 까닭은 어질지 않은 정치를 폈기 때문이다. 제후들
의 나라가 쇠퇴하거나 흥성하거나, 또는 존속하거나 멸망하
는 까닭도 역시 마찬가지이다. 천자가 어질지 않으면 천하를
보전할 수 없고, 제후가 어질지 않으면 사직을 보전할 수 없
다. 공경, 대부가 어질지 않으면 종묘를 보전할 수 없으며, 선
비나 서민들이 어질지 않으면 자기 한 몸도 보전할 수가 없

다. 요즘 사람들은 죽는 것을 싫어하면서도 어질지 않은 짓을 즐겨 저지르고 있으니, 이는 마치 취하기를 싫어하면서도 술을 억지로 마시는 것과 같다.”

孟子曰 “三代之得天下也以仁; 其失天下也以不仁. 國之所以
맹자왈   삼대지득천하야이인   기실천하야이불인   국지소이

廢興存亡者亦然. 天子不仁, 不保四海; 諸侯不仁, 不保社稷; 卿
폐흥존망자역연   천자불인   불보사해   제후불인   불보사직   경

大夫不仁, 不保宗廟; 士庶人不仁, 不保四體. 今惡死亡而樂不
대부불인   불보종묘   사서인불인   불보사체   금오사망이락불

仁, 是猶惡醉而强酒.”
인   시유오취이강주

❀ 이러한 실례 가운데서도 ‘인의’의 본질을 가장 극명하게 보여 주는 것이 바로 아래의 송경과의 대화이다.

〈고자 하告子 下〉 4장 [당시 유명한 평화주의자였던] 송경이 유세를 하기 위해 초나라로 가다가, 석구에서 맹자를 만났다. 맹자가 물었다. “선생께서는 어디로 가시는 길입니까?”
송경이 말했다. “저는 진나라와 초나라가 싸우려 한다는 소

문을 들었습니다. 그래서 초나라 임금을 뵙고 설득하여, 싸움을 그만두게 하려고 합니다. 만약 초나라 임금이 저의 의견을 좋아하지 않는다면 진나라 임금을 뵙고 설득하여, 싸움을 그만두게 하려고 합니다. 두 임금께서는 저의 말을 들어주실 것입니다."

맹자가 다시 물었다. "제가 그 자세한 정황은 다 여쭙지 못하겠습니다만, 그 요지만은 듣고 싶습니다. 그 임금들을 어떻게 설득하시려는지요?"

송경이 말했다. "저는 그 싸움이 서로에게 이롭지 못하다는 말을 하려고 합니다."

이에 맹자가 말했다. "선생의 뜻은 훌륭합니다만, 그 방법론은 오히려 불가합니다. 선생께서 이익을 들어 진나라와 초나라 임금을 설득한다면, 진나라와 초나라의 임금이 그 이익을 좋아하여 당장은 삼군의 군대를 일으키는 것을 그만둘 것입니다. 그리되면 삼군의 군사들도 싸움이 끝난 것을 즐거워하고, 그 이익을 좋아하겠지요. 신하 된 자들은 이익만을 생각하며 자기 임금을 섬길 것이요, 아들 된 자들도 이익만을 생각하며 자기 어버이를 섬기게 될 것이며, 아우 된 자들 역시 이익을 생각하면서 자기 형을 섬기게 될 것입니다. 그리되면 임금과 신하, 어버이와 아들, 형과 아우 사이에서도 마침내 인의를 내버리고, 이익만을 생각하며 상대하게 될 테지요. 이런 지경에 이르고서도 망하지 않은 나라는 이제껏 없었습니다. 그러나 선생께서 인의를 들어 진나라와 초나라의 임금을 설득한다면, 진나라와 초나라의 임금이 인의를 기꺼이 받아들여 삼군의 군대를 일으키는 것을 그만둘 것입니다. 그리되면 삼군의 군사들도 싸움이 끝난 것을 즐거워하며 인의를 좋아하겠지요. 신하 된 자들은 인의를 생각하며 자기 임금을 섬기게 될 것이고, 아들 된 자들도 인의를 생각하며 자기 어버이를 섬기게 될 것이며, 아우 된 자들도 인의를 생각하면서 자기 형을 섬기게 될 것입니다. 그리되면 임금과 신하, 어버이와 아들, 형과 아우 사이에서도 이익을 내버리고, 인의만을 생각하며 서로 대하게 될 테지요. 이렇게 한 뒤에 왕 노릇을 하지 못한 이는 여태껏 없었습니다. 어찌하여 하필이면 이익을 말씀하시는 것입니까?"

宋牼將至楚, 孟子遇於石丘. 曰 "先生將何之?"
송 경 장 지 초 맹 자 우 어 석 구 왈 선 생 장 하 지

曰 "吾聞秦楚構兵, 我將見楚王說而罷之. 楚王不悅, 我將見秦
왈 오 문 진 초 구 병 아 장 현 초 왕 설 이 파 지 초 왕 불 열 아 장 현 진

王說而罷之. 二王我將有所遇焉."
왕설이파지 이왕아장유소우언

曰 "軻也請無問其詳, 願聞其指. 說之將如何?"
왈 가야청무문기상 원문기지 설지장여하

曰 "我將言其不利也."
왈 아장언기불리야

曰 "先生之志則大矣, 先生之號則不可. 先生以利說秦楚之王,
왈 선생지지즉대의 선생지호즉불가 선생이리설진초지왕

秦楚之王悅於利, 以罷三軍之師, 是三軍之士樂罷而悅於利也.
진초지왕열어리 이파삼군지사 시삼군지사락파이열어리야

爲人臣者懷利以事其君, 爲人子者懷利以事其父, 爲人弟者懷
위인신자회리이사기군 위인자자회리이사기부 위인제자회

利以事其兄, 是君臣父子兄弟終去仁義, 懷利以相接, 然而不
리이사기형 시군신부자형제종거인의 회리이상접 연이불

亡者, 未之有也. 先生以仁義說秦楚之王, 秦楚之王悅於仁義,
망자 미지유야 선생이인의설진초지왕 진초지왕열어인의

而罷三軍之師, 是三軍之士樂罷而悅於仁義也. 爲人臣者懷仁
이파삼군지사 시삼군지사락파이열어인의야 위인신자회인

義以事其君, 爲人子者懷仁義以事其父, 爲人弟者懷仁義以事
의이사기군 위인자자회인의이사기부 위인제자회인의이사

其兄, 是君臣父子兄弟去利, 懷仁義以相接也, 然而不王者, 未
기형 시군신부자형제거리 회인의이상접야 연이불왕자 미

之有也. 何必曰利?"
지유야 하필왈리

⬥ 송경과의 대화를 통해 맹자는 인의의 본질을 비유적으로
드러내 보여 주고 있다. 논의의 상대자로서 송경이 '이로움
(利)'을 내세웠다면, 맹자는 인의를 행위의 기본 원칙으로 삼을
것을 주장했다. 이것은 논리상 앞에서 언급한 집단과 개인의
관계와 내적으로 연관되어 있다. 집단과 개인(자아)의 관계는
본질적으로 추상적인 도덕 관계가 아니다. 그것은 궁극적으로
는 구체적인 이익(利)을 지향한다. 사실 집단과 개인 관계의
핵심은 집단 이익과 개인 이익의 관계이다. 어떻게 보편 규범
(義)으로 개인과 집단 사이의 이해관계를 조화시킬 것인가? 이
문제가 유학에서는 의리론으로 전개된다. 양구오롱 지음, 이영섭 옮김, 《맹
자 평전》, 미다스북스, 2005, 149쪽

〈진심 하盡心 下〉 16장 맹자가 말했다. "인이란 것은 곧 사람이다.
이것을 합해서 말하면, 곧 도가 된다."

孟子曰 "仁也者, 人也. 合而言之, 道也."
맹 자 왈 인 야 자 인 야 합 이 언 지   도 야

❀ 우선 위의 문장에서 맹자는 인(仁)의 본질을 간명하게 정리하고 있다. '어질다는 것'이야말로 인간이라고 선언하는 순간, 명목적인 의미에서 '인간'의 실질을 채우는 것이 바로 인(仁)이 된다. 곧 이 말을 뒤집어 말하면 '어질지 않은 것(不仁)'은 인간이 아니라는 말이 된다. 그렇기 때문에 '어질지 않은 사람'은 곧 자기 자신을 배반하고 사는 인간이다.

〈이루 상離婁 上〉 10장 맹자가 말했다. "스스로 자기를 해치는 사람과는 더불어 말할 수 없고, 또 스스로 자기를 저버리는 사람과는 더불어 무언가 가치 있는 일을 할 수 없다. 입만 벌리면 예의를 비방하는 자를 '자기를 해치는 사람'이라 하고, 자기 자신은 인에 살지 못하며 의를 따르지 못한다고 여기는 자를 '자기를 저버리는 사람'이라고 한다. 인은 사람이 편안하게 거주하는 집이요, 의는 사람이 걸어야 할 올바른 길이다. 그런데도 편안한 집을 비워 놓고 그곳에 살 생각을 하지 않으며, 올바른 길을 내버리고 따르지 않으니, 슬프고녀!"

孟子曰"自暴者, 不可與有言也; 自棄者, 不可與有爲也. 言非
맹자왈 자폭자 불가여유언야 자기자 불가여유위야 언비

禮義, 謂之自暴也; 吾身不能居仁由義, 謂之自棄也. 仁, 人之
예의 위지자폭야 오신불능거인유의 위지자기야 인 인지

安宅也; 義, 人之安路也. 曠安宅而弗居, 舍正路而不由, 哀哉!"
안택야 의 인지안로야 광안택이불거 사정로이불유 애재

❀ 그러므로 인(仁)은 단순한 관념이 아니라 실제로 '사람이 편
안하게 거주하는 집'이고, 그에 따라 파생한 정언 명제인 의
(義)는 '사람이 걸어야 할 올바른 길'인 것이다. 《중용》의 '의
란 마땅한 것이다(義者, 宜也)'라는 말에 대해, 주희는 '의란 마
음의 법도이며, 사건·사물의 마땅함이다'라고 하였다." 채인후 지
음, 천병돈 옮김, 《맹자의 철학》, 예문서원, 2000, 71쪽 문제는 어리석은 인간들이 자
신이 편하게 거주할 집을 내버리고 따라야 할 길을 걷지 않고
험난한 길을 자초하며, 갈 바를 잃고 방황하는 데 있다.

〈고자 상告子 上〉 11장 맹자가 말했다. "인은 사람이 지녀야 할 마
음이고, 의는 사람이 가야 할 길이다. 그 길을 내버려 두고 따
르지 않으며, 그 마음을 그저 방치해 두고 찾을 줄 모르다니,

참으로 애달프도다. 사람이 [자기가 기르던] 개나 닭을 잃으면 찾을 줄 알면서도, 자기 본연의 마음을 방치해 두고 찾을 줄 모르다니. 학문의 길이란 다른 게 아니다. 그렇게 방치해 둔 자기 본연의 마음을 되찾아 오는 것일 따름이다."

孟子曰"仁, 人心也; 義, 人路也. 舍其路而弗由, 放其心而不知
맹자왈 인 인심야 의 인로야 사기로이불유 방기심이부지

求, 哀哉! 人有鷄犬放, 則知求之; 有放心, 而不知求. 學問之道,
구 애재 인유계견방 즉지구지 유방심 이부지구 학문지도

無他, 求其放心而已矣."
무타 구기방심이이의

꽃 그러니 불가(佛家)에서도 인간의 업 가운데 가장 큰 업이 '무지(無知)'와 '무명(無明)'이라고 했던가! 무지한 자들은 자신이 지녀야 할 마음을 내던져 버리고, 자신이 걸어야 할 길을 내버려 두고는 거꾸로 자기 자신을 위태로운 지경에 빠뜨리고 있다.

〈이루 하離婁 下〉 11장 맹자가 말했다. "대인이라고 해서 그가 한 말이 모두 미더운 것은 아니고, 그의 행동 하나 하나가 어떤 끝을 보는 것은 아니다. 오직 대의에 의거할 따름이다."

孟子曰 "大人者, 言不必信, 行不必果, 惟義所在."
맹자왈   대인자 언불필신 행불필과 유의소재

〈이루 하離婁 下〉 28장 맹자가 말했다. "군자가 여느 사람과 다른 까닭은 그가 마음을 지니고 있기 때문이다. 군자는 인을 마음에 지니고 있으며, 또 예를 마음에 지니고 있다. 어질다는 것은 남을 사랑한다는 것이요, 예가 있다는 것은 남을 공경하는 것이다. 남을 사랑하는 자는 늘 남에게 사랑받고, 남을 공경하는 자는 늘 남에게 공경받는다.

여기 한 사람이 있어, 그가 나에게 막돼먹은 태도로 대하면, 군자는 그 사람을 탓하지 않고 반드시 자신을 반성한다. '내가 틀림없이 어질지 못했고, 내가 틀림없이 예를 지키지 못해서 그랬겠지. 그게 아니라면 이런 일이 어떻게 일어났을까?' 이렇게 반성하여 어질게 대하고, 또 이렇게 반성하여 예를 지켰건만, 그가 그처럼 막돼먹게 대했다면, 군자는 다시 한 번 반성한다. '내게 무언가 불충한 것이 있었을 거야.' 이렇게 스스로 반성하여 가슴에서 우러나오는 대로 충심을 다해 대했는데도 그가 여전히 그처럼 막돼먹게 대한다면, 그제야 군자는 이렇게 말한다. '이 사람은 상대할 가치가 없는 자로구나. 이렇게 나온다면, 금수와 다를 게 뭐가 있겠는가? 금수와 무슨 잘잘못을 따지리오?'

그러므로 군자에게 평생토록 지닐 걱정은 있어도 하루아침에 닥치는 근심거리는 없게 마련이다. 군자의 걱정이라면 이런 것이다. '순 임금도 사람이고 나도 또한 사람이다. 순 임금은 온 천하의 모범이 되어 후세까지 전해지지만 나는 한낱 평범한 시골 사람에 불과하다니, 이거 참 걱정이로구나.' 이렇게 걱정한 뒤에는 어찌해야 할까? 순 임금처럼 되도록 애쓸 뿐이다.

이와 같이 한다면 군자에게 근심거리란 없을 것이다. 인이 아니면 하지를 않고, 예가 아니면 행하지 않는다. 만약 하루아침에 근심거리가 생기더라도, 군자는 근심거리로 여기지 않을 것이다."

孟子曰"君子所以異於人者, 以其存心也. 君子以仁存心, 以禮
맹자왈 군자소이이어인자 이기존심야 군자이인존심 이예

存心. 仁者愛人, 有禮者敬人. 愛人者, 人恒愛之; 敬人者, 人恒
존심 인자애인 유례자경인 애인자 인항애지 경인자 인항

敬之. 有人於此, 其待我以橫逆, 則君子必自反也; 我必不仁也,
경지 유인어차 기대아이횡역 즉군자필자반야 아필불인야

必無禮也, 此物奚宜至哉? 其自反而仁矣, 自反而有禮矣, 其橫
필무례야 차물해의지재 기자반이인의 자반이유례의 기횡

逆由是也, 君子必自反也, 我必不忠. 自反而忠矣, 其橫逆由是
역유시야 군자필자반야 아필불충 자반이충의 기횡역유시

也, 君子曰'此亦妄人也已矣. 如此, 則與禽獸奚擇哉? 於禽獸
야 군자왈 차역망인야이의 여차 즉여금수해택재 어금수

又何難焉?'是故君子有終身之憂, 無一朝之患也. 乃若所憂則
우하난언 시고군자유종신지우 무일조지환야 내약소우즉

有之; 舜, 人也; 我, 亦人也. 舜爲法於天下, 可傳於後世, 我由
유지 순 인야 아 역인야 순위법어천하 가전어후세 아유

未免爲鄕人也, 是則可憂也. 憂之如何? 如舜而已矣. 若夫君子
미면위향인야 시즉가우야 우지여하 여순이이의 약부군자

所患則亡矣. 非仁無爲也, 非禮無行也. 如有一朝之患, 則君子
소환즉망의 비인무위야 비례무행야 여유일조지환 즉군자

不患矣."
불환의

〈고자 상告子 上〉 10장 맹자가 말했다. "물고기도 내가 먹고 싶은 것이고, 곰 발바닥 또한 내가 먹고 싶은 것이다. 그러나 이 두 가지를 한꺼번에 먹을 수 없다면, 물고기를 포기하고 곰 발바닥을 먹겠다. [이승에서의] 삶도 내가 바라는 바이고, [사람답게 살아가는 도리인] 의 또한 내가 바라는 바이다. 그러나 이 두 가지를 한꺼번에 얻을 수 없다면, 나는 삶을 버리고 의를 취하겠다. [이승에서의] 삶도 물론 내가 바라는 바이지만, 그 삶보다도 더 간절하게 바라는 것이 있기 때문에 그 삶을 구차하게 얻으려고 하지 않는 것이다. 죽는다는 것은 나 역시도 싫어하는 것이지만, 그 죽음보다도 훨씬 더 싫어하는 것[곧 불의]이 있다면, [죽음이라는] 환난도 피하지 않을 것이다.

만약 인간이 욕망하는 것으로 이승에서의 삶보다 더 간절한 것이 없다고 한다면, 사람들은 살기 위해 무슨 짓인들 못할쏜가? 또 인간이 싫어하는 것으로 죽음보다 더한 게 없다고 한다면, 무릇 인간은 죽음이라는 환난을 피하기 위해 무슨 짓인들 못할쏜가?

그러나 인간은 실제로는 이렇게 하면 살 수 있다는 것을 잘 알면서도 그렇게 하지 않는 경우가 있고, 이렇게 하면 환난을 피할 수 있는 것을 잘 알면서도 그렇게 하지 않는 경우가 있다. 그런 까닭에 욕망하는 바가 이승에서의 삶보다 더 간절할 수도 있고, 혐오하는 바가 죽음보다 더 강렬할 수 있는 것이다. 그렇다고 현명한 자만이 이런 생각을 갖고 있는 것은 아니다. 무릇 인간이라면 모두 이런 마음을 갖고 있되, 현명한 자만이 그런 마음을 잃지 않을 뿐이다.

한 소쿠리의 밥과 한 사발의 국이라 할지라도 그것을 먹으면 살 수 있고 먹지 못하면 죽는 게 인간이다. 하지만 그렇다 하더라도 예끼 이거나 처먹으라고 던져 주면 길 가던 배고픈 이라도 받아먹지 않을 것이고, 그것을 발로 차듯 내던져 주면 거지라도 달갑게 여기지 않을 것이다. 그러나 실제로는 만종의 녹을 준다면 예의염치를 가리지 않고 받으려고 한다. 하지만 만종의 녹이 나에게 무슨 보탬이 되겠느냐? 내가 살고 있는 집을 으리으리하게 꾸미기 위해서인가? 아내와 첩을 거느리기 위해서인가? 그것도 아니면 내가 알고 지내던 가난뱅이들에게 은혜를 베풀어 그들이 내게 감격하게 만들기 위해서인가? [모두가 부질없는 것이다.]

방금 전까지만 해도 굶어 죽을지언정 정당한 것이 아니라면 받지 않겠다는 사람이 이제는 집을 으리으리하게 꾸미기 위해 불의를 행하고, 방금 전까지만 해도 굶어 죽을지언정 정당한 것이 아니라면 받지 않겠다는 사람이 이제는 아내와 첩을 거느리기 위해 불의를 행하며, 방금 전까지만 해도 굶어 죽을지언정 정당한 것이 아니라면 받지 않겠다는 사람이 이제는 알고 지내던 가난뱅이들에게 은혜를 베풀어 내게 감격하게 만들기 위해 불의를 행한다. 과연 이런 일련의 행위가 어쩔 수 없이 그렇게 하지 않으면 안 될 짓이었던가? 나는 이것을 두고 그들이 본래의 마음을 잃어버린 것이라 말하는 것이다."

孟子曰 "魚, 我所欲也; 熊掌, 亦我所欲也. 二者不可得兼, 舍魚
맹 자 왈   어   아 소 욕 야   웅 장   역 아 소 욕 야   이 자 불 가 득 겸   사 어

而取熊掌者也. 生, 亦我所欲也; 義, 亦我所欲也. 二者不可得兼,
이 취 웅 장 자 야   생   역 아 소 욕 야   의   역 아 소 욕 야   이 자 불 가 득 겸

舍生而取義者也. 生亦我所欲, 所欲有甚於生者, 故不爲苟得也.
사 생 이 취 의 자 야   생 역 아 소 욕   소 욕 유 심 어 생 자   고 불 위 구 득 야

死亦我所惡, 所惡有甚於死者, 故患有所不辟也. 如使人之所
사 역 아 소 오   소 오 유 심 어 사 자   고 환 유 소 불 벽 야   여 사 인 지 소

欲莫甚於生, 則凡可以得生者, 何不用也? 使人之所惡莫甚於
욕 막 심 어 생   즉 범 가 이 득 생 자   하 불 용 야   사 인 지 소 오 막 심 어

死者, 則凡可以辟患者, 何不爲也? 由是則生而有不用也, 由是
사 자   즉 범 가 이 벽 환 자   하 불 위 야   유 시 즉 생 이 유 불 용 야   유 시

則可以辟患而有不爲也. 是故所欲有甚於生者, 所惡有甚於死
즉 가 이 벽 환 이 유 불 위 야   시 고 소 욕 유 심 어 생 자   소 오 유 심 어 사

者, 非獨賢者有是心也, 人皆有之, 賢者能勿喪耳. 一簞食, 一豆
자   비 독 현 자 유 시 심 야   인 개 유 지   현 자 능 물 상 이   일 단 사   일 두

羹, 得之則生, 弗得則死, 嘑爾而與之, 行道之人弗受; 蹴爾而與
갱   득 지 즉 생   불 득 즉 사   호 이 이 여 지   행 도 지 인 불 수   축 이 이 여

之, 乞人不屑也. 萬鍾則不辯禮義而受之. 萬鍾於我何加焉? 爲
지   걸 인 불 설 야   만 종 즉 불 변 예 의 이 수 지   만 종 어 아 하 가 언   위

宮室之美, 妻妾之奉, 所識窮乏者得我與? 鄉爲身死而不受, 今
궁 실 지 미   처 첩 지 봉   소 식 궁 핍 자 득 아 여   향 위 신 사 이 불 수   금

爲宮室之美爲之; 鄉爲身死而不受, 今爲妻妾之奉爲之; 鄉爲
위 궁 실 지 미 위 지   향 위 신 사 이 불 수   금 위 처 첩 지 봉 위 지   향 위

身死而不受, 今爲所識窮乏者得我而爲之, 是亦不可以已乎?
신 사 이 불 수   금 위 소 식 궁 핍 자 득 아 이 위 지   시 역 불 가 이 이 호

此之謂失其本心."
차 지 위 실 기 본 심

〈고자 상告子 上〉 18장 맹자가 말했다. "인이 불인을 이기는 것은
마치 물이 불을 이기는 것과도 같다. 그런데 오늘날 인을 행
하는 자들은 마치 한 잔의 물을 가지고 한 수레의 장작에 붙
은 불을 끄려는 것과도 같다. 그리하여 물이 적어서 불을 끄
지 못한 것인데도, '물이 불을 이기지 못한다'라고 말하는 것

이다. 이는 오히려 불인을 크게 조장하는 것이나 마찬가지로, 이렇게 하다 보면 결국 애초에 갖고 있던 인마저도 잃어버리고 말 뿐이다."

孟子曰 "仁之勝不仁也, 猶水勝火. 今之爲仁者, 猶以一杯水救
맹 자 왈 인 지 승 불 인 야 유 수 승 화 금 지 위 인 자 유 이 일 배 수 구

一車薪之火也; 不熄, 則謂之水不勝火, 此又與於不仁之甚者
일 차 신 지 화 야 불 식 즉 위 지 수 불 승 화 차 우 여 어 불 인 지 심 자

也, 亦終必亡而已矣."
야 역 종 필 망 이 이 의

〈고자 상告子 上〉 19장 맹자가 말했다. "오곡은 씨앗 가운데 가장 좋은 것이다. 그러나 여물지 않은 것은 비름이나 피만도 못하다. [같은 이치로] 인이라는 것 역시 충분히 여물어 열매를 맺느냐 여부에 있다."

孟子曰 "五穀者, 種之美者也. 苟爲不熟, 不如荑稗. 夫仁, 亦在
맹 자 왈 오 곡 자 종 지 미 자 야 구 위 불 숙 불 여 이 패 부 인 역 재

乎熟之而已矣."
호 숙 지 이 이 의

〈진심 상盡心 上〉 33장 제나라 왕자 점이 맹자에게 물었다. "사(士)가 할 일은 무엇입니까?"

맹자가 말했다. "뜻을 높여야 합니다."

왕자가 다시 물었다. "뜻을 높인다는 것은 무엇을 말합니까?"

"인의를 실천하는 것일 따름입니다. 죄 없는 이 한 사람만 죽여도 인이 아니며, 아주 사소한 것일지라도 자기 것이 아닌 것을 가지면 의가 아닙니다. 선비가 몸을 둘 곳이 어디겠습니까? 바로 인입니다. 선비가 걸어가야 할 길이 어디겠습니까? 바로 의입니다. 항상 인에 몸을 두고 의를 따르면 큰 사람이 할 일은 다 갖춘 것이지요."

王子墊, 問曰"士何事?"
왕 자 점 문 왈 사 하 사

孟子曰"尙志."
맹 자 왈 상 지

曰"何謂尙志?"
왈 하 위 상 지

曰"仁義而已矣. 殺一無罪, 非仁也; 非其有而取之, 非義也. 居
왈 인 의 이 이 의 살 일 무 죄 비 인 야 비 기 유 이 취 지 비 의 야 거

惡在? 仁是也; 路惡在? 義是也. 居仁由義, 大人之事備矣."
오 재　인 시 야　로 오 재　의 시 야　거 인 유 의　대 인 지 사 비 의

⚘ 결국 맹자가 사람들에게 말하고자 하는 것은 분명하다. 일
상생활에서든 어디서든 인의를 실천하고 인의 안에서 살아가
야 한다. 곧 '항상 인에 몸을 두고 의를 따르는 것(居仁由義)'이
야말로 '선비가 몸을 두고', '선비가 걸어가야 할 길'인 것이다.
맹자의 말은 계속 이어진다.

〈진심 상盡心 上〉 45장 맹자가 말했다. "군자가 만물을 아끼기는
하지만 어질게 대하지는 않는다. 백성을 어질게 대하기는 하
지만 친애하지는 않는다. 육친을 친애하고 나서, 나아가 백
성을 어질게 대하며, 백성을 어질게 대하고 나서 만물을 아
끼는 것이다."

孟子曰 "君子之於物也, 愛之而弗仁; 於民也, 仁之而弗親. 親
맹 자 왈　군 자 지 어 물 야　애 지 이 불 인　어 민 야　인 지 이 불 친　친

親而仁民, 仁民而愛物."
친 이 인 민　인 민 이 애 물

〈진심 하盡心 下〉31장 맹자가 말했다. "사람은 누구나 다 차마 어쩌지 못하는 마음을 갖고 있다. [그런데 거꾸로] 그 마음을 어쩔 수도 있는 그런 잔인한 마음에까지 미칠 수 있게 하는 것이 바로 인이다. 또 사람은 누구나 다 해서는 안 된다는 마음을 갖고 있다. [그런데 거꾸로] 이러한 마음을 무엇이든 하겠다는 마음에까지 미칠 수 있게 하는 것이 바로 의이다. 사람들이 결코 남을 해치지 않겠다는 마음을 확충시켜 나간다면, 이 세상에는 인이 남아돌아 다 쓸 수 없을 정도가 될 것이다. 또 사람들이 벽을 뚫고 담장을 넘어 도둑질하지 않겠다는 마음을 확충시켜 나간다면, 이 세상에는 의가 남아돌아 다 쓸 수 없을 정도가 될 것이다. 사람들이 이 녀석, 저 녀석 하고 경멸당할 일이 없는 훌륭한 마음의 실체를 확충시켜 나간다면, 어딜 가든 의로운 행동을 하지 않을 수 없을 것이다. 선비가 해서는 안 되는 말을 하는 것은 그렇게 해서 남에게 아첨하고 자기 이익을 취하는 것이 될 것이요, [또 반대로] 해야 할 말을 하지 않는 것은 그렇게 함으로써 남에게 아첨하고 자기 이익을 취하는 게 될 것이다. 이것은 모두 벽을 뚫고 담장을 넘어가 도둑질하는 것과 다를 바 없는 것이다."

孟子曰 "人皆有所不忍, 達之於其所忍, 仁也; 人皆有所不爲,
맹자왈   인개유소불인 달지어기소인   인야   인개유소불위

達之於其所爲, 義也. 人能充無欲害人之心, 而仁不可勝用也.
달지어기소위 의야 인능충무욕해인지심 이인불가승용야

人能充無穿踰之心, 而義不可勝用也. 人能充無受爾汝之實,
인능충무천유지심 이의불가승용야   인능충무수이여지실

無所往而不爲義也. 士未可以言而言, 是以言餂之也; 可以言
무소왕이불위의야   사미가이언이언   시이언첨지야   가이언

而不言, 是以不言餂之也. 是皆穿踰之類也."
이불언 시이불언첨지야 시개천유지류야

【두번째 장】

무엇을 위해 살 것인가?

맹자가 인간의 본성과 인의에 대해 언급한 것은 인간이 선천적으로 갖고 있는 도덕적 자질을 논한 것이다. 하지만 여기서 한 걸음 더 나아가 일상생활에서 인의를 행한다는 것은 인간이 인의를 타고났다는 것과는 조금 다른 차원의 문제가 될 수 있다. 곧 "'인의를 행한다'라고 하는 것은 인의를 외부에 있는 가치 기준으로 보고, 그것을 준수하여 행하는 것"을 의미한다. 채인후 지음, 천병돈 옮김, 《맹자의 철학》, 예문서원, 2000, 79쪽

맹자는 인의라고 하는 관념에 대해 추상적인 차원에서 논의만 한 것이 아니라 일상생활에서 이것을 적극적으로 실천할 것을 요구했다. 여기에는 구체적으로 어떻게 정전법을 통해 백성의 삶을 안돈시킴으로써 인의를 실행할 물적 근거를 마련하고, 이에 그치지 않고 어떻게 삶의 지향을 펼쳐 나갈 것인가 하는 등등의 문제도 포함되어 있다.

孟子

一.

정전법과
사회 분업의 중요성

〈**등문공 상**滕文公 上〉 3장 등나라 문공이 [즉위한 뒤 예를 갖추어 맹자를 초빙해] 나라 다스리는 법을 물었다. 이에 맹자가 말했다. "백성의 생업은 소홀히 해서는 안 됩니다.《시경》〈빈풍(豳風)〉〈칠월(七月)〉에 이런 시가 있습니다. '그대 낮에는 띠풀을 베어 오고, 저녁에는 새끼를 꼬아 빨리 지붕을 새로 이어야, 이제 새봄이 오면 온갖 곡식을 파종하리라.' 백성이 살아가는 데에도 일정한 법도가 있습니다. 의식에 대한 걱정이 없는 이는 평상심을 가질 수 있지만, 그렇지 못한 자는 평상심을 가질 수 없는 법입니다. 평상심이 없으면 방탕하고 편벽되며, 사악하고 사치를 일삼는 등 못하는 짓이 없게 됩니다. 백성이 이런 지경에 빠져 죄를 지은 뒤 그 죄질에 따라 형벌을 가한다면, 미리 그물을 쳐 놓고 백성이 거기에 걸려들기만을 기다리는 것과 마찬가지가 될 것입니다. 어진 이가 임금의 자리에 있으면서 백성을 그물에 걸리게 하는 일이 가당키나 하겠습니까? 그런 까닭에 예전의 현명한 임금은 반드시 공손하고 검약하되 아랫사람을 예로 대했으며, 백성에게 세금을 받는 것도 일정한 제한을 두었던 것입니다. [공자와 같은 시대에 살았던] 노나라의 양호라는 이는 이렇게 말했습니다. '부자가 되려면 어질 수가 없고, 어질게 살면 부자가 될 수 없다.' 하나라 때에는 한 사람에게 땅 50무를 주어 농사짓게 하고, 공(貢)이라는 세법을 실시하였습니다. 은나라 때에는 한 사람에게 땅 70무를 주어 농사짓게 하고, 조(助)라는 세법을 실시하였습니다. 주나라 때에는 한 사람에게 땅 100무를 주어 농사짓게 하고, 철(徹)이라는 세법을 실시하였습니다. 이상과 같은 세 가지 세금은 사실상 모두 수확 가운데 10분의 1을 내게 한 것입니다. 철이란 [그때그때의 수확량에 따라 유동적으로 세금을] 거두어 간다는 뜻이고, 조란 [공전(公田)을 백성의 힘을] 빌려 수확한다는 뜻입니다. 옛 현인인 용자(龍子)는 이렇게 말했습니다. '농지를 다스리는 법으로는 조(助)법이 가장 좋고 공법이 가장 나쁘다.' 공법이란 여러 해의 소출을 평균 내어 세금의 기준으로 삼은 것입니다. 그런데 풍년에는 곡식의 낱알이 흘러넘치도록 많으니, 세금을 많이 거두어 가도 가혹하다 여기지 않을 텐데 오히려 적게 징수하고, 반대로 흉년에는 밭에다 아무리 거름을 주어도 소출이 부족한데도 반드시 세액의 정량을 다 채워 거두어 갑니다.

그렇게 되면 백성의 부모라고 할 임금이 백성으로 하여금 노엽고 한스런 눈초리로 흘겨보게 만들고, 또 한 해 내내 부지런히 농사짓고도 자기네 부모조차 봉양할 수 없는 지경에 이르게 합니다. 게다가 [나라가 그들을 위한 구제책이랍시고] 더 많은 이자를 붙여 수탈을 늘리면, 급기야 늙은이와 어린 아이들의 시체가 도랑과 계곡에서 나뒹구는 지경에 이를 것이니, 도대체 백성의 부모라는 명분을 어디에서 찾겠습니까? 나라의 관직을 지낸 사람들은 일정한 전조(田租)의 수입이 있고 그 자손들이 그것을 세습하는 제도는 등나라 역시 일찍부터 시행하고 있습니다. 《시경》〈소아(小雅)〉〈대전(大田)〉에 이런 시가 있습니다. '우리 공전에 비 내리고, 다음에 우리 사전에까지 비 내리소서.' [이것으로 알 수 있는 것은] 조(助)법이 있어야만 공전이라는 게 있을 터이니, 주나라에서도 조법을 시행했던 것입니다. [그러니 등나라에서도 조법을 시행하시기 바랍니다] 그다음에는 상(庠)과 서(序), 학(學), 교(校)와 같은 교육기관을 설립하여 백성을 가르치기 바랍니다. 상(庠)은 양(養), 곧 교양을 기르고 어른을 봉양한다는 뜻이고, 교(校)는 교(敎)와 같은 뜻입니다. 서(序)는 사(射), 곧 활쏘기로 서열을 매겨 인재를 발탁한다는 뜻입니다. 이들 향학을 하나라 때에는 교

(校)라 했고, 은나라 때에는 서(序)라 했으며, 주나라에서는 상(庠)이라 했던 것입니다. 이에 비하여 국학은 하, 은, 주 삼대가 모두 학(學)이라 했습니다. 이들 향학이나 국학은 모두 인륜을 밝히기 위한 곳이었습니다. 인륜이 위에서 밝아지면, 백성이 아래에서 화친하게 될 것입니다. [그렇게만 된다면] 장차 천하를 다스릴 성왕이 일어나더라도, 반드시 등나라에 와서 그 법도를 모범으로 삼게 될 것이니, 임금께서는 그 성왕의 스승이 되시는 것입니다. 《시경》〈대아(大雅)〉〈문왕(文王)〉에 이런 시가 있습니다. '주나라는 비록 오래된 나라이지만, 그 천명은 날로 새롭도다.' 이것은 문왕의 덕을 칭송한 것입니다만, 임금께서 제가 말씀드린 대로 힘써 행하시면, 등나라의 국운을 일신해 대업을 이룰 것입니다."

등 문공은 맹자의 말을 듣고 돌아갔다가 다시 신하인 필전(畢戰)을 보내 맹자에게 정전 제도에 대해 물었다. 맹자가 말했다. "그대의 임금이 장차 어진 정치를 베풀려고 그대를 선택하여 보냈으니, 그대는 아무쪼록 힘써 정전법을 배우시기 바랍니다. 대저 어진 정치란 반드시 농경지의 경계를 바르게 잡아 놓는 데서부터 시작됩니다. 경계가 정확하지 못하면 정전의 분할이 고르지 못하고, 그렇게 되면 수확되는 곡식과 지급되는 녹봉도 공평하지 못하게 됩니다. 그러므로 폭군이나 탐관오리들은 반드시 농경지의 경계를 얼버무렸던 것입니다. 일단 경계가 명확해지면, 농경지를 나누어 주고 봉록을 제정하는 일쯤은 가만히 앉은 채로도 정할 수 있습니다. 지금 등나라의 땅은 좁지만, 그 안에도 역시 [지배 계급인] 군자가 있고 [피지배 계급인] 백성도 있습니다. 군자가 없으면 백성을 다스릴 수 없고, 백성이 없으면 군자를 먹여 살리지 못합니다. 바라건대, [수도에서 멀리 떨어진 너른 지역에 위치한] 교외에서는 9분의 1을 세금으로 내는 조법을 쓰시고, [성안의 좁은 들이나 수도에 근접한 땅인] 교내에서는 [정전의 구획이 상대적으로 어려우므로] 10분의 1을 내는 철법을 쓰셔서 스스로 세금을 내도록 하십시오. 경 이하의 관리에게는 반드시 [정전과 무관하게 구획하여 제사 비용으로 제공한] 규전(圭田)을 소유케 하되 규전의 넓이는 50무로 하십시오. 만약 다른 집안에 잉여의 노동력이 있다면 그들에게는 각각 25무의 땅을 더 주십시오. 이렇게 되면 백성이 죽은 사람을 장사 지내거나 또는 집을 이사하더라도 자기가 살던 고향을 떠나지는 않을 것입니다. 정전을 공유하는 사람들은 오가며 서로 우애를 쌓을 것이며, 도적을 방어하고 서로

도우며 질병이 나더라도 서로 의지할 것입니다. 이렇게 되면 백성 사이가 친애하고 화목해질 것입니다. [정전법을 설명하자면 다음과 같습니다.] 사방이 각 1리가 되는 땅을 하나의 정으로 구획하되, 이것은 900무입니다. 그 한복판의 100무의 땅이 바로 공전입니다. 여덟 가구가 저마다 사전 100무를 소유하며, 이들이 공동으로 공전을 경작합니다. 공전의 일부터 마치고 나서야 감히 사전을 경작하는데, 이것은 군자와 일반 백성을 구분하기 때문입니다. 이상이 정전제의 대략입니다. 이러한 제도로 백성을 잘살게 하는 것은 임금과 당신께 달려 있습니다."

滕文公問爲國. 孟子曰 "民事不可緩也. 詩云: '晝爾于茅, 宵爾
등문공문위국 맹자왈 민사불가완야 시운 주이우모 소이

索綯, 亟其乘屋, 其始播百穀.' 民之爲道也, 有恒産者, 有恒心,
삭도 극기승옥 기시파백곡 민지위도야 유항산자 유항심

無恒産者, 無恒心. 苟無恒心, 放辟邪侈, 無不爲已. 及陷乎罪然
무항산자 무항심 구무항심 방벽사치 무불위이 급함호죄연

後, 從而刑之, 是罔民也. 焉有仁人在位罔民而可爲也? 是故賢
후 종이형지 시망민야 언유인인재위망민이가위야 시고현

君必恭儉禮下, 取於民有制. 陽虎曰 '爲富不仁也, 爲仁不富矣.'
군필공검례하 취어민유제 양호왈 위부불인야 위인불부의

夏后氏五十而貢, 殷人七十而助, 周人百畝而徹, 其實皆什一也.
하후씨오십이공 은인칠십이조 주인백무이철 기실개십일야

徹者, 徹也; 助者, 藉也. 龍子曰 '治地莫善於助, 莫不善於貢.'
철자 철야 조자 자야 용자왈 치지막선어조 막불선어공

貢者, 校數歲之中以爲常. 樂歲, 粒米狼戾, 多取之而不爲虐,
공자 교수세지중이위상 낙세 입미랑려 다취지이불위학

則寡取之; 凶年, 糞其田而不足, 則必取盈焉. 爲民父母, 使民
즉과취지 흉년 분기전이부족 즉필취영언 위민부모 사민

盻盻然, 將終歲勤動, 不得以養其父母, 又稱貸而益之, 使老稚
혜혜연 장종세근동 부득이양기부모 우칭대이익지 사로치

轉乎丘壑, 惡在其爲民父母也? 夫世祿, 滕固行之矣. 詩云: '雨
전호구학 오재기위민부모야 부세록 등고행지의 시운 우

我公田, 遂及我私.' 惟助爲有公田. 由此觀之, 雖周亦助也. 設
아공전 수급아사 유조위유공전 유차관지 수주역조야 설

爲庠序學校以敎之. 庠者, 養也; 校者, 敎也; 序者, 射也. 夏曰
위상서학교이교지 상자 양야 교자 교야 서자 사야 하왈

敎, 殷曰序, 周曰庠. 學則三代共之, 皆所以明人倫也. 人倫明
교 은왈서 주왈상 학즉삼대공지 개소이명인륜야 인륜명

於上, 小民親於下. 有王者起, 必來取法, 是爲王者師也. 詩云:
어상 소민친어하 유왕자기 필래취법 시위왕자사야 시운

'周雖舊邦, 其命維新.' 文王之謂也. 子力行之, 亦以新子之國!"
주수구방 기명유신 문왕지위야 자력행지 역이신자지국

使畢戰問井地. 孟子曰 "子之君將行仁政, 選擇而使子, 子必勉
사필전문정지 맹자왈 자지군장행인정 선택이사자 자필면

之! 夫仁政, 必自經界始. 經界不正, 井地不均, 穀祿不平, 是故,
지 부인정 필자경계시 경계부정 정지불균 곡록불평 시고

暴君汚吏必慢其經界. 經界旣正, 分田制祿可坐而定也. 夫滕,
폭군오리필만기경계 경계기정 분전제록가좌이정야 부등

壤地褊小, 將爲君子焉, 將爲野人焉. 無君子, 莫治野人, 無野人,
양지편소 장위군자언 장위야인언 무군자 막치야인 무야인

莫養君子. 請野九一而助, 國中什一使自賦. 卿以下必有圭田,
막양군자 청야구일이조 국중십일사자부 경이하필유규전

圭田五十畝. 餘夫二十五畝. 死徙無出鄕, 鄕田同井, 出入相友,
규전오십무 여부이십오무 사사무출향 향전동정 출입상우

守望相助, 疾病相扶持, 則百姓親睦. 方里而井, 井九百畝, 其
수망상조 질병상부지 즉백성친목 방리이정 정구백무 기

中爲公田. 八家皆私百畝, 同養公田. 公事畢, 然後, 敢治私事,
중위공전 팔가개사백무 동양공전 공사필 연후 감치사사

所以別野人也. 此其大略也. 若夫潤澤之, 則在君與子矣."
소이별야인야 차기대략야 약부윤택지 즉재군여자의

❁ 이상의 내용은 바로 그 유명한 정전법(井田法)을 상세하게

풀이한 것이다. 정전법은 한마디로 말해서 정사각형의 토지를

우물 정(井) 자의 모양으로 구획하여 여덟 가구에게 공평하게

나누어 주되, 가운데 부분은 공동으로 경작해서 세금으로 내

게 한다는 것이다. 정전법의 의의를 크게 두 가지로 나누어 볼

수 있다. 첫째는 '경자유전(耕者有田)'의 원칙대로 실제로 경작

하는 사람들이 땅을 소유해야 한다는 것이다. 둘째는 과도한 세금을 막아 백성의 삶을 풍요롭게 만들겠다는 것이다. "맹자의 인정(仁政) 구상은 앞서 보았듯이 정전제(井田制)라는 경제적 구상(결국 조세 제도의 확립)과 상서학교의 교육 정책(온 국민의 문명화·도덕화)으로 집약되는 것인데, 그것도 천편일률적인 것이 아니고 대체적인 원칙에 따라 상황적 변수를 계산해 가면서 유연하게 적용하라는 것이었다. 사실 현대 사회의 핵심도 '조세와 교육'에 있다는 것은 두말할 나위도 없다. 조세는 국가와 민중을 어떤 방식으로 구조 지우느냐에 관한 문제이며, 교육은 미래에 대한 투자이다." 김용옥,《맹자 사람의 길》, 통나무, 2012, 331쪽

그러나 현실은 그리 간단하지 않았다. 주로 통치자들과 기득권을 가진 자들에 의해 역사가 주도되었기에 정전법은 이상으로만 남아 있었을 뿐 역사에서 실제로 시행된 적은 없었다. 그러나 기본적인 의도는 인간이 만들어 낸 그 어떤 제도보다 우월한 것이었기에, 시대를 거치며 많은 사람들에게 칭송을 받았다. "맹자의 정전의 구상은 오늘날에도 그대로 적용될 수 있는 약자 보호의 사상이며, 평등주의적 분배의 사상이다. 뿐만 아니라 그의 구상은 하부 구조에 머무는 것이 아니라 대중교육이라는 상부 구조의 도덕 질서에까지 평등주의적 사고를 하

고 있다는 측면에서 높게 평가되어야 할 것이다." 김용옥,《맹자 사람의

길》, 통나무, 2012, 320쪽

〈등문공 상滕文公 上〉 4장 신농씨의 가르침을 실천하는 허행이라는 사람이 있었다. 그가 초나라에서 등나라로 찾아와 왕궁 문 앞에 이르러 문공에게 말했다. "먼 곳에 살던 사람으로 임금께서 어진 정치를 펴신다는 소문을 듣고 찾아왔습니다. 원컨대 살 곳을 하나 받아, 백성이 되기를 원합니다."

문공은 그에게 거처할 곳을 마련해 주었다. 그 무리는 수십 명이었는데, 모두 거친 갈옷을 걸치고, 짚신을 삼거나 자리를 짜서 먹고살았다. 또 [초나라의 유생] 진량(陳良)의 제자인 진상(陳相)이 자기 아우 진신(陳辛)과 함께 쟁기와 보습을 걸머지고, 송나라에서 등나라로 와 문공에게 말했다. "임금께서 옛 성왕의 어진 정치를 펴신다는 소문을 들었습니다. [성인의 어진 정치를 펴시는] 임금께서도 역시 성왕이십니다. 저희들도 성왕의 백성이 되고 싶습니다."

[이렇게 해서 등나라에 오게 된] 진상은 허행을 만난 뒤 [그의 학설을 듣고는] 매우 기뻐하였다. 이에 자기가 배웠던 유

학은 모두 내팽개쳐 버리고, 허행의 학설을 다시 배웠다. 진상은 맹자를 만나 허행의 학설에 대해 이렇게 말했다. "등나라 임금은 참으로 현명한 임금입니다. 하지만 올바른 도리를 아직 모르고 있습니다. 현명한 임금이라면 백성과 더불어 밭을 갈아먹고 살며, 아침저녁도 손수 지어 먹고 나라를 다스려야 합니다. 그런데 등나라에는 지금 양식을 쌓아 둔 창고와 재물을 쟁여 놓은 부고가 따로 있습니다. 이것이야말로 백성들을 착취해 자기 한 몸을 배불리는 증거이니, 어찌 현명한 임금이라고 할 수 있겠습니까?"

맹자가 [그의 말을 듣고 기가 차서] 진상에게 물었다. "그대의 선생이라는 허 선생은 반드시 제 손으로 농사를 지어 먹고 사는가?"

"그렇습니다."

"허 선생은 반드시 제 손으로 옷감을 짜서 입는가?"

"아닙니다. 허 선생께서는 거친 갈옷을 입고 삽니다."

"허 선생은 관을 쓰는가?"

"네. 관을 씁니다."

"어떤 관을 쓰는가?"

"아무 장식이 없는 소박한 비단으로 만든 관입니다."

"그렇다면 그것을 손수 짠 것인가?"

"아닙니다. 수확한 곡식을 내다가 바꿔 씁니다."

"허 선생은 어째서 자기 손으로 관을 짜지 않는가?"

"농사짓는 데 방해가 되기 때문입니다."

"허 선생은 가마솥과 도기 그릇에 밥을 지어 먹고, 호미나 쟁기 같은 철기구로 농사를 짓는가?"

"그렇습니다."

"그것들을 손수 만드시는가?"

"아닙니다. 역시 곡식과 바꿔 씁니다."

"곡식을 내다가 솥이나 쟁기 같은 기물을 바꿔 쓰는 것이 대장간 사람들을 괴롭히는 것은 아니네. 마찬가지로 대장간 사람들이 자신들이 만든 기물을 가지고 곡식과 바꿔 먹는다고 해서, 어찌 농부를 괴롭히는 짓이 되겠는가? 그런데 허 선생은 왜 스스로 대장장이 일을 하지 않는가? 왜 자기 집에서 다 만들어 쓰지 않고 구차하게 여러 장이들과 교역을 하는가? 너희 허 선생 정도의 인물이라면 그런 일도 귀찮다고 여기지 않겠는가?"

"여러 장이들이 하는 일은 전문적인 일이라 농사를 지으면서 틈틈이 할 수 있는 일이 아니기 때문입니다."

"그렇다면 천하를 다스리는 일만큼은 농사를 지으면서도 틈틈이 할 수 있단 말인가? 이 세상에는 대인이 할 일이 있고, 소인이 할 일이 있는 법이네. 그리고 한 사람의 몸을 유지하는 데에도 여러 장이들이 만든 모든 물건들이 다 필요한 것이지. 만약 이 모든 물건들을 반드시 자기 손으로 만들어서 써야 한다면, 온 천하의 사람들이 모두 길거리에서 분주하게 뛰어다니다 피곤해질 것일세. 그런 까닭에 '어떤 사람은 정신노동을 하고, 어떤 사람은 육체노동을 한다'라는 말이 나온 것이네. 정신노동을 하는 사람은 남을 다스리고, 육체노동을 하는 사람은 남에게 다스림을 받는 법이지. 남에게 다스림을 받는 사람은 남을 먹여 살리고, 남을 다스리는 사람은 남에게서 받아먹는다네. 이것이 온 천하에 공통된 원칙인게지. 요 임금 때에는 천하가 아직 평온하지 못했지. 큰물이 마구 흘러 온 천하에 범람했으며, 초목이 제멋대로 자라 무성했고, 새와 짐승이 가득 번식했다네. 하지만 오히려 오곡은 잘 여물지 않았고, 새와 짐승은 사람들을 핍박했으며, 짐승의 발자국과 새의 발자취가 나라 복판까지 얽혀 길을 낼 지경이었지. 요 임금은 홀로 이런 형편을 걱정하다가, 마침내 순을 등용하여 미개한 세상을 다스리기 시작한 것이라네.

순이 백익을 시켜 불을 활용하게 하니, 백익이 산과 물에 자라난 초목을 불 질러 태우자 모든 새와 짐승들이 달아나 숨어 버렸지. 우 임금은 황하 하류의 아홉 강물을 소통하게 하고, 제수와 탑수를 준설하여 바다로 흘러들게 하였다네. 또 여수와 한수의 물줄기를 터서 잘 흐르게 하고, 회수와 사수의 물길을 준설해 양자강으로 흘러들게 했지. 이렇게 치수 사업이 완료된 뒤에야 온 나라 사람들이 안정되게 먹고 살 수 있게 된 게지. 이렇게 치수 사업이 한창일 때 우 임금은 8년 동안이나 외지에서 지냈으며, 세 번이나 자기 집 문 앞을 지나면서도 들어가지 못했다네. 그렇게 바쁘게 살았던 임금들이 설사 자기 스스로 밭을 갈고 싶었던들 그렇게 할 수 있었겠는가? 또 순 임금은 후직을 시켜 백성에게 농사짓는 법을 가르치게 하여, 오곡을 심고 가꾸게 했지. 그래서 오곡이 무르익어 백성들이 먹고살 수 있게 되었다네. 하지만 사람에게는 이른바 도리라는 게 있으니, 배불리 먹고 따뜻하게 입으며 편안히 지내되, 교육을 받지 못하면 금수나 다를 바 없는 것이지. 그래서 성인[인 순 임금]께서도 이런 점을 걱정하여 설(契)을 사도로 삼아 백성에게 인륜을 가르치게 했다네. 어버이와 자식 사이에는 친애가 있고, 임금과 신하 사이에는 의

가 있으며, 남편과 아내 사이에는 신의가 있어야 한다는 게 그것이라네. 방훈(放勳), 곧 요 임금께서는 이렇게 말했지. '백성을 잘 독려하고, 따라오게 하라. 그들을 바로잡아 주고, 정직하게 만들라. 그들을 도와주고 스스로 깨닫게 하라. 그런 연후에 곤궁한 자를 구휼하고 백성에게 은혜를 베풀어야 한다.' 성인들이 이처럼 백성을 걱정하고 다스렸으니, 어느 겨를에 한가롭게 스스로 농사를 지어 먹었겠는가? 요 임금은 순 임금 같은 현인을 얻지 못할 것을 자기의 근심으로 여겼고, 순 임금은 우 임금이나 고요 같은 인물을 얻지 못할 것을 자기의 근심거리로 여겼지. 대저 자기에게 주어진 100무의 농토를 잘 경작하지 못할 것만을 걱정하는 이가 바로 농부들이라네. 남에게 재물을 나누어 주는 것을 혜라 하고, 남에게 선을 가르치는 것을 충이라 하며, 천하를 위하여 훌륭한 인재를 얻는 것을 인이라 한다네. 그러므로 온 천하를 남에게 주기는 쉬워도, 천하를 위하여 훌륭한 인재를 얻기는 어려운 법이지. 그래서 공자께서도 이렇게 말씀하셨다네. '참으로 크도다! 요 임금의 임금다움이여. 오직 하늘만이 그토록 크시거늘, 요 임금만이 그 하늘을 본받았도다. 그의 호호탕탕한 덕이여, 백성들이 무어라 표현할 수가 없도다. 임금답도다. 순 임금이여. 높고도 높은 그의 공덕이여, 천하를 가지고 있으면서도 자신은 그 다스림에 직접 관여하지 않았도다.' 이들 요 임금이나 순 임금이 천하를 다스리매, 어찌 마음을 쓰지 않으셨겠는가? 그럼에도 손수 농사지어 먹는 데까지 마음을 쓸 겨를은 없으셨던 게지. 나는 중원의 문화로 오랑캐를 교화시켰다는 말은 들었어도, 오랑캐로 인해 중국의 문화가 변했다는 말은 듣지 못했다네. 그대의 선생인 진량은 초나라 태생이었지만, 주공과 공자의 도를 흠모하여, 북방으로 와서 중원의 학문을 배웠지. 그는 북방의 학자들도 그를 뛰어넘을 수 없을 정도로 뛰어난 인물이었다네. 그대의 선생은 이른바 [학식과 덕행이 뛰어난] 호걸지사라 할 만하지. 그러나 너희 형제는 그를 수십 년이나 따라다니며 배웠지만, 이제 스승이 돌아가셨다고 그를 배반하고 다른 이에게 붙다니. 옛날에 공자께서 돌아가시자, 삼년상을 마치고 난 뒤 문인들이 짐을 꾸리고 저마다 고향으로 돌아가게 되었다네. 이때 문인들이 [그들의 대선배인] 자공의 방에 들어가 하직 인사를 하려다가, 서로 마주 보면서 통곡을 했지. 다들 목이 쉬어 버린 뒤에야 돌아갔다네. 그러나 자공은 다시 돌아와 공자 무덤 곁에다 움막을 짓고, 혼자서 3년을 더 살고 난 뒤에야 돌아갔지. 그런 뒤 자하, 자장, 자유 등이 [공자와 용모나 말소리가 비슷한] 유약을 섬기고 싶다고 증자에게 졸랐다네. 그러자 증자께선 이렇게 말씀하셨지. '안 될 말이다. 우리 스승님이야말로 양자강과 한수의 물로 빨아 가을 햇볕에 말린 듯 희고도 깨끗하거늘 뉘라서 그분에 비할 수 있단 말인가?' 지금 남쪽 오랑캐 땅의 때까치같이 짹짹대는 소리를 내고 있는 허행이라는 자가 선왕의 도를 비난하고 있거늘, 그대는 자신의 스승을 배반하고 허행의 그릇된 학문을 배우고 있으니 증자와 달라도 너무 다르구먼. 나는 새들이 어둡고 깊은 골짜기에서 나와 밝고 높은 나무로 올라간다는 말은 들었어도, 밝고 높은 나무에서 내려와 어둡고 깊은 골짜기로 들어간다는 말은 못 들었다네. 《시경》〈노송(魯頌)〉〈비궁(閟宮)〉에 이런 노래가 있지. '[아무리 해도 교화가 안 되는] 서쪽 오랑캐 북쪽 오랑캐를 치고, 남쪽 오랑캐 형과 서를 정벌하네.' 이것으로 위대한 주공도 더 이상 어쩔 수 없는 오랑캐들을 정벌했다는 것을 알 수 있지. 그대는 오히려 그런 이를 배우려 한다니, 갈수록 태산이라는 게 그대를 두고 한 말이 아닌가 싶네."

하지만 진상은 이렇게 말했다. "그렇지만 우리 허 선생님의 주장대로 따른다면 시장의 물건 값이 일정하게 되면, 온 나라에 속임수가 없게 됩니다. 비록 오척 동자를 시장에 보내더라도, 그 아이를 속일 사람이 없을 것입니다. 베와 비단도 길이만 같으면 값이 같을 것이고, 삼실이나 명주실까지도 무게가 같으면 값이 같을 것입니다. 오곡도 분량이 같으면 그 값이 같을 것이고, 신발도 크기가 같으면 그 값이 같을 것입니다."

맹자가 말했다. "대체로 물건의 품질이 같지 않은 게 자연스러운 것이지. 어떤 것은 품질에 따라 갑절 또는 다섯 배나 값이 나가고, 어떤 것은 열 배, 백 배, 또는 천 배나 값이 나간다네. 그런데 그대는 [우열은 전혀 따지지 않고] 나란히 늘어놓고는 같은 값을 매기니, 이는 천하를 어지럽히는 짓이 되네. 거친 실로 대충 삼은 신과 고운 실로 촘촘하게 삼은 신의 값이 같다면, 누가 좋은 신발을 만들겠는가? 그대가 따르는 허선생의 주장을 따른다면 모든 사람이 서로에게 속임수를 쓰게 될 터이니, 그래 가지고서야 어찌 나라가 잘 다스려지겠나?"

有爲神農之言者許行, 自楚之滕, 踵門而告文公曰 "遠方之人
유 위 신 농 지 언 자 허 행   자 초 지 등   종 문 이 고 문 공 왈   원 방 지 인

聞君行仁政, 願受一廛而爲氓."
문군행인정 원수일전이위맹

文公與之處. 其徒數十人, 皆衣褐, 捆屨, 織席以爲食. 陳良之
문공여지처 기도수십인 개의갈 곤구 직석이위식 진량지

徒陳相, 與其弟辛, 負耒耜而自宋之滕, 曰"聞君行聖人之政,
도진상 여기제신 부뢰사이자송지등 왈 문군행성인지정

是亦聖人也, 願爲聖人氓."
시역성인야 원위성인맹

陳相見許行而大悅, 盡棄其學而學焉. 陳相見孟子, 道許行之
진상견허행이대열 진기기학이학언 진상견맹자 도허행지

言曰"滕君, 則誠賢君也. 雖然, 未聞道也. 賢者與民竝耕而食,
언왈 등군 즉성현군야 수연 미문도야 현자여민병경이식

饔飧而治. 今也滕有倉廩府庫, 則是厲民而以自養也, 惡得賢?"
옹손이치 금야등유창름부고 즉시려민이이자양야 오득현

孟子曰"許子必種粟而後食乎?"
맹자왈 허자필종속이후식호

曰"然."
왈 연

"許子必織布而後衣乎?"
허자필직포이후의호

曰"否. 許子衣褐."
왈 부 허자의갈

"許子冠乎?"
허자관호

曰“冠.”
왈 관

曰“奚冠?”
왈 해관

曰“冠素.”
왈 관소

曰“自織之與?”
왈 자직지여

曰“否. 以粟易之.”
왈 부 이속역지

曰“許子奚爲不自織?”
왈 허자해위부자직

曰“害於耕.”
왈 해어경

曰“許子以釜甑爨, 以鐵耕乎?”
왈 허자이부증찬 이철경호

曰“然.”
왈 연

“自爲之與?”
자위지여

曰“否. 以粟易之.”
왈 부 이속역지

“以粟易械器者, 不爲厲陶冶. 陶冶亦以其械器易粟者, 豈爲厲
이속역계기자 불위려도야 도야역이기계기역속자 기위려

農夫哉? 且許子何不爲陶冶, 舍皆取諸其宮中而用之? 何爲紛
농부재　차허자하불위도야　사개취저기궁중이용지　하위분

紛然與百工交易? 何許子之不憚煩?"
분연여백공교역　하허자지불탄번

曰"百工之事, 固不可耕且爲也."
왈　백공지사　고불가경차위야

"然則治天下獨可耕且爲與? 有大人之事, 有小人之事. 且一
연즉치천하독가경차위여　유대인지사　유소인지사　차일

人之身, 而百工之所爲備, 如必自爲而後用之, 是率天下而路
인지신　이백공지소위비　여필자위이후용지　시솔천하이로

也. 故曰, 或勞心, 或勞力. 勞心者治人, 勞力者治於人. 治於人
야　고왈　혹노심　혹노력　노심자치인　노력자치어인　치어인

者食人, 治人者食於人. 天下之通義也. 當堯之時, 天下猶未平,
자사인　치인자사어인　천하지통의야　당요지시　천하유미평

洪水橫流, 氾濫於天下. 草木暢茂, 禽獸繁殖, 五穀不登, 禽獸
홍수횡류　범람어천하　초목창무　금수번식　오곡부등　금수

偪人. 獸蹄鳥跡之道, 交於中國. 堯獨憂之, 擧舜而敷治焉. 舜
핍인　수제조적지도　교어중국　요독우지　거순이부치언　순

使益掌火, 益烈山澤而焚之, 禽獸逃匿. 禹疏九河, 瀹濟漯而注
사익장화　익열산택이분지　금수도닉　우소구하　약제탑이주

諸海, 決汝漢, 排淮泗而注之江, 然後中國可得而食也. 當是時
저해　결여한　배회사이주지강　연후중국가득이식야　당시시

也, 禹八年於外, 三過其門而不入, 雖欲耕, 得乎? 后稷敎民稼
야　우팔년어외　삼과기문이불입　수욕경　득호　후직교민가

稽, 樹藝五穀, 五穀熟而民人育. 人之有道也, 飽食煖衣逸居而
색 수예오곡 오곡숙이민인육 인지유도야 포식난의일거이

無教, 則近於禽獸. 聖人有憂之, 使契爲司徒, 敎以人倫; 父子
무교 즉근어금수 성인유우지 사설위사도 교이인륜 부자

有親, 君臣有義, 夫婦有別, 長幼有序, 朋友有信. 放勳曰 '勞之
유친 군신유의 부부유별 장유유서 붕우유신 방훈왈 노지

來之, 匡之直之, 輔之翼之, 使自得之, 又從而振德之.' 聖人之
래지 광지직지 보지익지 사자득지 우종이진덕지 성인지

憂民如此, 而暇耕乎? 堯以不得舜爲己憂, 舜以不得禹皐陶爲
우민여차 이가경호 요이부득순위기우 순이부득우고요위

己憂. 夫以百畝之不易爲己憂者, 農夫也. 分人以財謂之惠, 敎
기우 부이백무지불이위기우자 농부야 분인이재위지혜 교

人以善謂之忠, 爲天下得人者謂之仁. 是故以天下與人易, 爲
인이선위지충 위천하득인자위지인 시고이천하여인이 위

天下得人難. 孔子曰 '大哉! 堯之爲君也. 惟天爲大, 惟堯則之,
천하득인난 공자왈 대재 요지위군야 유천위대 유요즉지

蕩蕩乎民無能名焉! 君哉舜也! 巍巍乎有天下而不與焉!' 堯舜
탕탕호민무능명언 군재순야 외외호유천하이불여언 요순

之治天下, 豈無所用心哉? 亦不用於耕耳. 吾聞用夏變夷者, 未
지치천하 기무소용심재 역불용어경이 오문용하변이자 미

聞變於夷者也. 陳良, 楚産也, 悅周公仲尼之道, 北學於中國.
문변어이자야 진량 초산야 열주공중니지도 북학어중국

北方之學者, 未能或之先也. 彼所謂豪傑之士也. 子之兄弟事
북방지학자 미능혹지선야 피소위호걸지사야 자지형제사

之數十年, 師死而遂倍之. 昔者孔子沒, 三年之外, 門人治任將
지 수십 년 사사이수배지 석자공자몰 삼년지외 문인치임장

歸, 入揖於子貢, 相嚮而哭, 皆失聲, 然後歸. 子貢反, 築室於場,
귀 입읍어자공 상향이곡 개실성 연후귀 자공반 축실어장

獨居三年, 然後歸. 他日, 子夏子張子游, 以有若似聖人, 欲以
독거삼 년 연후귀 타일 자하자장자유 이유약사성인 욕이

所事孔子事之, 彊曾子. 曾子曰 '不可. 江漢以濯之, 秋陽以暴
소사공자사지 강증자 증자왈 불가 강한이탁지 추양이폭

之, 皜皜乎不可尚已.' 今也, 南蠻鴃舌之人, 非先王之道, 子倍
지 호호호불가상이 금야 남만격설지인 비선왕지도 자배

子之師而學之, 亦異於曾子矣. 吾聞出於幽谷遷于喬木者, 未
자지사이학지 역이어증자의 오문출어유곡천우교목자 미

聞下喬木而入於幽谷者. 魯頌曰 '戎狄是膺, 荊舒是懲.' 周公方
문하교목이입어유곡자 노송왈 융적시응 형서시징 주공방

且膺之, 子是之學, 亦爲不善變矣."
차응지 자시지학 역위불선변의

"從許子之道則市賈不貳, 國中無僞. 雖使五尺之童適市, 莫之
종허자지지도즉시가불이 국중무위 수사오척지동적시 막지

或欺. 布帛長短同, 則賈相若; 麻縷絲絮輕重同, 則賈相若; 五
혹기 포백장단동 즉가상약 마루사서경중동 즉가상약 오

穀多寡同, 則賈相若; 屨大小同, 則賈相若."
곡다과동 즉가상약 구대소동 즉가상약

曰 "夫物之不齊, 物之情也. 或相倍蓰, 或相什伯, 或相千萬. 子
왈 부물지부제 물지정야 혹상배사 혹상십백 혹상천만 자

比而同之, 是亂天下也. 巨屨小屨同賈, 人豈爲之哉? 從許子之
비 이 동 지   시 란 천 하 야   거 구 소 구 동 가   인 기 위 지 재   종 허 자 지

道, 相率而爲僞者也, 惡能治國家?"
도   상 솔 이 위 위 자 야   오 능 치 국 가

❁ 다소 장황해 보이는 논의를 통해 맹자는 사회 분업과 협업
을 이야기하고 있다. 맹자는 '정신노동(勞心)'과 '육체노동(勞
力)'의 구분을 통해 사회 구성원 각자가 맡은바 직분이 다르다
는 것을 역설하고 있다. 사실 논의의 상대역인 허행이 말한
'현명한 임금이라면 백성과 더불어 밭 갈아먹고 살며, 아침저
녁도 손수 지어 먹고 나라를 다스려야 한다'라는 지적은 통렬
하다. 맹자가 입버릇처럼 말하는 '백성과 더불어(與民)'라는 말
을 들어 당시 맹자가 모셨던 등나라 군주의 행위가 그것과 모
순되지 않느냐는 비판을 통해 은근히 맹자를 성토하고 있는
것이다. 여기서 한 걸음 더 나아가 허행은 등나라 임금이 창고
에 양식과 재물을 쌓아 놓고 백성을 착취해 자기 한 몸을 배불
리고 있는 현실을 증거로 제시했다.

과연 맹자는 허행의 도발적인 지적에 크게 분노하고 있다. "허
행의 조롱, '맹자의 여민은 실은 여민(厲民, 백성을 학대하고 수탈
한다는 의미)이 아니냐'가 내포한 질문은 결국 농업, 공업, 상업

등 직업 분화와 이에 따른 전문화를 인간 문명의 진보로 볼 것인가 아니면 사람다움이 타락된 양상으로 볼 것인가라는 문제로 압축된다. 맹자는 단연코 직업의 분화와 전문화 과정은 문명의 필연적 추세라고 본다. 분업과 전문화 그리고 생산물의 교환 마당으로써 시장과 차등 가격은 인간 문명의 핵심이다. 또 직업의 분화로 인한 사회의 분열 가능성을 방지하고, 다양한 직업군 간의 소통과 접합을 다룰 전문적인 정치가의 출현 역시 문명화 과정의 필연이다. 맹자에게 직업의 분화와 전문화, 시장의 발생 그리고 정치의 출현은 인간 문명의 당연한 귀결이다." 배병삼, 《우리에게 유교란 무엇인가》, 녹색평론사, 2012, 131쪽

맹자가 보기에 허행 등의 주장은 현실성이 전혀 없는 것이다. 그들의 주장 자체는 '원시공산주의의 추구'라는 측면에서 소박하게나마 인간 사회의 어떤 이상을 그려 내고 있는 것이 분명하다. 하지만 그러한 이상이 현실과 동떨어진 것이라면 시대착오가 불러일으킬 혼란이 오히려 백성의 삶을 퇴보시키고 어렵게 만들 것이다. 맹자는 이것을 지적한 것이다. 원시적인 여민의 공동체 생활을 주장하면서도, 실제로는 시장과 교환에 의지하며 살고 있는 현재의 생활이 그 사실을 증명하고 있다.

맹자의 반론 가운데 더욱 의미 있는 것은 '정치의 전문화'이다.

"맹자는 정치 역시 문명 발달에 따라 인간 생활 자체가 분화되고 전문화되는 과정 속에 존재함을 상기시킨다. 즉 정치의 전문화는 인간 문명의 진보에 대응한 결과이지, 군주의 사사로운 권력욕 때문이 아니라는 입장이다. 직업의 분화 과정에서 필연적으로 확대된 공공 영역을 전문적으로 처리할 필요성이 정치의 전문화를 초래했다는 것" 배병삼, 《우리에게 유교란 무엇인가》, 녹색평론사, 2012, 134쪽이다.

二.
군자의 지향

〈양혜왕 상梁惠王 上〉1장 맹자가 양혜왕을 만났다. [그의 명성을 익히 듣고 있던] 왕이 기뻐하며 말했다. "선생께서 [추나라에서 위(魏)나라의 수도인 대량까지] 천 리를 멀다 하지 않으시고 오셨으니, 또한 장차 내 나라에 어떤 이익을 주실 수 있겠는지요?"

맹자가 말하였다. "왕께오서는 하필 이익을 말씀하십니까? 오직 인의가 있을 뿐입니다. 왕께서 어떻게 하면 내 나라에 이익이 될까 하시면, 대부들은 어떻게 하면 내 집안에 이익이 될까 하며, 사(士)와 서인(庶人)들은 어떻게 하면 내 몸에 이익이 될까 생각할 것입니다. 이런 식으로 윗사람과 아랫사람이 서로 이익만을 취하려 한다면 나라가 위태로워질 것입니다. [만 대의 수레 전차를 갖고 있는] 만 승의 나라에서 그 군주를 시해하는 자는 반드시 천 승을 가진 공경의 집안이요, 천 승의 나라에서 그 군주를 시해하는 자는 반드시 백 승을 가진 대부의 집안이 될 것입니다. 만 승의 나라의 대부는 수레 전차 1천 량을 갖고 있고, 천 승의 나라 대부는 수레 전차

100량을 갖고 있으니, 이들 대부가 가진 것 역시 적다고 할 수 없습니다. 그런데 만약 공의(公義)를 뒤로 하고 사사로운 이익을 앞세우는 풍조가 성행한다면, 이들은 임금이 가진 것을 빼앗지 않고는 만족하지 않을 것입니다. 어진 마음을 갖고서도 그 어버이를 버리는 자는 없었으며, 공의를 지키는 마음을 갖고서도 그 임금을 태만하게 대하는 자는 없었습니다. 왕께서는 오직 인의만을 말씀하시옵소서. 하필 이익 따위를 말씀하십니까?"

孟子見梁惠王. 王曰"叟不遠千里而來, 亦將有以利吾國乎?"
맹자견양혜왕 왕왈 수불원천리이래 역장유이리오국호

孟子對曰"王何必曰利? 亦有仁義而已矣. 王曰'何以利吾國?'
맹자대왈 왕하필왈리 역유인의이이의 왕왈 하이리오국

大夫曰'何以利吾家', 士庶人曰'何以利吾身', 上下交征利而
대부왈 하이리오가 사서인왈 하이리오신 상하교정리이

國危矣. 萬乘之國, 殺其君者, 必千乘之家, 千乘之國, 殺其君
국위의 만승지국 살기군자 필천승지가 천승지국 살기군

者, 必百乘之家. 萬取千焉, 千取百焉, 不爲不多矣. 苟爲後義而
자 필백승지가 만취천언 천취백언 불위부다의 구위후의이

先利, 不奪不饜. 未有仁而遺其親者也, 未有義而後其君者也.
선리 불탈불염 미유인이유기친자야 미유의이후기군자야

王亦曰仁義而已矣, 何必曰利?"
왕 역 왈 인 의 이 이 의 하 필 왈 리

◉ 일찍이 《사기》의 저자 사마천은 이 대목을 두고 다음과 같이 말한 적이 있었다. "태사공은 이렇게 말한다. 내가 《맹자》를 읽다가 양혜왕이 맹자에게 '어떤 이로움을 주실 수 있겠는지요?'라고 묻는 대목에 이르러서는 일찍이 책을 덮고 탄식하지 않은 적이 없었다. '아! 이익이란 게 참으로 난을 불러일으키는 단초가 되는 것이구나!' 공자께서도 이익에 대해서는 거의 말씀하시지 않으셨으니, 그것은 난리의 근원을 막기 위함이었다. 그래서 '이익을 본위로 행동하면 원한을 사는 일이 많다'라고 말한 것이다. 천자로부터 서인에 이르기까지 이익을 좋아하는 폐해란 조금도 다를 게 없다."《사기》〈맹자·순경 열전〉

사마천이 이렇게 말한 것은 시공을 초월해 현재의 시점에서 봐도 그 의미가 새롭다. 사실 이 대목의 글은 본래 《맹자》라는 책의 첫 대목이다. 맹자는 왜 자신의 저작을 '이익'에 대한 논의로 시작했을까? 이익만을 추구하는 인간의 이기심이 모든 악행의 근원이고 모든 위기 상황의 단초가 되기 때문이다. 그럼에도 인간은 불을 좇다 자기 몸을 불사르는 불나방처럼 이익을 추구하고 있다. 우리를 둘러싼 작금의 현실이 이를 여실히 말해 주고 있지 않은가? 세칭 신자유주의라는 미명 아래 저질러지고 있는 모든 작태들의 근저에 깔린 것은 이익이다. 맹자는 피를 토하는 심정으로 부르짖는다. "왜 하필 이익을 말씀하십니까?(何必曰利?)"

물론 맹자라고 모든 물욕을 나쁘게 본 것은 아니다. 인간 역시 유적 존재로서 생존을 위한 최소한의 밥벌이를 해야 하는 것이다. 그러나 그것 역시도 단순히 밥을 빌어먹는 차원에서가 아니라 그에 합당한 명분이 있어야 하기에 맹자는 매사에 진퇴를 신중히 해야 한다고 주장하고 있다.

〈공손추 하公孫丑 下〉 3장 맹자의 제자 진진(陳臻)이 물었다. "얼마 전에 제나라에 계실 때 왕이 황금 100일(鎰, 1일은 24냥쭝)을 보내왔을 때는 선생님께서 받지 않으셨습니다. 그런데 송나라에서 70일을 보내오자 받으시고, 또 설나라에서 50일을 보내온 것도 받으셨습니다. 지난번 제나라에서 받지 않으셨던 처사가 옳다면 이번에 받으신 것은 잘못되었고, 반대로 이번에 받으신 처사가 옳다면 지난번에 받지 않으셨던 처사가 잘못된 것이겠지요. 선생님께서는 이 가운데 어느 한쪽을 택하셨어야 하지 않을까요."

맹자는 이렇게 대답했다. "양쪽이 다 옳았다. 송나라에 있을 때에는 내가 먼 길을 떠나려 했다. 길 떠날 사람에게는 반드시 전별금을 주는 법이다. 송나라의 왕이 '전별금으로 드립니다'라는 말까지 했으니, 내 어찌 받지 않을 수 있었겠느냐? 또 설나라에 있을 때에는 나의 신변이 위험해 주변을 경계해야 했다. 그런데 설나라 왕이 '신변을 경계하신다는 말을 들었기에, 그 무기를 장만하시라고 드립니다'라는 말까지 했으니, 내 어찌 받지 않을 수 있었겠느냐? 그러나 제나라에 있을 때에는 받을 명분이 없었다. 받을 처지가 아닌데도 황금을 보내 온 까닭은 재물로 환심을 사려는 것이다. 어찌 군자가 그런 재물을 받을 수 있겠느냐?"

陳臻問曰 "前日於齊, 王餽兼金一百而不受; 於宋, 餽七十鎰而
진 진 문 왈   전 일 어 제   왕 궤 겸 금 일 백 이 불 수   어 송   궤 칠 십 일 이

受; 於薛, 餽五十鎰而受. 前日之不受是, 則今日之受非也; 今
수   어 설   궤 오 십 일 이 수   전 일 지 불 수 시   즉 금 일 지 수 비 야   금

日之受, 是則前日之不受, 非也. 夫子必居一於此矣." 孟子曰
일 지 수   시 즉 전 일 지 불 수   비 야   부 자 필 거 일 어 차 의   맹 자 왈

"皆是也. 當在宋也, 予將有遠行; 行者必以贐, 辭曰'餽贐.' 予
개 시 야   당 재 송 야   여 장 유 원 행   행 자 필 이 신   사 왈   궤 신   여

何爲不受? 當在薛也, 予有戒心. 辭曰'聞戒, 故爲兵餽之.' 予
하 위 불 수   당 재 설 야   여 유 계 심   사 왈   문 계   고 위 병 궤 지   여

何爲不受? 若於齊, 則未有處也. 無處而餽之, 是貨之也. 焉有
하 위 불 수   약 어 제   즉 미 유 처 야   무 처 이 궤 지   시 화 지 야   언 유

君子而可以貨取乎?"
군 자 이 가 이 화 취 호

〈공손추 하公孫丑 下〉 10장 맹자가 제나라의 객경 노릇을 그만두고
고향으로 돌아가려 하였다. 그 소식을 들은 제의 선왕이 굳
이 맹자가 있는 곳으로 손수 찾아와 말했다. "저는 예전부터
선생을 만나 보기를 원했지만 만날 기회가 없었습니다. 그
뒤 [7년 동안이나] 한 조정에서 선생을 모실 수 있게 되어 매
우 기뻤습니다. 그런데 이제 또 과인을 버리고 고향으로 돌
아가겠다 하시니, 앞으로도 계속 만나 뵐 수 있을지 모르겠
습니다."

맹자가 대답했다. "불감청이언정, 고소원이로소이다[감히
그렇게 되기를 청할 수 없지만, 원컨대 그렇게 되기를 진심
으로 바라나이다]."

얼마 뒤 어느 날 제 선왕이 신하인 시자(時子)에게 말했다. "나는 이 나라 수도 한복판에다 맹자를 위해 건물을 지어 주고, 그의 제자들을 가르치기 위해 만종이나 되는 녹봉을 줄 것이며, 여러 대부와 백성들이 모두 그를 공경하고 본받도록 하겠노라. 그대가 나 대신 이 기쁜 소식을 맹자에게 전해다오." 시자는 맹자의 제자인 진진에게 이 소식을 전하게 했다. 진진이 시자의 말을 맹자에게 고했다. 맹자가 듣고 말했다. "글쎄다. 대저 시자 따위의 인물이 그게 될 법이나 한 소린지 어찌 알겠느냐? 내가 만약 치부하기를 원했다면, 십만 종이나 되는 객경의 녹을 버리고 만 종의 녹을 받고 이걸 치부했다고 여겼겠느냐? 계손이라는 이가 이런 말을 했었다. '자숙의(子叔疑)의 행동은 참 묘한 데가 있어. 자기가 정치를 하다가 받아들여지지 않았으면 그만두고 말 일이지, 또 자기 아들을 경으로 앉혔단 말이야. 인간이라면 그 뉘라서 부귀를 원하지 않겠는가마는, 자숙의는 부귀를 독차지하고도 사사롭게 농단하려 하는구나.' 예전의 저잣거리라는 것은 물건을 갖고 있는 이가 그것을 자기에게 없는 것으로 바꾸는 곳이었고, 관리는 그것이 제대로 이루어지게 하는 역할을 했지. 그런데 어떤 천한 놈이 나타나 저잣거리를 한눈에 내려다볼 수 있는 높은 언덕(龍斷)에 올라가 좌우를 둘러보며 저잣거리의 이익을 모두 독점했던 게지. 사람들이 모두 그를 천하게 여겼고, 관리도 이놈에게 세금을 징수했다. 장사치에게 세금을 징수하는 법이 이 천한 놈에게서 시작된 것이다."

孟子致爲臣而歸. 王就見 孟子曰 "前日願見而不可得, 得侍
맹 자 치 위 신 이 귀   왕 취 견   맹 자 왈   전 일 원 견 이 불 가 득   득 시

同朝甚喜. 今又棄寡人而歸, 不識可以繼此而得見乎?"
동 조 심 희   금 우 기 과 인 이 귀   불 식 가 이 계 차 이 득 견 호

對曰 "不敢請耳, 固所願也." 他日王謂時子曰 "我欲中國而授孟
대 왈   불 감 청 이   고 소 원 야   타 일 왕 위 시 자 왈   아 욕 중 국 이 수 맹

子室, 養弟子以萬鍾, 使諸大夫國人皆有所矜式. 子盍爲我言之!"
자 실   양 제 자 이 만 종   사 제 대 부 국 인 개 유 소 긍 식   자 합 위 아 언 지

時子因陳子而以告孟子, 陳子以時子之言告孟子. 孟子曰 "然
시 자 인 진 자 이 이 고 맹 자   진 자 이 시 자 지 언 고 맹 자   맹 자 왈   연

夫時子惡知其不可也? 如使予欲富, 辭十萬而受萬, 是爲欲富
부 시 자 오 지 기 불 가 야   여 사 여 욕 부   사 십 만 이 수 만   시 위 욕 부

乎? 季孫曰 '異哉子叔疑! 使己爲政, 不用, 則亦已矣, 又使其
호   계 손 왈   이 재 자 숙 의   사 기 위 정   불 용   즉 역 이 의   우 사 기

子弟爲卿. 人亦孰不欲富貴? 而獨於富貴之中, 有私龍斷焉.' 古
자 제 위 경   인 역 숙 불 욕 부 귀   이 독 어 부 귀 지 중   유 사 용 단 언   고

之爲市者, 以其所有, 易其所無者, 有司者治之耳. 有賤丈夫焉,
지 위 시 자   이 기 소 유   역 기 소 무 자   유 사 자 치 지 이   유 천 장 부 언

必求壟斷而登之, 以左右望而罔市利. 人皆以爲賤故, 從而征之.
필 구 용 단 이 등 지   이 좌 우 망 이 망 시 리   인 개 이 위 천 고   종 이 정 지

征商自此賤丈夫始矣."
정 상 자 차 천 장 부 시 의

〈등문공 하滕文公 下〉 3장 위나라 사람 주소(周霄)가 맹자에게 물었다. "옛날의 군자들도 벼슬을 했습니까?"

맹자가 말했다. "벼슬을 했소. 전해 오는 기록에 이런 말이 있소이다. '공자께서는 석 달 동안이라도 자기가 섬길 임금이 없으면 불안하게 여기셨고, 한 나라에서 사직하고 다른 나라로 떠날 때에도 반드시 새 임금에게 바칠 예물을 싣고 가셨다.' [노나라의 현인인] 공명의(公明儀)도 이렇게 말했소. '옛사람은 석 달 동안 임금을 섬기지 못한 자를 찾아가 위로해 주었다.'"

"석 달 동안 벼슬을 못했다고 찾아가서 위로해 주는 것은 너무 조급하지 않습니까?"

"선비가 관직을 잃는 것은 마치 제후가 나라를 잃은 것과 같소. 그래서 《예기》〈제통(祭統)〉〈곡례(曲禮)〉〈왕제(王制)〉에서도 이렇게 말했던 것이오. '제후가 조상 제사에 쓸 쌀을 장만하기 위해 봄

에 적전(籍田)을 손수 갈면 백성이 그를 도와 수확한다. 제후의 부인은 손수 누에를 치고 실을 뽑아 제사 드릴 의복을 만든다. 그런데 제후가 나라를 잃으면 제사에 쓸 희생물도 키우지 못하게 되고, 제사에 올릴 곡식도 깨끗하지 못할 것이다. 제사에 입을 옷도 마련할 수 없어, 결국 제사도 지내지 못할 것이다. 선비도 제사를 드릴 규전(圭田)이 없으면 역시 제사를 지낼 수가 없다.' [선비가 그 직위를 잃게 되면] 희생물이나 제물 그릇, 의복도 마련하지 못해서 제사를 지내지 못할 것이오. 또 제사를 마친 뒤에 베푸는 술자리도 열지 못할 테니, 이 또한 위로할 만한 일이 아니겠소?"

"공자께서 나라를 떠나실 때 반드시 예물을 싣고 가신 까닭은 어째서입니까?"

"선비가 벼슬살이를 하는 것은 마치 농부가 농사를 짓는 것과 같소. 농부가 농사짓던 나라를 떠나 다른 나라로 갈 때에 어찌 쟁기와 보습을 버리고 가겠소?"

"우리 위(魏)나라[역대의 주소가들은 주소가 말하는 진(晉)나라는 곧 위(魏)나라를 가리킨다 하였다.]에도 군자들이 많이 벼슬을 하고 있지만, 벼슬살이를 그렇게까지 긴급하게 여긴다는 말은 듣지 못했습니다. 벼슬살이가 만약 그처럼 긴급한 일이라면, 선생님 같은 군자께서 조정에 나와 벼슬하기를 꺼리시는 까닭이 무엇입니까?"

맹자는 이렇게 대답했다. "사내가 태어나면 그 아들을 위해 좋은 아내를 얻어 주기 원하며, 또 여자가 태어나면 그 딸을 위해 좋은 남편을 얻어 주기 원하는 것이 부모의 심정이오. 이런 심정은 누구나 다 마찬가지인 게지요. 그런데 부모의 지시나 중매쟁이의 혼담을 기다리지 않고 제멋대로 담에 구멍을 뚫어 서로 엿보거나 울타리를 넘나들며 서로 짝지어 놀아난다면, 부모나 온 나라 사람들이 모두 그런 남녀를 천하게 여길 것이오. 옛날의 군자들도 다 벼슬살이를 원치 않은 것은 아니지만, 바른 도리를 따르지 않고서는 벼슬하길 싫어했소. 바른 도리를 따르지 않고 벼슬하러 가는 것은 마치 남녀가 담에다 구멍을 뚫고 서로 엿보는 것과 같은 짓이오."

周霄問曰 "古之君子仕乎?"
주소문왈   고지군자사호

孟子曰 "仕 傳曰 '孔子三月無君, 則皇皇如也, 出疆必載質.' 公
맹자왈   사 전왈 공자삼월무군   즉황황여야   출강필재질   공

明儀曰 '古之人三月無君則弔.'"
명의왈   고지인삼월무군즉적

"三月無君則弔, 不以急乎?"
삼월무군즉조   불이급호

曰 "士之失位也, 猶諸侯之失國家也. 禮曰 '諸侯耕助, 以供粢
왈   사지실위야   유제후지실국가야   예왈   제후경조   이공자

盛. 夫人蠶繅, 以爲衣服. 犧牲不成, 粢盛不潔, 衣服不備, 不敢
성   부인잠소   이위의복   희생불성   자성불결   의복불비   불감

以祭. 惟士無田, 則亦不祭.' 牲殺器皿衣服不備, 不敢以祭, 則
이제   유사무전   즉역불제   생살기명의복불비   불감이제   즉

不敢以宴, 亦不足吊乎?"
불감이연   역부족조호

"出疆必載質, 何也?"
 출강필재질   하야

曰 "士之仕也, 猶農夫之耕也. 農夫豈爲出疆舍其耒耜哉?"
왈   사지사야   유농부지경야   농부기위출강사기뢰사재

曰 "晉國亦仕國也, 未嘗聞仕如此其急. 仕如此其急也, 君子之
왈   진국역사국야   미상문사여차기급   사여차기급야   군자지

難仕, 何也?"
난사   하야

曰 "丈夫生而願爲之有室, 女子生而願爲之有家. 父母之心, 人
왈   장부생이원위지유실   여자생이원위지유가   부모지심   인

皆有之. 不待父母之命, 媒妁之言, 鑽穴隙相窺, 踰牆相從, 則
개유지   부대부모지명   매작지언   찬혈극상규   유장상종   즉

父母國人皆賤之. 古之人未嘗不欲仕也, 又惡不由其道. 不由
부모국인개천지   고지인미상불욕사야   우오불유기도   불유

其道而往者, 與鑽穴隙之類也."
기도이왕자   여찬혈극지유야

〈등문공 하滕文公 下〉 4장 제자 팽갱(彭更)이 맹자에게 물었다. "[선생님께서 천하를 주유하실 때] 뒤에 수십 대의 수레를 거느리고 수백 명의 제자가 따르게 하면서 제후들을 차례로 찾아다니며 향응을 받으시는 것은 분에 넘는 일이라 생각하지 않으시는지요?"

맹자가 말했다. "물론 도리에 맞지 않는다면, 한 소쿠리의 밥도 얻어먹어서는 안 된다. 그러나 도리에 맞기만 하다면야, 순 임금이 요 임금으로부터 천하를 물려받은 일도 과분하다고 여길 게 없는 법이지. 그런데 자네는 그 일이 과분한 것이라 생각하는가?"

팽갱이 말했다. "아닙니다. 선비로서 하는 일도 없이 남에게 얻어먹기만 하는 것이 옳지 않다고 말씀드린 것일 뿐입니다."

맹자가 말했다. "자네가 [나라를 다스리되] 백성이 만든 물건들을 유통시키고, 각자의 일을 분담해 만들어 낸 물건을 서로 바꿔 쓰며, 남는 것으로 부족한 것을 보충해 주지 않는다면, 농사짓는 사람은 곡식이 남아돌고 옷 짜는 여자는 옷감이 남아돌 것이네. 그러나 자네가 물품을 서로 바꿔 쓰도록 해 준다면, 목수들이나 수레 만드는 사람들도 모두 자네

덕분에 먹을 것을 얻게 될 게야. 하지만 여기 한 사람이 있어 집 안에 들어와선 효도하고 밖에 나가선 공손하며, 선왕의 도를 지킴으로써 후학들에게 그 도를 잘 전하고 있는데, 자네가 [그 사람은 실제로 뭘 하는 게 없다고 여겨] 먹을 것을 얻지 못한다면, 자네는 목수나 수레 만드는 사람만을 존중하고, 인의를 실천하는 사람은 경멸하는 게 되지 않겠나?"

"목수나 수레를 만드는 사람은 처음부터 먹을 것을 구할 뜻으로 일을 한 것입니다. 군자가 인의의 도를 실천하는 것 역시 먹을 것을 구하기 위해서입니까?"

맹자가 말했다. "자네는 어째서 무슨 목적이니 하는 것을 따지고 있는가? 그들이 자네에게 공이 될 만한 일을 했고 따라서 그에 따른 보수를 줄 만하면, 그들에게 그에 마땅한 보수를 주어 먹고살게 하면 되는 것일세. 자네는 목적을 보고 보수를 주겠는가? 그렇지 않으면 구체적인 공적을 보고 보수를 주겠는가?"

"저는 그들의 목적을 보고 보수를 주겠습니다."

"여기 한 사람이 있다고 하세. 그 사람을 불러 담장을 고치게 했는데, 일이 서툴러 오히려 기왓장을 깨뜨리고 담장에 흠집을 냈네. 하지만 이 사람이 그리한 것은 단순히 먹고살기 위한 목적 때문이었다네. 그럼에도 자네는 이 사람에게 보수를 주겠는가?"

"안 주겠습니다."

"그렇다면 자네도 역시 목적을 보고 보수를 주는 게 아니라, 공적을 보고 보수를 주는 것일세. [다만 자네는 인의의 공적을 보는 눈이 없을 뿐이지.]"

彭更問曰 "後車數十乘, 從者數百人, 以傳食於諸侯, 不以泰乎?"
팽경문왈 후차수십승 종자수백인 이전식어제후 불이태호

孟子曰 "非其道則, 一簞食, 不可受於人; 如其道, 則舜受堯
맹자왈 비기도즉 일단사 불가수어인 여기도 즉순수요

之天下, 不以爲泰. 子以爲泰乎?"
지천하 불이위태 자이위태호

曰 "否. 士無事而食, 不可也."
왈 부 사무사이사 불가야

曰 "子不通功易事, 以羨補不足, 則農有餘粟, 女有餘布; 子如
왈 자불통공역사 이선보부족 즉농유여속 여유여포 자여

通之, 則梓匠輪輿皆得食於子. 於此有人焉, 入則孝, 出則悌,
통지 즉재장륜여개득식어자 어차유인언 입즉효 출즉제

守先王之道, 以待後之學者, 而不得食於子. 子何尊梓匠輪輿
수선왕지도 이대후지학자 이부득식어자 자하존재장륜여

而輕爲仁義者哉?"
이경위인의자재

曰 "梓匠輪輿, 其志將以求食也; 君子之爲道也, 其志亦將以求
왈 재 장 륜 여 기 지 장 이 구 식 야 군 자 지 위 도 야 기 지 역 장 이 구

食與?"
식 여

曰 "子何以其志爲哉? 其有功於子, 可食而食之矣. 且子食志乎?
왈 자 하 이 기 지 위 재 기 유 공 어 자 가 식 이 사 지 의 차 자 사 지 호

食功乎?"
사 공 호

曰 "食志."
왈 사 지

曰 "有人於此, 毀瓦畫墁, 其志將以求食也, 則子食之乎?"
왈 유 인 어 차 훼 와 화 만 기 지 장 이 구 식 야 즉 자 사 지 호

曰 "否."
왈 부

曰 "然則子非食志也, 食功也."
왈 연 즉 자 비 사 지 야 사 공 야

〈이루 離婁 下〉 29장 하나라 우 임금이나 주나라 후직은 태평성
대를 살았음에도 백성을 돌보느라고 바빴다. 그래서 [우 임
금의 경우] 자기 집 문 앞을 세 번이나 지나치면서도 들어가
지 않았는데, 공자는 이들을 현인이라고 칭찬하셨다. 안회는
혼란한 시기에 처해 누추한 골목에 살았는데, 한 소쿠리의

밥과 한 표주박의 물로 만족하였다. 다른 사람이라면 그런 고생을 감내하지 못했겠지만, 안회는 오히려 끝까지 자기가 즐거워하는 생활을 바꾸지 않았다. 그래서 공자는 그를 현인이라고 칭찬했다.

맹자는 이들에 대해서 이렇게 말했다. "우 임금이나 후직과 안회는 같은 도리를 지켰다. [치수에 힘썼던] 우 임금은 천하의 백성 가운데 물에 빠진 사람이 있으면 마치 자기가 빠진 것처럼 생각했다. [농경을 담당했던] 후직은 천하의 백성 가운데 굶주린 자가 있으면 마치 자기가 굶주리는 것처럼 생각했다. 그들이 맡은 임무는 그처럼 긴급한 것이었다. 우 임금이나 후직, 안회가 서로 그들이 처한 상황을 바꾸었다 해도 [우 임금과 후직은 안회처럼 안빈낙도하고, 안회는 우 임금이나 후직처럼 긴급하게] 같은 삶을 살았을 것이다. 지금 한방 안에 있던 사람들이 서로 싸운다면, 그들을 말려야 한다. 비록 머리가 산발이 되고 갓끈이 떨어져 나갈지언정 그들을 말려야 한다. 하지만 이웃집에서 싸움이 났는데도 머리가 산발이 되고 갓끈이 떨어져 나갈 지경으로 말린다면 이는 괜한 참견이 될 것이다. 그때는 창문을 닫고 상관하지 않는 게 옳다."

禹稷當平世, 三過其門而不入, 孔子賢之. 顔子當難世, 居於陋
우직당평세 삼과기문이불입 공자현지 안자당난세 거어루

巷, 一簞食, 一瓢飮, 人不堪其憂, 顔子不改其樂, 孔子賢之.
항 일단사 일표음 인불감기우 안자불개기락 공자현지

孟子曰 "禹稷顔回同道. 禹思天下有溺者, 由己溺之也; 稷思天
맹자왈 우직안회동도 우사천하유닉자 유기닉지야 직사천

下有餓者, 由己餓之也, 是以如是其急也. 禹稷顔子, 易地則皆
하유아자 유기아지야 시이여시기급야 우직안자 역지즉개

然. 今有同室之人鬪者, 救之, 雖被髮纓冠而救之, 可也. 鄕隣
연 금유동실지인투자 구지 수피발영관이구지 가야 향린

有鬪者, 被髮纓冠而往救之, 則惑也, 雖閉戶可也."
유투자 피발영관이왕구지 즉혹야 수폐호가야

❀ 맹자는 생계를 위해 벼슬길에 나아가더라도 끝내 자존심을
지켰다. 군자에게는 생계도 중요하지만, 그보다 더 중요한 삶
의 지향이 있기에 어떤 상황에서도 떳떳할 수 있는 것이다. 무
슨 말이 더 필요하겠는가? 맹자의 생각을 그의 육성으로 생생
하게 들어 볼 일이다.

〈만장 하萬章 下〉 5장 맹자가 말했다. "벼슬은 가난 때문에 하는 것
이 아니지만, 때로는 가난 때문에 하는 수도 있다. 아내는 시

중들게 하기 위해 맞는 것은 아니지만, 때로 시중들게 하기 위해 맞는 수도 있다. 다만 가난 때문에 벼슬하는 자는 높은 자리를 사양하고 낮은 자리에 있어야 하며, 부귀를 사양하고 청빈하게 살아야 한다. 높은 자리를 사양하고 낮은 자리에 있어야 하며, 부귀를 사양하고 청빈하게 살려면 어떻게 해야 좋을까? 문지기나 야경꾼 정도라면 좋을 것이다.

공자께서도 예전에 창고를 지키는 위리라는 벼슬을 지내신 적이 있었는데, '나는 회계만 정확하게 맞췄다'라고 말씀하셨다. 또 동산을 지키[며 목축을 관리하]는 승전이라는 벼슬을 지내신 적도 있었는데, '나는 소와 양이 살찌고 잘 자라게 했을 뿐이다'라고 말씀하셨다.

낮은 자리에 있으면서 나라의 큰일을 논하는 것은 [참월의] 죄이다. 또한 조정의 요직에서 벼슬하면서도 왕도 정치를 행하지 못하는 것은 부끄러운 일이다."

孟子曰 "仕非爲貧也, 而有時乎爲貧; 娶妻非爲養也, 而有時乎
맹 자 왈　사 비 위 빈 야,　이 유 시 호 위 빈　취 처 비 위 양 야,　이 유 시 호

爲養. 爲貧者, 辭尊居卑, 辭富居貧, 辭尊居卑, 辭富居貧, 惡乎
위 양.　위 빈 자,　사 존 거 비,　사 부 거 빈,　사 존 거 비,　사 부 거 빈,　오 호

宜乎? 抱關擊柝. 孔子嘗爲委吏矣, 曰 '會計當而已矣.' 嘗爲乘
의 호 포관격탁 공자상위위리의 왈 회계당이이의 상위승

田矣, 曰 '牛羊茁壯長而已矣.' 位卑而言高, 罪也; 立乎人之本
전 의 왈 우양줄장장이이의 위비이언고 죄야 입호인지본

朝, 而道不行, 恥也."
조 이 도불행 치야

〈만장 하萬章 下〉 6장 만장이 맹자에게 물었다. "사(士)가 제후에게
의탁하지 않는 것은 무엇 때문입니까?"

"감히 그렇게 할 수 없기 때문이다. 한 나라의 제후가 나라를
잃고 다른 제후에게 의탁하는 것은 [대등한 신분 사이에 이
루어지는 것이기에] 예에 합당한 것이지만, 일개 떠돌이 사
가 제후에게 의탁하는 것은 [신분의 차이가 있으므로] 예에
맞지 않는 것이다."

만장이 다시 물었다. "그 나라 임금이 곡식을 보내오면 받아
도 됩니까?"

"받아도 된다."

"받아도 된다는 것은 무슨 뜻입니까?"

"임금이 자기 나라 백성을 구제하는 것은 너무도 당연한 것

이기 때문이다."

"구제하는 것은 받고, 봉록으로 하사하는 것은 받지 않는 것은 어째서입니까?"

"감히 그렇게 할 수 없기 때문이다."

"감히 그렇게 할 수 없다는 것에 대해 감히 물어도 되겠는지요?"

"문지기나 야경꾼은 모두 일정한 직분이 있기 때문에 군주로부터 녹을 받아먹을 수가 있다. 그러나 그렇게 일정한 직분이 없는데 군주로부터 봉록에 해당하는 것을 하사받는 것은 불공한 것이다."

"임금이 곡물을 보내오면 받아도 된다고 하셨는데, 늘 계속해서 받아도 될는지 모르겠습니다."

"[그건 좀 생각해 볼 일이다.] 노나라 목공이 자사에게 자주 안부를 물었고, 또 그때마다 삶은 고기를 보내왔다. 그러나 자사는 좋아하지 않았다. 마침내는 목공이 보낸 사자에게 손짓하여 대문 밖으로 나가게 하고, 북쪽을 향해 머리를 조아려 두 번 절을 하고는 보내온 물건을 받지 않겠다고 선언하며 이렇게 말했다. '이제부터는 임금이 나를 개나 말처럼 키우고 있다는 것으로 알겠다.' 그 뒤부터 목공은 사자를 시켜 삶은 고기를 보내지 않았다. 한 나라의 임금이 [말로만] 현인을 좋아한다고 하면서 등용하지도 않고 또 제대로 모시지도 못한다면, 현인을 좋아한다고 말할 수 있겠느냐?"

만장이 다시 물었다.

"임금이 군자를 모시려고 한다면, 어떻게 해야 제대로 모실 수 있겠습니까?"

"처음에 임금의 명으로 예물을 보내 주면, 군자는 머리를 조아려 두 번 절하고 그 예물을 받는다. 그다음부터는 창고지기가 곡식을 대고 푸줏간에서 고기를 대는데, 임금의 명령으로 보내지 않는 것이다. 자사는 '삶은 고기를 보내 나로 하여금 귀찮게 자주 머리를 숙이도록 만든다'라는 생각이 들어 참으로 군자를 모시는 게 아니라고 여겼던 것이다. 요 임금은 순에게 자기의 아홉 아들을 시켜 그를 스승으로 받들게 하고, 두 딸을 그에게 시집보내었다. 또 백관과 소, 양 그리고 창고를 다 구비하여 순이 논밭에서 농사짓는 것을 잘 모시도록 하였다. 그 뒤에 순을 다시 등용하여 높은 자리에 올렸다. 그러므로 말하노니, 이것이야말로 왕공 된 자가 현자를 우러르는 도리인 것이다."

萬章曰 "士之不託諸侯, 何也?"
만장왈 사지불탁제후 하야

孟子曰 "不敢也. 諸侯失國, 而後託於諸侯, 禮也; 士之託於諸
맹자왈 불감야 제후실국 이후탁어제후 예야 사지탁어제

侯, 非禮也."
후 비례야

萬章曰 "君餽之粟, 則受之乎?"
만장왈 군궤지속 즉수지호

曰 "受之."
왈 수지

"受之何義也?"
수지하의야

曰 "君之於氓也, 固周之."
왈 군지어맹야 고주지

曰 "周之則受, 賜之則不受, 何也?"
왈 주지즉수 사지즉불수 하야

曰 "不敢也."
왈 불감야

曰 "敢問其不敢, 何也?"
왈 감문기불감 하야

曰 "抱關擊柝者, 皆有常職以食於上. 無常職而賜於上者, 以爲
왈 포관격탁자 개유상직이사어상 무상직이사어상자 이위

不恭也."
불공야

曰 "君餽之則受之, 不識可常繼乎?"
왈 군궤지즉수지 불식가상계호

曰 "繆公之於子思也, 亟問, 亟餽鼎肉. 子思不悅, 於卒也, 摽使
왈 무공지어자사야 극문 극궤정육 자사불열 어졸야 표사

者出諸大門之外, 北面稽首再拜而不受. 曰 '今而後知君之犬
자출저대문지외 북면계수재배이불수 왈 금이후지군지견

馬畜伋.' 盖自是臺無餽也. 悅賢不能擧, 又不能養也, 可謂悅賢
마축급 개자시대무궤야 열현불능거 우불능양야 가위열현

乎?"
호

曰 "敢問國君欲養君子, 如何斯可謂養矣."
왈 감문국군욕양군자 여하사가위양의

曰 "以君命將之, 再拜稽首而受. 其後廩人繼粟, 庖人繼肉, 不
왈 이군명장지 재배계수이수 기후름인계속 포인계육 불

以君命將之. 子思以爲鼎肉使己僕僕爾亟拜也, 非養君子之道
이군명장지 자사이위정육사기복복이극배야 비양군자지도

也. 堯之於舜也, 使其子九男事之, 二女女焉, 百官牛羊倉廩備,
야 요지어순야 사기자구남사지 이여여언 백관우양창름비

以養舜於畎畝之中, 後擧而加諸上位, 故曰 王公之尊賢者也."
이양순어견무지중 후거이가저상위 고왈 왕공지존현자야

〈만장 하萬章 下〉 7장 만장이 맹자에게 물었다. "감히 여쭙겠습니
다. 선생님께서 제후를 만나러 가시지 않는 까닭은 어째서입

니까?"

"도읍에 살고 있는 선비를 시정의 신하라 하고 초야에 살고 있는 신하를 초망의 신하라 하는데, 이들을 모두 서인이라고 부른다. 서인이라면 예물을 바치고 군신 관계를 맺지 않는 한 공연히 제후를 만나러 가지 않는 게 예이다."

만장이 다시 물었다. "서인은 임금이 불러서 부역을 시키면 가서 부역을 하면서도, 임금이 보고 싶다고 부르면 나아가 만나지 않는 것은 어째서입니까?"

"서인이 가서 부역을 하는 것은 의무이고, 나아가 만나는 것은 의무가 아니다. 너는 임금이 보고 싶어 하는 까닭이 무엇 때문이라 생각하느냐?"

"만나려 하는 이가 견문이 넓고 현명하기 때문이겠지요."

"그의 견문이 넓기 때문이라면 [마땅히 그를 스승으로 모시되], 천자라도 스승을 불러서 오라고 할 수 없는데, 하물며 제후임에랴? 또 현명하기 때문이라면, 나는 여태껏 임금이 현명한 사람을 보고 싶어서 불렀다는 말을 들은 적이 없다. 노나라 목공은 자사를 자주 찾아가 만났는데, 어느 날 이렇게 말했다. '옛날 천승지국의 임금이 선비를 벗으로 사귈 때에는 어떻게 했습니까?' 자사는 그 말을 듣고 불쾌하게 여기며 이렇게 말했다. '옛 사람이 말하기를 스승으로 모신다고 했을 뿐, 어찌 벗한다고 했겠습니까?' 자사가 불쾌하게 여기매, 사실은 이렇게 말하려 했던 게 아니었을까? '지위로 따지자면 당신은 임금이고 나는 신하이다. 내 어찌 임금과 벗할 수 있겠느냐? 또 덕으로 따지자면 당신이 나를 섬겨야지, 어찌 나와 벗할 수 있겠나?' 천 승의 나라 임금도 현명한 선비와 벗할 수 없는데, 하물며 제후가 나를 불러 만나 볼 수 있겠느냐? 제나라 경공이 사냥을 나갔을 때 [장대 끝에 꿩의 깃털을 꽂은] 정(旌) 기를 흔들어 산림지기를 오라고 불렀다. 그러나 그가 오지 않자, 경공은 그를 죽이려고 했다. 공자께서는 '지사는 언제나 도랑에 굴러떨어져 죽을 각오가 되어 있고, 용사는 언제나 자기 목을 잃을 각오가 되어 있다'라고 그를 칭찬하셨는데, 어떤 점을 높이 사서 그랬겠느냐? 올바른 방법으로 자기를 부른 것이 아니라고 해서 임금에게 가지 않았던 산림지기의 태도를 높이 산 것이다."

만장이 물었다. "그렇다면 산림지기를 부를 때에는 어떻게 해야 합니까?"

"군주가 산림지기를 부를 때는 [사냥할 때 먼지나 비와 눈을 피하기 위해 예관 위에 덧쓰는] 피관(皮冠)을 흔들어야 한다.

군주가 서인을 부를 때에는 장식이 없는 전(旃)이라는 붉은 깃발을 사용하고, 사(士)를 부를 때는 방울 달린 기(旂)라는 쌍룡이 그려진 깃발을 사용하고, 대부를 부를 때에는 앞서 말한 정(旌)을 사용하는 게 올바른 방법이다. 그런데 대부를 부르는 정 기를 가지고 산림지기를 불렀으니, 그 산림지기가 죽을지언정 감히 갈 수 있었겠느냐. 만약 사를 부르는 기를 가지고 서인을 불렀다면, 서인이 어찌 감히 가겠느냐? 하물며 현명하지 못한 사람을 부르는 방법으로 현명한 사람을 부를 수 있겠느냐? 임금이 현명한 사람을 만나고 싶어 하면서도 올바른 방법으로 부르지 않는다면, 마치 들어오라고 하면서도 문을 닫아 놓은 것과 같다. 대저 의는 길이요, 예는 문이다. 오직 군자만이 이 길을 걷고, 이 문을 드나들 수 있는 것이다. 《시경》〈소아〉〈대동(大東)〉에도 이런 시가 있다. '주나라의 길은 숫돌같이 평탄하고, 화살처럼 곧아라. 군자가 밟고 가면, 소인들이 보고 따르네.'"

만장이 다시 물었다. "공자께선 임금이 부르시면 수레에 말을 매기도 전에 서둘러 가셨다는데, 그렇다면 공자께서 잘못하신 것인가요?"

"공자께선 그때 마침 벼슬을 하시어 관직을 맡고 계셨다. 그러니 그 관직에 맞게 소환되어 가신 것이니라."

萬章曰 "敢問不見諸侯, 何義也?"
만장왈 감문불견제후 하의야

孟子曰 "在國曰市井之臣, 在野曰草莽之臣, 皆謂庶人, 庶人不
맹자왈 재국왈시정지신 재야왈초망지신 개위서인 서인부

傳質爲臣, 不敢見於諸侯, 禮也."
전질위신 불감견어제후 예야

萬章曰 "庶人, 召之役, 則往役; 君欲見之, 召之, 則不往見之,
만장왈 서인 소지역 즉왕역 군욕견지 소지 즉불왕견지

何也?"
하야

曰 "往役, 義也; 往見, 不義也. 且君之欲見之也, 何爲也哉?"
왈 왕역 의야 왕견 불의야 차군지욕견지야 하위야재

曰 "爲其多聞也, 爲其賢也."
왈 위기다문야 위기현야

曰 "爲其多聞也, 則天子不召師, 而況諸侯乎? 爲其賢也, 則吾
왈 위기다문야 즉천자불소사 이황제후호 위기현야 즉오

未聞欲見賢而召之也. 繆公亟見於子思, 曰 '古千乘之國以友士,
미문욕견현이소지야 무공극견어자사 왈 고천승지국이우사

何如?' 子思不悅, 曰 '古之人有言曰, 事之云乎, 豈曰友之云乎?'
하여 자사불열 왈 고지인유언왈 사지운호 기왈우지운호

子思之不悅也, 豈不曰, '以位, 則子君也, 我臣也, 何敢與君友
자사지불열야 기불왈 이위 즉자군야 아신야 하감여군우

也? 以德, 則子事我者也, 奚可以與我友?' 千乘之君, 求與之友
야   이덕 즉자사아자야 해가이여아우   천승지군 구여지우

而不可得也, 而況可召與? 齊景公田, 招虞人以旌, 不至, 將殺
이불가득야 이황가소여 제경공전 초우인이정 불지 장살

之. 志士不忘在溝壑, 勇士不忘喪其元. 孔子奚取焉? 取非其招
지 지사불망재구학 용사불망상기원 공자해취언   취비기초

不往也."
불왕야

曰 "敢問招虞人何以?"
왈   감문초우인하이

曰 "以皮冠, 庶人以旃, 士以旂, 大夫以旌. 以大夫之招招虞人,
왈   이피관 서인이전 사이기 대부이정 이대부지초초우인

虞人死不敢往. 以士之招招庶人, 庶人豈敢往哉? 況乎以不賢
우인사불감왕 이사지초초서인 서인기감왕재   황호이불현

人之招招賢人乎? 欲見賢人而不以其道, 猶欲其入而閉之門也.
인지초초현인호 욕견현인이불이기도 유욕기입이폐지문야

夫義, 路也; 禮, 門也. 惟君子能由是路, 出入是門也. 詩云: '周
부의 노야 예 문야 유군자능유시로 출입시문야 시운 주

道如底, 其直如矢; 君子所履, 小人所視.'"
도여저 기직여시 군자소리 소인소시

萬章曰 "孔子, 君命召, 不俟駕而行. 然則孔子非與?"
만장왈 공자 군명소 불사가이행 연즉공자비여

曰 "孔子當仕有官職, 而以其官召之也."
왈   공자당사유관직 이이기관소지야

〈만장 하萬章 下〉 8장 맹자가 만장에게 말했다. "한 고을에서 훌륭하다 인정받는 선비는 역시 한 고을에서 훌륭하다 인정받는 선비와 벗할 수 있고, 한 나라에서 훌륭하다 인정받는 선비 역시 한 나라에서 훌륭하다 인정받는 선비와 벗할 수 있다. 온 천하가 훌륭하다 인정한 선비도 역시 온 천하가 훌륭하다 인정한 선비들과 벗할 수 있다. 온 천하가 인정하는 훌륭한 선비들과 벗하고도 여전히 성에 차지 않으면, 시간을 거슬러 올라가서 옛 성현들을 추론하며 벗 삼으면 된다. 그들이 쓴 시를 읊고 그들이 쓴 책을 읽으면서도 그들의 사람됨을 모른대서야 되겠느냐? 그런 식으로 그들이 살아갔던 시대를 논구하는 것이야말로 옛 성현과 벗한다고 말할 수 있는 것이다."

孟子謂萬章曰 "一鄕之善士, 斯友一鄕之善士; 一國之善士, 斯
맹 자 위 만 장 왈 일 향 지 선 사 사 우 일 향 지 선 사 일 국 지 선 사 사

友一國之善士; 天下之善士, 斯友天下之善士. 以友天下之善
우 일 국 지 선 사 천 하 지 선 사 사 우 천 하 지 선 사 이 우 천 하 지 선

士爲未足, 又尙論古之人. 頌其詩, 讀其書, 不知其人, 可乎? 是
사 위 미 족 우 상 론 고 지 인 송 기 시 독 기 서 부 지 기 인 가 호 시

以, 論其世也, 是尙友也."
이 논 기 세 야 시 상 우 야

〈고자 상告子 上〉 16장 맹자가 말했다. "천작, 즉 하늘이 내려 준 작위도 있고, 인작, 즉 임금이 내려 준 작위도 있다. 인의충신이라는 덕성을 갖추고 선행을 즐기되 싫증을 내지 않는 것이 바로 천작이고, 공경대부와 같은 세속적인 관직이 바로 인작이다. 옛사람들은 천작을 닦는 데만 전념했으니, 인작은 그에 따라 저절로 뒤따랐다. 그러나 요즘 사람들은 천작을 닦음으로써 인작을 구한다. 게다가 일단 인작을 얻으면 천작을 버리니, 그 미혹됨이 매우 심하다. 그러다가는 끝내 인작마저도 잃게 될 것이다."

孟子曰 "有天爵者, 有人爵者. 仁義忠信, 樂善不倦, 此天爵也.
맹 자 왈   유 천 작 자   유 인 작 자   인 의 충 신   낙 선 불 권   차 천 작 야

公卿大夫, 此人爵也. 古之人脩其天爵, 而人爵從之. 今之人脩
공 경 대 부   차 인 작 야   고 지 인 수 기 천 작   이 인 작 종 지   금 지 인 수

其天爵, 以要人爵; 旣得人爵, 而棄其天爵, 則或之甚者也, 終
기 천 작   이 요 인 작   기 득 인 작   이 기 기 천 작   즉 혹 지 심 자 야   종

亦必亡而已矣."
역 필 망 이 이 의

〈고자 상告子 上〉 17장 맹자가 말했다. "존귀하게 되고 싶은 것은

사람들의 공통된 마음이다. 사람마다 그러한 존귀함을 자기 안에 갖고 있는데, 그걸 생각하지 못하고 있을 뿐이다. 사람들이 존귀하게 여기는 것은 인간 본래의 존귀함이 아니다. 조맹과 같은 재상이 존귀하게 만들어 준 이는 바로 그 조맹이 다시 그를 천하게 만들 수 있다. 《시경》〈대아〉〈기취(旣醉)〉에 이런 시가 있다. '사람이 술에 취할 수도 있고, 덕으로 배가 부를 수도 있다.' 인의라는 덕성으로 배가 부르면 다른 사람의 고량진미를 바라지 않는다는 뜻이다. 아름다운 평판과 널리 알려진 명예가 내 몸에 가득하면 [높은 관직에 있는 사람들이 입는] 수놓은 비단옷을 바라지 않는다는 뜻이다."

孟子曰 "欲貴者, 人之同心也. 人人有貴於己者, 弗思耳. 人之
맹 자 왈 욕 귀 자 인 지 동 심 야 인 인 유 귀 어 기 자 불 사 이 인 지

所貴者, 非良貴也. 趙孟之所貴, 趙孟能賤之. 詩云: '旣醉以酒,
소 귀 자 비 량 귀 야 조 맹 지 소 귀 조 맹 능 천 지 시 운 기 취 이 주

旣飽以德.' 言飽乎仁義也, 所以不願人之膏粱之味也; 今聞廣
기 포 이 덕 언 포 호 인 의 야 소 이 불 원 인 지 고 량 지 미 야 영 문 광

譽施於身, 所以不願人之文繡也."
예 시 어 신 소 이 불 원 인 지 문 수 야

〈고자 하告子 下〉 14장 제자 진진이 맹자에게 물었다. "옛날의 군자는 어떠한 경우에 벼슬을 했습니까?"

맹자가 말했다. "나아가 벼슬하는 경우가 세 가지 있고, 벼슬에서 물러나는 경우도 세 가지가 있다. [가장 좋기로는] 임금이 예의를 갖추어 경의를 표하며 맞아들이고 군자의 말을 받아들여 장차 실천하겠다고 말하면 물론 벼슬에 나아간다. 그러나 [이런 경우라도] 예우는 그대로지만 군자의 말을 실천할 의지가 없다면 벼슬에서 물러난다. 그다음으로는 군자의 말을 받아들여 실천하지는 않지만 임금이 예의를 갖추어 경의를 표하며 맞아들이는 경우에도 나아가 벼슬을 할 수 있다. 그러나 [이 경우에도] 그 예우가 시들해지면 벼슬에서 물러난다. 그다음으로는 군자가 아침도 못 먹고 저녁도 못 먹어 굶주린 나머지 문밖에도 나서지 못하는 경우이다. 임금이 그런 사정을 듣고 말한다. '나는 거창하게 그가 말하는 도를 실천하지 못하고, 또 그가 말한 것을 따를 수는 없지만, 내 영토 안에서 군자가 굶어 죽어 간다는 것은 나의 치욕이다.' 그리하여 구제해 준다면, 또한 벼슬을 받아도 좋다. 그러나 죽음을 면할 정도에 그쳐야 한다."

陳子曰"古之君子, 何如則仕?"
진 자 왈   고 지 군 자   하 여 즉 사

孟子曰"所就三, 所去三. 迎之致敬以有禮; 言將行其言也, 則
맹 자 왈   소 취 삼   소 거 삼   영 지 치 경 이 유 례   언 장 행 기 언 야   즉

就之; 禮貌未衰, 言弗行也, 則去之. 其次, 雖未行其言也, 迎之
취 지   예 모 미 쇠   언 불 행 야   즉 거 지   기 차   수 미 행 기 언 야   영 지

致敬以有禮, 則就之; 禮貌衰則去之. 其下, 朝不食, 夕不食, 飢
치 경 이 유 례   즉 취 지   예 모 쇠 즉 거 지   기 하   조 불 식   석 불 식   기

餓不能出門戶. 君聞之, 曰'吾大者不能行其道, 又不能從其言
아 불 능 출 문 호   군 문 지   왈 오 대 자 불 능 행 기 도   우 불 능 종 기 언

也, 使飢餓於我土地, 吾恥之.'周之, 亦可受也, 免死而已矣."
야   사 기 아 어 아 토 지   오 치 지   주 지   역 가 수 야   면 사 이 이 의

〈진심 上盡心 上〉 11장 맹자가 말했다. "[진(晉)나라 육경 가운데 가
장 큰 집안인] 한씨나 위씨 집안의 재산을 주더라도 그것을
담담한 마음으로 바라볼 수 있다면, 그는 분명 보통 사람을
훨씬 뛰어넘는 인물일 것이다."

孟子曰"附之以韓魏之家, 如其自視欿然, 則過人遠矣."
맹 자 왈   부 지 이 한 위 지 가   여 기 자 시 감 연   즉 과 인 원 의

〈진심 상盡心 上〉19장 맹자가 말했다. "임금을 섬기는 이들이 있다. 임금을 섬기되 임금의 비위를 맞추려는 자들이다. 사직을 안정시키는 이들도 있다. 사직이 안정되는 것으로 자족하는 자들이다. 천하의 안위를 걱정한다고 우기는 이들도 있다. 이들은 자기의 도를 온 천하에 행할 수 있게 될 때에만 그 도를 행하는 자들이다. [이런 자들과는 스케일이 다른] 대인도 있다. [자기를 둘러싼 주변 상황과는 무관하게] 자기를 바르게 함으로써 주변의 모든 사물이 바르게 되는 사람이다."

孟子曰 "有事君人者, 事是君則爲容悅者也; 有安社稷臣者, 以
맹 자 왈   유 사 군 인 자   사 시 군 즉 위 용 열 자 야   유 안 사 직 신 자   이

安社稷爲悅者也; 有天民者, 達可行於天下而後行之者也; 有
안 사 직 위 열 자 야   유 천 민 자   달 가 행 어 천 하 이 후 행 지 자 야   유

大人者, 正己而物正者也."
대 인 자   정 기 이 물 정 자 야

〈진심 상盡心 上〉20장 맹자가 말했다. "군자에게는 세 가지 즐거움이 있다. 천하의 왕 노릇 하는 것은 그 안에 들어 있지 않다. 어버이가 다 살아 계시고 형제들도 탈 없이 지내는 것이 첫

번째 즐거움이다. 하늘을 우러러 한 점 부끄러움이 없고, 땅을 굽어보아도 한 점 부끄러움 없는 것이 두 번째 즐거움이다. 천하의 뛰어난 인재들을 얻어 그들을 가르치는 것이 세 번째 즐거움이다. [다시 말하건대] 군자에게 세 가지 즐거움이 있으되, 천하에 왕 노릇 하는 것은 그 안에 들어 있지 않다."

孟子曰 "君子有三樂, 而王天下不與存焉. 父母俱存, 兄弟無故,
맹 자 왈   군 자 유 삼 락   이 왕 천 하 불 여 존 언   부 모 구 존   형 제 무 고

一樂也; 仰不愧於天, 俯不怍於人, 二樂也; 得天下英才, 而敎
일 락 야   앙 불 괴 어 천   부 부 작 어 인   이 락 야   득 천 하 영 재   이 교

育之, 三樂也. 君子有三樂, 而王天下不與存焉."
육 지   삼 락 야   군 자 유 삼 락   이 왕 천 하 불 여 존 언

〈진심 상盡心 上〉 21장 맹자가 말했다. "나라의 영토를 넓히고 인구를 늘리는 것은 군자가 바라는 바이나, 군자의 즐거움은 그 속에 들어 있지 않다. 세상 한가운데 당당히 서서 사해의 백성을 안정시키는 것은 군자가 즐거워하는 바이나, 그 자신의 본성이 그 속에 들어 있지는 않다. 군자가 본성으로 여기는 것은 자신의 뜻이 크게 실현되었다 해서 더 늘어나는 것도 아

니요, 영락하고 빈궁하게 살아간다고 해서 더 줄어드는 것도 아니다. 그것은 그 나름의 깜냥이 이미 정해져 있기 때문이다. 군자가 본성으로 지니는 '인의예지'는 마음에 뿌리를 둔 것이다. 그것은 우리 몸에 형색으로 나타나는 것이니, 그 기운이 맑고 순결하게 그 얼굴에 드러나고, 등이나 뒤태에도 넘쳐 나며, 사지에 퍼져 약동한다. 사람의 몸은 무어라 달리 말하지 않아도 그 사람됨을 다른 이들에게 일깨워 주고 있다."

孟子曰"廣土衆民, 君子欲之, 所樂不存焉. 中天下而立, 定四
맹 자 왈 광 토 중 민 군 자 욕 지 소 락 부 존 언   중 천 하 이 립 정 사

海之民, 君子樂之, 所性不存焉. 君子所性, 雖大行不加焉, 雖
해 지 민 군 자 락 지 소 성 부 존 언 군 자 소 성 수 대 행 불 가 언 수

窮居不損焉, 分定故也. 君子所性, 仁義禮智, 根於心. 其生色
궁 거 불 손 언 분 정 고 야 군 자 소 성 인 의 예 지 근 어 심 기 생 색

也, 睟然見於面, 盎於背, 施於四體. 四體不言而喩."
야 수 연 현 어 면 앙 어 배 시 어 사 체 사 체 불 언 이 유

〈진심 상盡心 上〉 24장 맹자가 말했다. "공자께서는 동산에 올라가 보시고 노나라를 작게 여기셨고, 태산에 올라가 보시고는 천하를 작게 여기셨다. 그러므로 큰 바다를 본 사람은 [시냇

물만을 본 사람 앞에서] 물에 대해 이야기하기 어렵고, 성인의 문하에서 배운 사람은 [시골 서생들 앞에서] 자신의 생각을 말로 표현하기 어렵다. 대저 물을 보는 데에도 방법이 있으니 반드시 큰 물결을 보아야 한다. 해와 달은 그 고유의 밝은 빛을 두루 비춰 준다. 흐르는 물은 웅덩이를 가득 채우지 않고서는 앞으로 흐르지 않는다. 그러므로 군자가 도에 뜻을 두되, 스스로 자기 수양을 다해 빛을 내지 않으면 통달하여 앞으로 나아갈 수 없는 것이다."

孟子曰 "孔子, 登東山而小魯, 登太山而小天下. 故觀於海者難
맹 자 왈   공 자   등 동 산 이 소 로   등 태 산 이 소 천 하   고 관 어 해 자 난

爲水, 遊於聖人之門者難爲言. 觀水有術, 必觀其瀾. 日月有明,
위 수   유 어 성 인 지 문 자 난 위 언   관 수 유 술   필 관 기 란   일 월 유 명

容光必照焉. 流水之爲物也, 不盈科不行; 君子之志於道也, 不
용 광 필 조 언   유 수 지 위 물 야   불 영 과 불 행   군 자 지 지 어 도 야   불

成章不達."
성 장 부 달

〈진심 상盡心 上〉 25장 맹자가 말했다. "닭이 울면 일어나서 부지런히 착한 일을 하는 사람은 순 임금의 무리이다. 닭이 울면

일어나서 부지런히 이익을 추구하는 자는 도척의 무리이다. 순 임금과 도척으로 나뉘는 것은 별 게 아니다. 이익을 탐하는가 선행을 실천하는가, 그 차이뿐이다."

孟子曰 "鷄鳴而起, 孳孳爲善者, 舜之徒也. 鷄鳴而起, 孳孳爲
맹 자 왈   계 명 이 기   자 자 위 선 자   순 지 도 야   계 명 이 기   자 자 위

利者, 蹠之徒也. 欲知舜與蹠之分, 無他, 利與善之間也."
리 자   척 지 도 야   욕 지 순 여 척 지 분   무 타   이 여 선 지 간 야

〈진심 上盡心 上〉 28장 맹자가 말했다. "유하혜는 삼공의 벼슬로도 자기의 절개를 바꾸지 않았다."

孟子曰 "柳下惠不以三公易其介."
맹 자 왈   유 하 혜 불 이 삼 공 역 기 개

〈진심 上盡心 上〉 37장 맹자가 말했다. "음식만 먹이고 사랑하지 않으면 돼지로 대하는 것이다. 사랑하면서도 공경하지 않으면 짐승으로 기르는 것이다. 공경하는 마음은 예물을 보내기 전부터 지녀야 한다. 공경한다고 하면서도 그 실질이 뒷받침

되지 않으면서 군자를 헛되이 머물게 할 수 없는 노릇이다."

孟子曰 "食而弗愛, 豕交之也; 愛而不敬, 獸畜之也. 恭敬者, 幣
맹 자 왈 식 이 불 애 시 교 지 야 애 이 불 경 수 축 지 야 공 경 자 폐

之未將者也. 恭敬而無實, 君子不可虛拘."
지 미 장 자 야 공 경 이 무 실 군 자 불 가 허 구

〈진심 하盡心 下〉 11장 맹자가 말했다. "이름 내기를 좋아하는 사람
은 천 승의 나라를 사양함으로써 자신의 이름을 남기고자 할
수도 있다. 그러나 진심으로 그럴 만한 인품을 갖춘 자가 아
니라면, 한 소쿠리의 밥과 한 사발의 국과 같은 것에도 자신
의 본색을 드러낼 것이다."

孟子曰 "好名之人, 能讓千乘之國. 苟非其人, 簞食豆羹見於色."
맹 자 왈 호 명 지 인 능 양 천 승 지 국 구 비 기 인 단 사 두 갱 견 어 색

〈진심 하盡心 下〉 37장 만장이 맹자에게 물었다. "공자께서 진(陳)
나라에 계실 때에 이렇게 말씀하신 적이 있었습니다. '어찌

노나라로 돌아가지 않으랴! 내 고향 노나라 선비들은 과격하고 또한 진취적이다. 내 어찌 그 초심을 잊을쏘냐!' 공자께서는 진나라에 계시면서 왜 노나라의 과격한 선비들을 생각하셨을까요?"

맹자가 말했다. "공자께옵서는 일찍이 이렇게 말씀하셨다. '도를 바르게 지킬 사람과 함께하지 못할 바에야 차라리 앞뒤 가리지 않는 호방한 기질을 갖고 있는 광자(狂者)나 강직한 인품을 가진 견자(獧者)와 함께 하겠다. 광자는 진취적이고 견자는 행해서는 안 될 일은 하지 않기 때문이다.' 공자께서 어찌 도를 바르게 지킬 사람을 바라지 않으셨겠느냐마는 그런 사람을 얻을 수가 없었기에 그 다음가는 사람이라도 생각하셨던 것이다."

만장이 물었다. "감히 묻건대 어떤 이들을 광자라고 합니까?"

맹자가 말했다. "금장이나 증석, 목피와 같은 이들이 바로 공자께서 말씀하신 광자들이다."

"어째서 광자라 이른 것입니까?"

맹자가 말했다. "그들이 지향하는 바는 몹시 커서 '옛 성현이여! 옛 성현이여!'라고 되뇌고 다니지만, 평소 그들의 행실을 살펴보면 그 말을 다 실천하지는 못하고 있다. 그렇다고는 해도 이들 광자를 얻지 못하면, 정의롭지 못한 일은 강직한 인물이라도 얻어 더불어 할 수밖에 없다. 그들이 바로 견자로 광자 다음가는 인물들이다. 공자께서는 이런 말씀도 하셨지. '내 집 문 앞을 지나치되 내가 사는 집 안에 들어오지 않더라도 내가 서운해하지 않을 사람은 오직 향원 놈들뿐이다. 향원이야말로 덕을 해치는 위선자들이지.'"

만장이 다시 물었다. "어떤 사람을 향원이라고 부릅니까?"

맹자가 말했다. "이놈들은 광자에게는 '어째서 저리도 허풍을 치고 있는지? 말은 행동을 돌아보지 아니하고, 행동은 말을 돌아보지 않는구나. 그러면서 무슨 옛 성현이여, 옛 성현이여 하는 말들을 하고 다니는지'라고 말하고, 견자에게는 '어찌 사람들을 가까이하지 않고 혼자서만 쌀쌀맞게 살아가나'라고 말하지. 이왕 이런 세상에 태어났으니 이 세상과 어울려 살아야 좋은 일이지 하고 말하면서, 음흉하게 세상에 아첨하는 자들이 바로 향원이다."

만장이 다시 물었다. "한 고을의 사람들이 모두 그를 점잖은 사람이라고 말한다면, 어딜 가든지 점잖은 사람으로 통할 것입니다. 그런데도 공자께서는 그 사람들을 덕을 해치는 자라고 평하셨으니 어째서인가요?"

맹자가 말했다. "이 악질적인 위선자 놈들은 비난하려 해도 들춰내기가 어렵고 공격하려 해도 공격할 게 없을 정도로 잘 포장되어 있다. 이놈들은 타락한 세속에 잘 동화되어 있고, 더러운 세상과 잘 영합한다. 평소 충성과 신의가 있는 것처럼 처신하며, 청렴결백한 것처럼 행동한다. 그래서 많은 이들이 그들을 좋아하고 스스로도 자기가 옳다고 생각한다. 하지만 이 위선자들은 요 임금과 순 임금의 도에는 들어갈 수가 없다. 그러기에 그들을 덕을 해치는 자라고 하는 것이다. 공자께서도 이렇게 말씀하셨다. '그럴듯하면서도 속은 그렇지 않은 사이비가 가장 미운 법이다. 가라지를 미워하는 까닭은 곡식의 싹을 어지럽힐까 걱정되기 때문이다. 간사하고 영특한 자를 미워하는 까닭은 의를 어지럽힐까 걱정되기 때문이다. 말 잘하는 자를 미워하는 까닭은 신의를 어지럽힐까 걱정되기 때문이다. 정나라의 음란한 음악을 미워하는 까닭은 올바른 음악을 어지럽힐까 걱정되기 때문이다. 자줏빛을 미워하는 까닭은 주홍빛을 어지럽힐까 걱정되기 때문이다. 내가 향원을 미워하는 까닭은 구분하기 어려운 사이비이기 때문에 덕을 어지럽힐까 걱정되기 때문이다. 군자는 만세 불변의 도로 돌아갈 뿐이다. 도가 바로잡히면 백성이 모두

분발할 것이고, 백성이 분발하면 향원과 같은 사특한 자들이
없어질 것이다.'"

萬章問曰 "孔子在陳, 曰 '盍歸乎來! 吾黨之士狂簡, 進取, 不忘
만장문왈 공자재진 왈 합귀호래 오당지사광간 진취 불망

其初.' 孔子在陳, 何思魯之狂士?"
기초 공자재진 하사로지광사

孟子曰 "孔子 '不得中道而與之, 必也狂狷乎! 狂者進取, 狷者
맹자왈 공자 부득중도이여지 필야광견호 광자진취 견자

有所不爲也.' 孔子豈不欲中道哉? 不可必得, 故思其次也."
유소불위야 공자기불욕중도재 불가필득 고사기차야

"敢問何如斯可謂狂矣?"
감문하여사가위광의

曰 "如琴張曾晳牧皮者, 孔子之所謂狂矣."
왈 여금장증석목피자 공자지소위광의

"何以謂之狂也?"
하이위지광야

曰 "其志嘐嘐然, 曰, '古之人, 古之人.' 夷考其行, 而不掩焉者
왈 기지교교연 왈 고지인 고지인 이고기행 이불엄언자

也. 狂者又不可得, 欲得不屑不潔之士而與之, 是狷也, 是又其
야 광자우불가득 욕득불설불결지사이여지 시견야 시우기

次也. 孔子曰 '過我門而不入我室, 我不憾焉者, 其惟鄉原乎?
차야 공자왈 과아문이불입아실 아불감언자 기유향원호

鄉原, 德之賊也.'"
향원 덕지적야

曰"何如, 斯可謂之鄕原矣?"
왈　하여　사가위지향원의

曰"何以是嘐嘐也? 言不顧行, 行不顧言, 則曰, 古之人, 古之
왈　하이시교교야　언불고행　행불고언　즉왈　고지인　고지

人. 行何爲踽踽涼涼? 生斯世也, 爲斯世也, 善斯可矣. 閹然媚
인　행하위우우량량　생사세야　위사세야　선사가의　엄연미

於世也者, 是鄕原也."
어세야자　시향원야

萬章曰"一鄕, 皆稱原人焉, 無所往而不爲原人, 孔子以爲德之
만장왈　일향　개칭원인언　무소왕이불위원인　공자이위덕지

賊, 何哉?"
적　하재

曰"非之無擧也, 刺之無刺也, 同乎流俗, 合乎汚世, 居之似忠
왈　비지무거야　자지무자야　동호유속　합호오세　거지사충

信, 行之似廉潔, 衆皆悅之, 自以爲是, 而不可與入堯舜之道,
신　행지사렴결　중개열지　자이위시　이불가여입요순지도

故曰 德之賊也. 孔子曰'惡似而非者: 惡莠, 恐其亂苗也; 惡佞,
고왈　덕지적야　공자왈　오사이비자　오유　공기란묘야　오녕

恐其亂義也; 惡利口, 恐其亂信也; 惡鄭聲, 恐其亂樂也; 惡紫,
공기란의야　오리구　공기란신야　오정성　공기란락야　오자

恐其亂朱也; 惡鄕原, 恐其亂德也. 君子反經而已矣. 經正, 則
공기란주야　오향원　공기란덕야　군자반경이이의　경정　즉

庶民興; 庶民興, 斯無邪慝矣.'"
서민흥　서민흥　사무사특의

🌑 이 모든 글들에서 맹자의 기개를 느낄 수 있고, 맹자가 말한 바 군자의 지향이 어떠해야 하는지 알 수 있다. 공자에 대한 글이 대체로 차분하고 공자의 언행이 차근차근한 데 비해 맹자는 마치 폭포수가 쏟아져 내리듯 거침이 없다.

〈이루 하離婁 下〉 33장 제나라 사람 가운데 아내와 첩을 거느리고 하는 일 없이 살아가는 자가 있었다. 그 남편 되는 자는 밖에 나가서 날마다 술과 고기를 실컷 먹은 뒤에 돌아오곤 했다. 그 아내가 "누구와 함께 먹고 마셨느냐." 하고 물으면, 모두가 돈 많고 벼슬 높은 사람들이라 하였다. 그래서 아내가 첩에게 이렇게 말했다. "우리 바깥양반이 밖에 나가면 언제나 술과 고기를 실컷 먹은 뒤에 돌아오기에 '누구와 함께 먹고 마셨느냐'라고 물으니, 모두가 돈 많고 벼슬 높은 사람들뿐이었다네. 그런데 여태껏 그렇게 잘난 이들이 우리 집에 찾아온 적이 한 번도 없었으니, 내일은 내가 이 양반이 가는 곳을 몰래 뒤따라가 알아보려네."

아내는 아침 일찍 일어나 남편이 가는 곳을 먼발치에서 쫓아갔다. 남편은 온 성안을 돌아다녔지만, 같이 서서 이야기하는 사람이 없었다. 마지막으로 동쪽 성 밖에 있는 무덤 사이에서 제사 지내는 사람들을 찾아가서 그들이 먹고 남은 것을 구걸하여 먹었다. 그러고도 양이 안 차면 다시 둘러보다가 다른 곳을 찾아가서 얻어먹었다. 이게 바로 그가 실컷 먹고 마시는 방법이었던 것이다. 그의 아내는 집으로 돌아와서 그 첩에게 이렇게 말했다. "이보게, 남편이란 죽을 때까지 우러러 받들고 의지해야 할 사람인데, 이제 보니 그런 꼴이라니!" 그러고는 첩과 함께 남편을 원망하면서 마당 가운데서 서로 부둥켜안고 울었다. 그러나 남편은 그것도 모르고 거드름 피우며 밖에서 돌아와, 아내와 첩에게 으스대었다.

군자의 눈으로 볼 때 부귀와 영달을 추구하는 이들치고, 그 아내와 첩들이 부끄러워하지 않거나 서로 부둥켜안고 울지 않을 이 몇이나 있으랴.

齊人有一妻一妾而處室者, 其良人出則必饜酒肉而後反. 其妻
제 인 유 일 처 일 첩 이 처 실 자   기 량 인 출 즉 필 염 주 육 이 후 반   기 처

問所與飮食者則盡富貴也. 其妻告其妾曰 "良人出, 則必饜酒
문 소 여 음 식 자 즉 진 부 귀 야   기 처 고 기 첩 왈   양 인 출   즉 필 염 주

肉而後反; 問其與飮食者, 盡富貴也, 而未嘗有顯者來. 吾將瞷
육 이 후 반   문 기 여 음 식 자   진 부 귀 야   이 미 상 유 현 자 래   오 장 간

良人之所之也. 蚤起, 施從良人之所之, 徧國中無與立談者. 卒
량 인 지 소 지 야　조 기　시 종 량 인 지 소 지　편 국 중 무 여 립 담 자　졸

之東郭墦間, 之祭者, 乞其餘; 不足, 又顧而之他, 此其爲饜足
지 동 곽 번 간　지 제 자　걸 기 여　부 족　우 고 이 지 타　차 기 위 염 족

之道也. 其妻歸, 告其妾曰 "良人者, 所仰望而終身也, 今若此!"
지 도 야　기 처 귀　고 기 첩 왈　양 인 자　소 앙 망 이 종 신 야　금 약 차

與其妾訕其良人, 而相泣於中庭. 而良人未之知也, 施施從外
여 기 첩 산 기 량 인　이 상 읍 어 중 정　이 량 인 미 지 지 야　시 시 종 외

來, 驕其妻妾.
래　교 기 처 첩

由君子觀之, 則人之所以求富貴利達者, 其妻妾不羞也, 而不
유 군 자 관 지　즉 인 지 소 이 구 부 귀 리 달 자　기 처 첩 불 수 야　이 불

相泣者, 幾希矣.
상 읍 자　기 희 의

❀ 제나라에 한 남자가 있다. 그에게는 한 명의 아내와 한 명의
첩이 있다. 흔히 '제인유처첩(齊人有妻妾)'이라는 숙어로 잘 알
려진 이야기다. 평소 별로 하는 일 없이 무위도식하는 것처럼
보이는 남편이 밖에만 나가면 잘 먹고 들어온다. 이를 궁금하
게 여긴 아내가 남편의 뒤를 밟으니 남의 초상집을 전전하며
술과 밥을 얻어먹고 들어왔던 것. 중국의 소설을 연구하는 사
람들은 이 이야기를 중국 소설의 기원 가운데 하나로 꼽기도

한다. 분량은 얼마 안 되지만, 그 안에 이야기적인 요소가 풍부하게 담겨 있기 때문이다.

이 이야기를 이야기 문학의 하나로 보는 것이야 소설 연구자들의 몫일 터이고, 맹자가 이것을 비유로 들고 싶었던 것은 분명하다. 나라에서 녹을 먹고산다고 하는 이들의 행태가 바로 이 제나라 남자와 다를 바 없기 때문이다. 그들이 내건 명분이야 거창하다지만, 실제 행위는 이곳저곳 기웃거리며 밥과 술을 빌어먹는 것이나 다를 바 없다. 배불리 먹었다고 만족해하지만 실상은 자기보다 힘센 호랑이의 위세를 빌어 잠시 허세를 떠는 여우 새끼의 모습을 빼닮은 것(狐假虎威)이다.

사실상 제나라 남자의 문제는 이에 그치지 않는다. 밥을 빌어먹는 것보다 더 큰 문제는 그러고 사는 게 부끄러운 일이라는 것조차 자각을 못하는 데 있다. 누군가 말했다. 더 큰 문제는 '문제를 문제라 인식하지 못하는 것'이라고. 어떤 문제가 있을 때 그것이 문제라는 것을 인식하면, 그에 대한 해결책을 고민하게 된다. 그러나 뭐가 문제인지조차 모르고 있다면, 그땐 더이상 어찌해 볼 도리가 없는 것이다.

三.
백성을 위해
백성과 더불어

🔹 현실 정치에 대해 강하게 집착했던 맹자가 내걸었던 정치 이상은 '백성과 더불어(與民)'라는 말 한마디로 집약할 수 있다. 혹자는 이것을 '백성을 위하여(爲民)'라는 말과 구분해야 한다고 지적한 바 있다. "위민이란 군주가 국가의 소유자임을 전제하고 있는 말이다. 또 자기 소유물을 백성에게 시혜로 베풀 적에야 '인민을 위한다'라는 말을 쓸 수 있다." 배병삼, 《우리에게 유

교란 무엇인가》, 녹색평론사, 2012, 35쪽

〈**양혜왕 상梁惠王 上**〉 2장 맹자가 양혜왕을 만났다. 마침 왕은 연못가에 있었는데, 크고 작은 기러기와 고라니, 사슴을 둘러보면서 말했다. "현자도 또한 이런 것들을 즐기십니까?"

맹자가 말하였다. "현자라야 이런 것들을 즐길 수 있습니다. 현자가 아니면 비록 이런 것들을 가지고 있더라도 즐길 수가 없는 법이지요. 《시경》〈대아〉〈영대(靈臺)〉에 이런 시가 있습니다. '문왕께옵서 처음 영대를 만드실 때, 터를 잡고 방위를 정하

니, 뭇 백성이 자발적으로 나서 불과 며칠 만에 이루었네. 문왕께서 그리 서둘지 말라고 말씀하셔도 뭇 백성이 자식처럼 모여들었다네. 왕께서 영유에 있으면, 암수 사슴이 가만히 엎드려 있네. 암수 사슴 살이 찌고 윤이 나며, 고니는 희디흰 날개 퍼덕이네. 왕께서 영소에 있으니, 아아 물고기들이 가득 차 튀어 오르네.' 문왕께서 백성의 힘으로 대를 만들고 연못을 만드니 백성이 그것을 즐거워하여, 그 대를 영대라 이르고, 그 연못을 영소라 이르며, 고라니, 사슴과 물고기, 자라가 있는 것을 즐거워하였습니다. 옛사람들은 백성과 함께 즐겼기 때문에 그러한 것들을 즐길 수 있었던 것입니다. 《서경》〈상서(商書)〉〈탕서(湯書)〉에 다음과 같은 구절이 있습니다. '이놈의 해는 언제나 없어지나? 나는 너와 함께 죽겠다.' 백성이 [군주와] 함께 죽어 없어지기를 갈망한다면, 대와 못과 새와 짐승이 있다 한들, 어찌 군주 혼자서 즐길 수 있겠습니까?"

孟子見梁惠王. 王立於沼上, 顧鴻雁麋鹿曰 "賢者亦樂此乎?"
맹 자 견 양 혜 왕   왕 립 어 소 상   고 홍 안 미 록 왈   현 자 역 락 차 호

孟子對曰 "賢者而後樂此, 不賢者, 雖有此, 不樂也. 詩云: '經
맹 자 대 왈   현 자 이 후 락 차   불 현 자   수 유 차   불 락 야   시 운   경

始靈臺, 經之營之, 庶民攻之, 不日成之. 經始勿亟, 庶民子來.
시 령 대 경 지 영 지 서 민 공 지 불 일 성 지 경 시 물 극 서 민 자 래

王在靈囿, 麀鹿攸伏, 麀鹿濯濯, 白鳥鶴鶴. 王在靈沼, 於牣魚
왕 재 령 유 우 록 유 복 우 록 탁 탁 백 조 학 학 왕 재 령 소 어 인 어

躍.' 文王以民力爲臺爲沼, 而民歡樂之, 謂其臺曰靈臺, 謂其沼
약 문 왕 이 민 력 위 대 위 소 이 민 환 락 지 위 기 대 왈 령 대 위 기 소

曰靈沼, 樂其有麋鹿魚鼈. 古之人與民偕樂, 故能樂也. 湯誓曰
왈 령 소 락 기 유 미 록 어 별 고 지 인 여 민 해 락 고 능 락 야 탕 서 왈

'時日害喪, 予及女偕亡.' 民欲與之偕亡, 雖有臺池鳥獸, 豈能
시 일 해 상 여 급 여 해 망 민 욕 여 지 해 망 수 유 대 지 조 수 기 능

獨樂哉?"
독 락 재

〈양혜왕 상梁惠王 上〉 3장 양혜왕이 말하였다. "과인은 나라를 다스리는 데 마음을 다하고 있습니다. 하내(河內) 지방에 흉년이 들거든 그 백성을 하동(河東) 지방으로 이주시키고, 아쉬운 대로 곡식을 하내 지방으로 옮겨 그 피해를 보전합니다. 하동 지방에 흉년이 들어도 그렇게 하고 있습니다. 이웃 나라의 정사를 살펴보건대, 과인처럼 마음을 쓰는 자가 없는데도 이웃 나라의 백성이 더 적어지지 않으며, 과인의 백성이 더 많아지지 않는 것은 어째서입니까?"

맹자가 말하였다. "왕께서 전쟁을 좋아하시니, 청컨대 전쟁을 가지고 비유하겠습니다. 둥둥 북을 쳐서 사기를 진작시키고, 병사들이 칼을 들고 접전을 벌이는 가운데 갑옷을 벗어 던지고 병기를 끌면서 줄행랑치는 놈들이 있었습니다. 어떤 놈은 백 보를 도망친 뒤에 멈춰 섰고, 또 어떤 놈은 오십 보를 도망친 뒤에 멈춰 섰습니다. 그런데 오십 보를 도망친 놈이 백 보를 도망친 놈에게 비겁하다고 비웃는다면 왕께서는 어떻게 생각하시겠습니까?"

양혜왕이 말하였다. "말도 안 됩니다. 백 보가 아니라 한들, 도망쳤다는 사실은 마찬가지 아니겠소이까."

맹자가 말했다. "왕께서 그걸 알고 계신다면, 위나라의 백성이 이웃 나라보다 더 많아지기를 바라지 마시옵소서. 농사철을 어기지 않게 하면 수확한 곡식을 이루 다 먹을 수 없을 정도가 될 것이며, 촘촘한 그물을 웅덩이와 연못에 넣지 않는다면 고기와 자라를 이루 다 먹을 수 없을 정도가 될 것이며, 도끼와 자귀로 나무를 할 때도 제한된 시기에만 허용한다면 재목이 이루 다 쓸 수 없을 정도가 될 것입니다. 곡식과 물고기와 자라가 이루 다 먹을 수 없을 정도가 되고, 재목 역시 이루 다 쓸 수 없을 정도가 되면, 백성이 살아 있는 자를 봉양하고, 죽은 자를 장사 지내는 데 아무런 유감이 없을 것이니, 이렇게 살아 있는 자를 봉양하고 죽은 자를 장사 지내는 데 유감이 없는 것이야말로 왕도의 시작인 것입니다. 다섯 무의 택지 주변에 뽕나무를 심기만 해도 오십 먹은 자들이 가벼우면서도 따스한 비단 옷을 입을 수 있게 될 것이고, 닭과 개돼지를 기를 때 번식기를 놓치지 않게 하면 칠십 노인들도 고기를 먹을 수 있게 될 것이며, 백 무의 전지를 한 가족이 부역에 끌려가지 않아 농사철을 빼앗기지 않고 농사짓는다면 한 식구가 굶주림 없이 살 것입니다. 상(庠)과 서(序)와 같은 교육 기관을 세워 부모에게 효도하고 형제간에 우애 있게 살아가는 도리를 가르친다면, 머리가 백발이 된 자가 길 위에서 짐을 등에 지거나 머리에 이고 다니는 일이 없을 것입니다. 칠십 먹은 노인네가 비단옷을 입고 고기를 먹으며, 일반 백성이 굶주리거나 춥게 사는 일이 없는데도 왕 노릇을 하지 못한 이는 이제껏 없었습니다. 흉년이 들었는데도 개돼지가 사람이 먹어야 할 양식을 먹는 일이 벌어져도 이를 단속하지 아니하고, 길거리에 굶어 죽은 시체가 너부러져도 창고를 열어 그들을 구휼할 줄 모르며, 사람들이 죽어 나가도, '이건 내 잘못이 아니야, 어쩔 수 없는 운명 때문'이라고 말한다면, 이 어찌 사람을 찔러 죽이고 나서 '내가 죽인 게 아니라 칼이 죽인 거'라고 말하는 것과 뭐가 다르겠습니까? 왕께서 흉년 탓을 하지 않으시고, [제대로 된 왕도를 실천하신다면] 천하의 백성이 모여들 것입니다."

梁惠王曰 "寡人之於國也, 盡心焉耳矣. 何內凶, 則移其民於河
양혜왕왈　과인지어국야　진심언이의　하내흉　즉이기민어하

東, 移其粟於河內. 河東凶亦然. 察隣國之政, 無如寡人之用心
동　이기속어하내　하동흉역연　찰린국지정　무여과인지용심

者. 隣國之民不加少, 寡人之民不加多, 何也?"
자　인국지민불가소　과인지민불가다　하야

孟子對曰 "王好戰, 請而戰喩. 塡然鼓之, 兵刃旣接, 棄甲曳兵
맹자대왈　왕호전　청이전유　전연고지　병인기접　기갑예병

而走. 或百步而後止, 或五十步而後止. 以五十步笑百步, 則何
이주　혹백보이후지　혹오십보이후지　이오십보소백보　즉하

如?"
여

曰 "不可. 直不百步耳, 是亦走也."
왈　불가　직불백보이　시역주야

曰 "王如知此, 則無望民之多於隣國也. 不違農時, 穀不可勝食
왈　왕여지차　즉무망민지다어린국야　불위농시　곡불가승식

也; 數罟不入洿池, 漁鼈不可勝食也; 斧斤以時入山林, 材木不
야　촉고불입오지　어별불가승식야　부근이시입산림　재목불

可勝用也. 穀與漁鼈不可勝食, 材木不可勝用, 是使民養生喪
가 승 용 야　곡 여 어 별 불 가 승 식　재 목 불 가 승 용　시 사 민 양 생 상

死無憾也. 養生喪死無憾, 王道之始也. 五畝之宅, 樹之以桑,
사 무 감 야　양 생 상 사 무 감　왕 도 지 시 야　오 무 지 택　수 지 이 상

五十者可以衣帛矣. 鷄豚狗彘之畜, 無失其時, 七十者可以食
오 십 자 가 이 의 백 의　계 돈 구 체 지 축　무 실 기 시　칠 십 자 가 이 식

肉矣. 百畝之田, 勿奪其時, 數口之家可以無飢矣. 謹庠序之教,
육 의　백 무 지 전　물 탈 기 시　수 구 지 가 가 이 무 기 의　근 상 서 지 교

申之以孝悌之義, 頒白者不負戴於道路矣. 七十者衣帛食肉, 黎
신 지 이 효 제 지 의　반 백 자 불 부 대 어 도 로 의　칠 십 자 의 백 식 육　여

民不飢不寒, 然而不王者, 未之有也. 狗彘食人食而不知檢, 塗
민 불 기 불 한　연 이 불 왕 자　미 지 유 야　구 체 식 인 식 이 부 지 검　도

有餓莩而不知發. 人死則曰, '非我也, 歲也.' 是何異於刺人而
유 아 부 이 부 지 발　인 사 즉 왈　비 아 야　세 야　시 하 이 어 자 인 이

殺之曰, '非我也, 兵也.' 王無罪歲, 斯天下之民至焉."
살 지 왈　비 아 야　병 야　왕 무 죄 세　사 천 하 지 민 지 언

맹자는 자기가 '백성을 위한' 정치를 펼치고 있다고 자신한 양혜왕에게 촌철살인의 기지로 양혜왕의 생각이 착각이라는 것을 일깨워 주고 있다. 특히 〈양혜왕 상〉 3장은 유명한 '오십 보백보'의 비유다. 맹자의 특징은 자신의 논변을 다양한 실례에 비춰 가며 비유적으로 설파하는 데 있다. 맹자의 비판은 점

점 더 신랄해진다.

〈양혜왕 상梁惠王 上〉 4장 양혜왕이 말하였다. "과인은 편안한 마음으로 그대의 가르침을 듣고자 합니다."

맹자가 말하였다. "사람을 죽이는데 몽둥이로 때려 죽이는 것과 칼로 죽이는 것이 차이가 있습니까?"

왕이 말했다. "차이가 없습니다."

"칼로 사람을 죽이는 것과 정치로 사람을 죽이는 것이 차이가 있습니까?"

"차이가 없습니다."

"[그렇다면 말씀드리겠습니다.] 임금의 푸줏간에는 살진 고기가 있고, 마구간에는 살찐 말이 있는데, 백성에게는 굶주린 기색이 있고, 들에는 굶어 죽은 시체가 뒹굴고 있다면, 이것은 짐승을 몰아서 사람을 잡아먹게 하는 것과 다를 바 없습니다. 짐승끼리 서로 잡아먹는 것만 보아도 사람들은 끔찍하게 여기는데, 백성의 부모가 되어 정사를 행하되 짐승을 몰아 사람을 먹게 하는 패악을 면치 못한다면, 어찌 그 임금이 백성의 부모 된 자격이 있다 하겠습니까? 공자께서도 말씀하셨습니다. '[순장의 폐해로 인해] 맨 처음 [나무로 사람의 형상을 깎아 만든 부장품인] 용(俑)을 만든 자는 그 후손이 없을 것이다.' 이는 사람을 형상화하여 장례에 사용하였기 때문입니다. 어찌하여 이 백성으로 하여금 굶주려 죽게 한단 말입니까?"

梁惠王曰 "寡人願安承敎."
양혜왕왈　과인원안승교

孟子對曰 "殺人以梃與刃, 有以異乎?"
맹자대왈　살인이정여인　유이이호

曰 "無以異也."
왈　무이이야

"以刃與政, 有以異乎?"
　이인여정　유이이호

曰 "無以異也."
왈　무이이야

曰 "庖有肥肉, 廐有肥馬, 民有飢色, 野有餓莩, 此率獸而食人
왈　포유비육　구유비마　민유기색　야유아부　차솔수이식인

也. 獸相食, 且人惡之. 爲民父母, 行政, 不免於率獸而食人, 惡
야　수상식　차인오지　위민부모　행정　불면어솔수이식인　오

在其爲民父母也? 仲尼曰 '始作俑者, 其無後乎!' 爲其象人而
재기위민부모야　중니왈　시작용자　기무후호　위기상인이

用之也. 如之何其使斯民飢而死也.”
용 지 야   여 지 하 기 사 사 민 기 이 사 야

〈양혜왕 상梁惠王 上〉 5장 양혜왕이 말하였다. “천하에 진나라^{여기서 말} ^{하는 진나라는 곧 양혜왕의 위(魏)나라를 가리킨다.}보다 강한 나라가 없다는 사실은 선생도 알고 계시는 바입니다. 하지만 불행하게도 과인의 대에 와서 동쪽으로는 제나라에게 패하여 나의 맏아들이 죽었고, 서쪽으로는 진나라한테 칠백 리의 땅을 빼앗겼고, 남쪽으로는 초나라한테 굴욕을 당했습니다. 과인은 이것을 치욕스럽게 생각합니다. 원컨대 과인은 이들 죽은 사람들을 위해 이 치욕을 씻어 보고자 하는데, 어떻게 했으면 좋겠습니까?”

맹자가 대답했다. “땅은 사방 백 리만으로도 왕 노릇을 하실 수 있습니다. 왕께서 만약 백성에게 어진 정치를 베풀되, 형벌을 줄이고 세금을 감해 주며, 백성으로 하여금 밭을 깊게 갈고 김을 잘 매게 하며, 젊은이들이 농사의 여가가 생기면 효, 제, 충, 신의 덕을 닦아 집안에서는 부형을 섬기고 밖에서는 어른들을 섬긴다면, [전쟁이 난다 하더라도] 백성이 모두 나무 몽둥이라도 들고 나와 진나라나 초나라의 견고한 갑옷과 날카로운 무기를 두드려 부술 수가 있을 것입니다. 반대로 진나라나 초나라에서는 백성을 시도 때도 없이 부려 먹어 밭을 깊게 갈고 김을 매어 부모를 봉양할 수 없게 만들고 있습니다. 그리하여 자식 없는 부모들은 추위에 얼고 굶주리며, 형제들과 처자들은 모두 뿔뿔이 흩어지고 맙니다. 이렇게 그네들의 백성이 심한 곤경에 빠졌을 때 왕께서 가셔서 그들을 정벌하신다면, 대체 그 누가 왕께 대적할 수가 있겠습니까? 그러므로 '어진 자에게는 대적할 자가 없다(仁者無敵)'라고 하였습니다. 왕께서는 이를 의심하지 마시고 [왕도를 실천하시기] 바랍니다."

梁惠王曰 "晉國天下莫强焉, 叟之所知也. 及寡人之身, 東敗於
양 혜 왕 왈 　 진 국 천 하 막 강 언 　 수 지 소 지 야 　 급 과 인 지 신 　 동 패 어

齊, 長子死焉; 西喪地於秦七百里; 南辱於楚. 寡人恥之, 願比
제 　 장 자 사 언 　 서 상 지 어 진 칠 백 리 　 남 욕 어 초 　 과 인 치 지 　 원 비

死者一洒之, 如之何則可?"
사 자 일 쇄 지 　 여 지 하 즉 가

孟子對曰 "地方百里而可以王. 王如施仁政於民, 省刑罰, 薄稅
맹 자 대 왈 　 지 방 백 리 이 가 이 왕 　 왕 여 시 인 정 어 민 　 생 형 벌 　 박 세

斂, 深耕易耨; 壯者以暇日修其孝悌忠信, 入以事其父兄出以
렴　심경이누　장자이가일수기효제충신　입이사기부형출이

事其長上; 可使制梃以撻秦楚之堅甲利兵矣. 彼奪其民時, 使
사기장상　가사제정이달진초지견갑리병의　피탈기민시　사

不得耕耨以養其父母. 父母凍餓, 兄弟妻子離散. 彼陷溺其民,
부득경누이양기부모　부모동아　형제처자리산　피함닉기민

王往而征之, 夫誰與王敵? 故曰'仁者無敵.' 王請勿疑."
왕왕이정지　부수여왕적　고왈　인자무적　왕청물의

❀ '백성을 위한' 정치를 펴 나갔다고 하지만, 실상은 어떠한
가? 임금의 푸줏간에는 살진 고기가 있고, 마구간에는 살찐 말
이 있는데, 이에 반해 백성에게는 굶주린 기색이 있고, 들에 굶
어 죽은 시체가 뒹굴고 있다. 과연 이게 언필칭 '백성을 위한'
정치의 실상이란 말인가?

〈양혜왕 상梁惠王 上〉 6장 맹자가 [얼마 전에 작고한 양혜왕의 아들
인] 양양왕을 만나고 나와서 사람들에게 이렇게 말하였다.
"멀리서 봐도 임금 같아 보이지 않았고, 가까이 다가가 직접
이야기해 봐도 두려워할 만한 데가 없더군. 그러고는 느닷없
이 묻더군. '천하가 어떤 식으로 결정되겠습니까?' 그래서 내

가 대답했지. '하나로 결정될 것입니다.' 또 묻더군. '누가 천하를 하나로 만들 수 있겠습니까?' 그래서 말해 주었지. '사람을 죽이는 것을 좋아하지 않는 자가 천하를 하나로 만들 수 있을 것입니다.' '그렇다면 누가 그와 더불어 그런 일을 할 수 있겠소이까?' 나는 다시 대답해 주었지. '천하의 사람들이 그와 더불어 하지 않는 자가 없을 것입니다. 왕께서는 저 곡식의 싹을 아십니까? 7, 8월경에 가뭄이 들면 싹은 말라 버립니다. 그럴 때 하늘이 뭉게뭉게 구름을 일으켜서 비를 시원스레 내리면, 싹은 부쩍 자라게 될 것입니다. 만약 이렇게 된다면 그 솟구치는 생명력을 뉘라서 막아 내겠습니까? 오늘날 천하의 임금치고 어느 누구도 사람 죽이기를 즐기지 않는 자가 없습니다. 만약 사람 죽이기를 즐기지 않는 자가 있다면 천하의 백성은 모두가 목을 길게 빼고 그를 바라보게 될 것입니다. 참으로 이와 같이 된다면 물이 위에서 아래로 흘러내리듯이 백성 또한 그에게로 귀순할 것이니, 과연 누가 이것을 막아 낼 수가 있겠습니까?'"

孟子見梁襄王. 出, 語人曰 "望之不似人君, 就之而不見所畏焉.
맹 자 견 양 양 왕   출   어 인 왈   망 지 불 사 인 군   취 지 이 불 견 소 외 언

卒然問曰 '天下惡乎定?' 吾對曰 '定于一.' '孰能一之?' 對曰
졸 연 문 왈　천 하 오 호 정　　오 대 왈　정 우 일　　숙 능 일 지　　대 왈

'不嗜殺人者能一之.' '孰能與之?' 對曰 '天下莫不與也. 王知夫
불 기 살 인 자 능 일 지　　숙 능 여 지　　대 왈　천 하 막 불 여 야　왕 지 부

苗乎? 七八月之間, 旱則苗槁矣. 天油然作雲, 沛然下雨則, 苗
묘 호　　칠 팔 월 지 간　한 즉 묘 고 의　천 유 연 작 운　패 연 하 우 즉　묘

浡然興之矣. 其如是, 孰能禦之? 今夫天下之人牧, 未有不嗜殺
발 연 흥 지 의　기 여 시　숙 능 어 지　금 부 천 하 지 인 목　미 유 불 기 살

人者也. 如有不嗜殺人者, 則天下之民皆引領而望之矣. 誠如
인 자 야　여 유 불 기 살 인 자　즉 천 하 지 민 개 인 령 이 망 지 의　성 여

是也, 民歸之, 由水之就下, 沛然孰能禦之?'"
시 야　민 귀 지　유 수 지 취 하　패 연 숙 능 어 지

〈양혜왕 상梁惠王 上〉7장 제나라의 선왕이 물었다. "제나라의 환공
과 진나라의 문공에 대해 말씀을 들어 볼 수가 있겠습니까?"
맹자가 대답하였다. "공자의 제자 가운데 제 환공과 진 문공
에 대해 이야기한 사람이 없었습니다. 그래서 후세에 전하는
말이 없기에, 저 역시 아직까지도 들어 본 적이 없었습니다.
그럼에도 군이 말하라 하신다면, 저는 왕도에 대해서 말씀드
리겠습니다."
제 선왕이 다시 물었다. "덕이 어떠해야만 왕도를 실현할 수

있겠습니까?"

"백성의 생활을 안정시키는 데 힘을 기울인다면 자연스럽게 왕도를 실현할 수 있을 것이고, [그렇게만 하신다면] 그 누구도 이를 막을 수 없을 것입니다."

"나 같은 사람도 백성의 생활을 안정시킬 수 있겠습니까?"

"하실 수 있습니다."

"어떻게 내가 그렇게 할 수 있다는 것을 아십니까?"

"제가 왕을 가까이서 모시는 호흘에게서 이런 이야기를 들었습니다. 왕께서 당상에 앉아 계시는데, 어떤 이가 소를 끌고 당 아래를 지나가고 있었습니다. 왕께서 이를 보시고, 이렇게 물으셨다지요. '이 소를 어디로 끌고 가는가?' 이에 다음과 같이 대답했습니다. '흔종_{나라에서 중요한 의식에 쓰는 기물을 만들 때, 재액을 막기 위해 희생의 동물을 죽여 그 피를 바르는 것을 말한다.}하는 데 쓰려고 합니다.' 왕께서는 그 말을 들으시고, '그 소를 놓아 주어라. 나는 저 소가 벌벌 떨면서 아무 죄도 없이 사지(死地)로 나아가는 것을 차마 볼 수 없구나' 하시니, '그러하오면 흔종을 그만두오리까?'라고 하니, '어찌 그만둘 수 있겠는가? 양으로 바꾸어서 해라' 이렇게 말씀하셨다고 하는데, 모르겠나이다. 정말 이런 일이 있었습니까?"

왕이 말하였다. "그런 일이 있었습니다."

"그런 마음을 갖고 계신다면, 충분히 왕도를 실현하실 수 있습니다. 백성은 모두 왕께서 소가 아까워서 그리하신 거라 여기고 있습니다만, 저는 왕께서 차마 그 소를 죽이지 못하게 하신 그 마음을 잘 알고 있습니다."

"그렇습니다. 확실히 그렇게 말한 백성이 있었습니다. 하지만 우리 제나라가 아무리 작다 한들, 어찌 내가 소 한 마리를 아까워하겠습니까? 단지 그 소가 벌벌 떨면서 죄 없이 사지로 끌려가는 것을 차마 볼 수가 없어서 소를 양으로 바꾸게 한 것입니다."

"왕께서는 백성이 우리 임금이 소를 아까워한다고 비난하는 것을 의아하게 여기지 마소서. 작은 양으로 큰 소를 대신한 것으로만 여기니, 저들이 어찌 왕의 속마음을 알겠습니까? 그런데 왕께서 만약 그 소가 죄 없이 사지로 끌려가는 것을 측은하게 여기셨다면, 소와 양이 무엇이 다를 게 있어 양으로 소를 대신하게 하셨는지요?"

왕이 웃으면서 말하였다. "그것은 참으로 무슨 마음에서 그리한 것일까요? 내가 진실로 재물이 아까워서 양으로 바꾸게 한 게 아니었건만, 백성이 내가 재물이 아까워 그리했다고 말하는 것도 마땅한 일이겠소이다."

"그렇게까지 상심하지 마시옵소서. 그것이야말로 인을 실천하는 도리입니다. 소가 죽으러 가는 것은 보셨으되, 양은 보지 못하셨기 때문입니다. 군자는 금수를 대하되, 그 살아 있는 것을 보았을 때는 그것이 죽는 것을 차마 보지 못하고, 그것이 우는 소리를 들었을 때는 차마 그 고기를 먹지 못합니다. 그러기에 군자는 푸줏간을 멀리하는 것입니다."

왕이 기뻐하면서 말하였다. "《시경》〈소아〉〈교언(巧言)〉에 이런 시가 있습니다. '다른 사람의 속마음을 나는 헤아려서 아노라.' 이거야말로 선생을 두고 한 말이군요. 내가 무엇인가를 행하고서도 그 까닭을 돌이켜 생각해 보매 내 마음을 알 수가 없었는데, 이제 선생께서 말씀해 주시니 내 마음에 뭔가 뭉클하게 와 닿는 것이 있습니다. 그런데 이러한 마음이 왕도를 실현하는 데 합당하다는 것은 어째서입니까?"

"만약 어떤 사람이 와서 왕에게 '내 힘은 3천 근을 들기에 충분하지만 지금은 깃털 하나도 들 수 없고, 제 시력은 가느다란 가을 터럭도 볼 수 있지만, 지금은 한 수레의 장작더미도 볼 수 없다'라고 아뢴다면, 왕께서는 이 말을 믿으시겠습니까?"

"믿을 수 없겠지요."

"그렇다면 지금 [차마 어쩌지 못하는] 왕의 은혜가 금수에게까지 미치면서도, 그 공덕이 백성에게 미치지 못한 것은 무엇 때문입니까? 그러니까 깃털 하나도 들지 못하겠다는 것은 결국 힘을 쓰지 않겠다는 것이고, 한 수레의 장작더미도 볼 수 없다는 것은 결국 그 시력을 사용하지 않겠다는 것이며, 백성의 생활을 안정시킬 수 없다는 것은 결국 은혜를 베풀지 않겠다는 거나 마찬가지라는 이야기올시다. 그러니 왕께서 왕도를 실현하지 않는 것은 하지 않는 것이지 할 수 없는 것이 아닙니다."

"하지 않는 것과 할 수 없는 것은 어떻게 다릅니까?"

"태산을 옆에 끼고 북해를 건너뛰는 일을 두고, '나는 그렇게 할 수 없다'라고 말한다면, 그것은 참으로 할 수 없는 일입니다. 그렇지만 어른을 위해 나뭇가지를 꺾어 드리는 일을 두고, '나는 그렇게 할 수 없다'라고 말한다면, 그것은 그렇게 하지 않는 것이지, 할 수 없는 게 아닙니다. 이제 왕께서 왕도를 실현할 수 없다고 하시는 것은 태산을 옆에 끼고 북해를 건너뛰는 일처럼 [할 수 없는 게] 아니고, 어른을 위해 나뭇가지를 꺾어 드리는 것처럼 [하지 않는] 것입니다. 나의 집 노인을 공경하는 마음으로 남의 집 노인을 공경하고, 나의 집 어린아이를 사랑하는 마음으로 남의 집 어린아이를 사랑한다면, 천하를 손바닥 위에 놓고 마음대로 움직일 수가 있을 것입니다. 《시경》〈대아〉〈사제(思齊)〉에 이런 시가 있습니다. '내 아내에게 본보기가 되고, 그 덕이 형과 아우에게 미쳐, 이로써 집안과 나라를 다스린다.' 이것은 가까운 가족에 대한 마음을 확대해 천하의 백성에까지 미치게 한다는 것을 말한 것입니다. 그러므로 은혜를 가까운 데서 먼 데까지 미치게 한다면, 충분히 온 천하를 보전하여 편안하게 할 수 있지만, 그 은혜가 미치지 못하면 자기 처자식조차도 보전하여 편안하게 할 수 없을 것입니다. 고대의 성현들이 보통 사람들보다 크게 훌륭했던 것은 다른 까닭이 있어서가 아닙니다. 바로 자기가 하는 일을 미루어 남에게까지 잘 미치게 했기 때문입니다. 이제 [차마 어쩌지 못하는] 왕의 은혜가 금수에게 미치면서도 그 공덕이 백성에게 미치지 못하는 것은 무엇 때문이겠습니까? 저울질해 본 뒤라야 물건의 경중을 알 수 있고, 자로 재어 본 뒤에야 물건의 장단을 알 수 있을 것입니다. 만사가 다 그렇습니다만, 특히 인간의 마음이라는 것은 이보다 심하니 잘 헤아려 보지 않고서는 알 수 없는 것입니다. 청컨대 왕께옵서는 그것을 잘 헤아리시기 바랍니다. 왕이시여! 군사를 일으켜 병졸과 신하들을 위태롭게 하시고, 이웃 나라 제후들의 원한을 산 뒤라야 마음이 통쾌하시겠습니까?"

"아닙니다. 내가 어찌 그런 일을 통쾌하게 여기겠습니까? 나는 내가 크게 바라는 바를 이루고 싶을 따름이오."

"왕께서 크게 바라는 바가 무엇인지 들어 볼 수 있겠습니까?"

왕은 이 말을 듣고 웃기만 하고 말을 하지 않았다.

그러자 맹자가 다시 말했다. "기름진 고기와 달콤한 음식이 입에 부족하기 때문입니까? 가볍고 따뜻한 옷이 몸에 부족하기 때문입니까? 그렇지 않다면 화려한 색깔이 눈에 부족하기 때문입니까? 아름다운 소리가 귀에 부족하기 때문입니까? 좌우의 심부름꾼이 앞에서 부리시기에 부족하기 때문입니까? 이런 것쯤이야 왕의 모든 신하들이 만족스럽게 해드릴 수 있을 것이니 왕께서 어찌 그런 것 때문에 그러시기야 하겠습니까?"

"물론이지요. 내가 그런 것 때문에 그런 게 아닙니다."

"그렇다면 왕께서 크게 바라는 것을 알겠습니다. 영토를 넓히고, 진나라와 초나라를 굴복시키고, 천하의 가운데서 군림

하여 사방의 오랑캐들을 어루만지려는 것입니다. 하지만 그와 같은 방법으로 바라는 바를 이루시려는 것은 마치 나무에 올라가서 물고기를 구하는 것과 같습니다."

"그렇게나 형편없단 말입니까?"

"그보다 훨씬 더 형편없습니다. 나무에 올라가서 물고기를 잡으면 비록 물고기는 얻지 못하더라도 뒤따라오는 재앙은 없습니다. 그러나 그와 같은 방법으로 바라는 바를 이루려 하면 마음과 힘을 다하더라도 뒤에 가서 반드시 재앙이 있을 것입니다."

"그 자세한 이야기를 들려줄 수 있겠습니까?"

"만일 추나라 사람이 초나라 사람과 전쟁을 한다면 왕께서는 어느 쪽이 이긴다고 생각하십니까?"

"그거야 당연히 [대국인] 초나라 사람들이 이기겠지요."

"그렇습니다. 진정 작은 나라는 큰 나라를 대적하지 못하고, 적은 숫자로는 많은 숫자를 이기지 못하며, 약한 것은 강한 것을 이기지 못하는 법입니다. 천하에 그 땅이 사방 천 리가 되는 나라가 아홉이 있는데, 제나라의 땅은 두루 모아야 그 가운데 하나를 차지할 뿐입니다. 그 하나로 나머지 여덟을 굴복시킨다는 것은 추나라가 초나라와 대적하겠다는 것과 무엇이 다르겠습니까? 왕께서는 어찌 그 근본으로 돌아가지 않으시나이까? 이제 왕께서 정치를 쇄신하고 인정을 베푸시면, 천하의 벼슬살이하고자 하는 자들이 모두 왕의 조정에서 벼슬하기를 바랄 것이고, 농사짓는 자들은 왕의 땅에서 농사짓기를 바랄 것이며, 장사꾼들은 왕의 시장에 물건을 갖다놓고 싶어 할 것이고, 여행객들은 왕의 길을 걷기를 바랄 것이며, 천하의 자기 나라 임금을 미워하는 사람들은 모두 왕께 와서 호소할 것입니다. 이렇게 되면, 뉘라서 그것을 하지 못하게 막을 수 있겠습니까?"

"제가 아둔하여 그런 지경까지 나아가지 못합니다. 바라건대 선생께서는 나의 뜻을 도우셔서 저를 환하게 가르쳐 주시기 바랍니다. 내 비록 불민하나마 시험 삼아 선생의 말씀대로 해 보겠습니다."

"의식에 대한 걱정이 없어도 평상심을 가질 수 있는 것은 오직 소수의 선비만이 가능한 것입니다. 일반 백성은 의식에 대한 걱정이 있으면, 그로 말미암아 평상심을 잃게 됩니다. 평상심이 없으면 방탕하고 편벽되며, 사악하고 사치를 일삼는 등 못하는 짓이 없게 됩니다. 백성이 이런 지경에 빠져 죄를 지은 뒤에 그 죄질에 따라 형벌을 가한다면, 미리 그물을 쳐 놓고 백성이 거기에 걸려들기만을 기다리는 거나 마찬가지가 될 것입니다. 어찌 어진 이가 임금의 자리에 있으면서 백성을 그물에 걸리게 하는 일이 가당키나 하겠습니까? 그렇기 때문에 현명한 임금은 백성의 생업을 마련해 줌으로써 위로는 부모를 섬기는 데 부족함이 없고, 아래로는 처자를 먹여 살리는 데 부족함이 없으며, 풍년이 들면 죽을 때까지 배불리 먹고, 흉년이 들더라도 죽음을 면하도록 해 줍니다. 그렇게 한 뒤에 그들을 이끌어 선한 길로 가도록 하면 백성은 너무도 쉽게 그에 따를 것입니다. 하지만 지금은 백성의 생업을 마련해 준다는 것이 위로는 부모를 섬길 수도 없고, 아래로는 처자를 먹여 살리지도 못하며, 풍년이 들어도 내내 고생만 하고, 흉년에는 죽음을 면치 못할 정도입니다. 이렇게 되면 죽음에서 헤어나는 것만으로도 달리 여유가 없을 터인즉, 어느 겨를에 예와 의를 닦을 수 있겠습니까? 만일 천하에 왕도를 실현하고자 하신다면, 어찌하여 근본으로 돌아가지 않으십니까? 다섯 무의 택지 주변에 뽕나무를 심기만 해도 오십 먹은 자들이 가벼우면서도 따스한 비단 옷을 입을 수 있게 될 것이고, 닭과 개돼지를 기를 때 번식기를 놓치지 않게 하면 칠십 노인들도 고기를 먹을 수 있게 될 것이며, 백

무의 전지를 한 가족이 부역에 끌려가지 않아 농사철을 빼앗기지 않고 농사짓는다면 한 식구가 굶주림 없이 살 것입니다. 상(庠)과 서(序)와 같은 교육기관을 세워 부모에게 효도하고 형제간에 우애 있게 살아가는 도리를 가르친다면, 머리가 백발이 된 자가 길 위에서 짐을 등에 지거나 머리에 이고 다니는 일이 없을 것입니다. 칠십 먹은 노인네가 비단옷을 입고 고기를 먹으며, 일반 백성이 굶주리거나 춥게 사는 일이 없는데도 왕 노릇을 하지 못한 이는 이제껏 없었습니다."

齊宣王問曰 "齊桓晉文之事, 可得聞乎?"
제 선 왕 문 왈 제 환 진 문 지 사 가 득 문 호

孟子對曰 "仲尼之徒, 無道桓文之事者, 是以後世無傳焉, 臣未
맹 자 대 왈 중 니 지 도 무 도 환 문 지 사 자 시 이 후 세 무 전 언 신 미

之聞也. 無以, 則王乎?"
지 문 야 무 이 즉 왕 호

曰 "德何如, 則可以王矣?"
왈 덕 하 여 즉 가 이 왕 의

曰 "保民而王, 莫之能禦也."
왈 보 민 이 왕 막 지 능 어 야

曰 "若寡人者, 可以保民乎哉?"
왈 약 과 인 자 가 이 보 민 호 재

曰 "可."
왈 가

曰 "何由知吾可也?"
왈 하유지오가야

曰 "臣聞之胡齕曰, 王坐於堂上, 有牽牛而過堂下者, 王見之曰
왈 신문지호흘왈 왕좌어당상 유견우이과당하자 왕견지왈

'牛何之?' 對曰 '將以釁鐘.' 王曰 '舍之! 吾不忍其觳觫若無罪
우하지 대왈 장이흔종 왕왈 사지 오불인기곡속약무죄

而就死地.' 對曰 '然則廢釁鐘與?' 曰 '何可廢也? 以羊易之!'
이취사지 대왈 연즉폐흔종여 왈 하가폐야 이양역지

不識有諸?"
불식유저

曰 "有之."
왈 유지

曰 "是心足以王矣. 百姓皆以王爲愛也, 臣固知王之不忍也."
왈 시심족이왕의 백성개이왕위애야 신고지왕지불인야

王曰 "然. 誠有百姓者. 齊國雖褊小, 吾何愛一牛? 卽不忍其觳
왕왈 연 성유백성자 제국수편소 오하애일우 즉불인기곡

觫若無罪而就死地, 故以羊易之也."
속약무죄이취사지 고이양역지야

曰 "王無異於百姓之以王爲愛也. 以小易大, 彼惡知之? 王若
왈 왕무이어백성지이왕위애야 이소역대 피오지지 왕약

隱其無罪而就死地, 則牛羊何擇焉?"
은기무죄이취사지 즉우양하택언

王笑曰 "是誠何心哉? 我非愛其財而易之以羊也. 宜乎百姓之
왕소왈 시성하심재 아비애기재이역지이양야 의호백성지

謂我愛也."
위아애야

曰 "無傷也, 是乃仁術也, 見牛未見羊也. 君子之於禽獸也, 見
왈 무상야 시내인술야 견우미견양야 군자지어금수야 견

其生, 不忍見其死; 聞其聲, 不忍食其肉. 是以君子遠庖廚也."
기생 불인견기사 문기성 불인식기육 시이군자원포주야

王說曰 "詩云: '他人有心, 予忖度之.' 夫子之謂也. 夫我乃行之,
왕설왈 시운 타인유심 여촌탁지 부자지위야 부아내행지

反以求之, 不得吾心. 夫子言之, 於我心有戚戚焉. 此心之所以
반이구지 부득오심 부자언지 어아심유척척언 차심지소이

合於王者, 何也?"
합어왕자 하야

曰 "有復於王者曰, '吾力足以擧百鈞, 而不足以擧一羽; 明足
왈 유복어왕자왈 오력족이거백균 이부족이거일우 명족

以察秋毫之末, 而不見輿薪,' 則王許之乎?"
이찰추호지말 이불견여신 즉왕허지호

曰 "否."
왈 부

"今恩足以及禽獸, 而功不至於百姓者, 獨何與? 然則一羽之不
금은족이급금수 이공부지어백성자 독하여 연즉일우지불

擧, 爲不用力焉; 輿薪之不見, 爲不用明焉; 百姓之不見保, 爲
거 위불용력언 여신지불견 위불용명언 백성지불견보 위

不用恩焉. 故王之不王, 不爲也, 非不能也."
불용은언 고왕지불왕 불위야 비불능야

曰"不爲者與不能者之形, 何以異?"
왈 불위자여불능자지형 하이이

曰"挾太山以超北海, 語人曰'我不能.'是誠不能也. 爲長者折
왈 협태산이초북해 어인왈 아불능 시성불능야 위장자절

枝, 語人曰,'我不能.'是不爲也, 非不能也. 故王之不王, 非挾
지 어인왈 아불능 시불위야 비불능야 고왕지부왕 비협

太山以超北海之類也; 王之不王, 是折枝之類也. 老吾老, 以及
태산이초북해지유야 왕지불왕 시절지지류야 로오로 이급

人之老; 幼吾幼, 以及人之幼. 天下可運於掌. 詩云:'刑于寡妻,
인지로 유오유 이급인지유 천하가운어장 시운 형우과처

至于兄弟, 以御于家邦.'言擧斯心加諸彼而已. 故推恩足以保
지우형제 이어우가방 언거사심가저피이이 고추은족이보

四海, 不推恩無以保妻子. 古之人所以大過人者, 無他焉, 善推
사해 불추은무이보처자 고지인소이대과인자 무타언 선추

其所爲而已矣. 今恩足以及禽獸, 而功不至於百姓者, 獨何與?
기소위이이의 금은족이급금수 이공부지어백성자 독하여

權, 然後知輕重; 度, 然後知長短. 物皆然, 心爲甚. 王請度之!
권 연후지경중 탁 연후지장단 물개연 심위심 왕청탁지

抑王興甲兵, 危士臣, 構怨於諸侯, 然後快於心與?"
억왕흥갑병 위사신 구원어제후 연후쾌어심여

王曰"否. 吾何快於是? 將以求吾所大欲也."
왕왈 부 오하쾌어시 장이구오소대욕야

曰 “王之所大欲, 可得聞與?”
왈 왕지소대욕 가득문여

王笑而不言. 曰 “爲肥甘, 不足於口與? 輕煖不足於體與? 抑爲
왕소이불언 왈 위비감 부족어구여 경난부족어체여 억위

采色不足視於目與? 聲音不足聽於耳與? 便嬖不足使令於前
채색부족시어목여 성음부족청어이여 편폐부족사령어전

與? 王之諸臣, 皆足以供之, 而王豈爲是哉?”
여 왕지제신 개족이공지 이왕기위시재

曰 “否. 吾不爲是也.”
왈 부 오불위시야

曰 “然則王之所大欲, 可知已. 欲辟土地, 朝秦楚, 莅中國而撫
왈 연즉왕지소대욕 가지이 욕벽토지 조진초 이중국이무

四夷也, 以若所爲求若所欲, 猶緣木而求魚也.”
사이야 이약소위구약소욕 유연목이구어야

王曰 “若是其甚與?”
왕왈 약시기심여

曰 “殆有甚焉. 緣木求魚, 雖不得魚, 無後災. 以若所爲求若所
왈 태유심언 연목구어 수부득어 무후재 이약소위구약소

欲, 盡心力而爲之, 後必有災.”
욕 진심력이위지 후필유재

曰 “可得聞與?”
왈 가득문여

曰 “鄒人與楚人戰, 則王以爲孰勝?”
왈 추인여초인전 즉왕이위숙승

曰 "楚人勝."
왈 초인승

曰 "然則小固不可以敵大, 寡固不可以敵衆, 弱固不可以敵彊.
왈 연즉소고불가이적대 과고불가이적중 약고불가이적강

海內之地方千里者九, 齊集有其一. 以一服八, 何以異於鄒敵
해내지지방천리자구 제집유기일 이일복팔 하이이어추적

楚哉? 蓋亦反其本矣. 今王發政施仁, 使天下仕者, 皆欲立於王
초재 개역반기본의 금왕발정시인 사천하사자 개욕립어왕

之朝, 耕者皆欲耕於王之野, 商賈皆欲藏於王之市, 行旅皆欲
지조 경자개욕경어왕지야 상고개욕장어왕지시 행려개욕

出於王之塗, 天下之欲疾其君者皆欲赴愬於王. 其若是, 孰能
출어왕지도 천하지욕질기군자개욕부소어왕 기약시 숙능

禦之?"
어지

王曰 "吾惛, 不能進於是矣. 願夫子輔吾志, 明以教我. 我雖不
왕왈 오혼 불능진어시의 원부자보오지 명이교아 아수불

敏, 請嘗試之."
민 청상시지

曰 "無恒產而有恒心者, 惟士爲能. 若民, 則無恒產, 因無恒心.
왈 무항산이유항심자 유사위능 약민 즉무항산 인무항심

苟無恒心, 放辟邪侈, 無不爲已. 及陷於罪然後, 從而刑之, 是
구무항심 방벽사치 무불위이 급함어죄연후 종이형지 시

罔民也. 焉有仁人在位罔民而可爲也? 是故明君制民之產, 必
망민야 언유인인재위망민이가위야 시고명군제민지산 필

使仰足以事父母, 俯足以畜妻子, 樂歲終身飽, 凶年免於死亡.
사 앙 족 이 사 부 모 부 족 이 축 처 자 낙 세 종 신 포 흉 년 면 어 사 망

然後驅而之善, 故民之從之也輕. 今也制民之産, 仰不足以事
연 후 구 이 지 선 고 민 지 종 지 야 경 금 야 제 민 지 산 앙 부 족 이 사

父母, 俯不足以畜妻子. 樂歲終身苦, 凶年不免於死亡. 此惟救
부 모 부 부 족 이 축 처 자 낙 세 종 신 고 흉 년 불 면 어 사 망 차 유 구

死而恐不贍, 奚暇治禮義哉? 王欲行之, 則盍反其本矣. 吾歃
사 이 공 불 섬 해 가 치 예 의 재 왕 욕 행 지 즉 합 반 기 본 의 오 무

之宅, 樹之以桑, 吾十者可以衣帛矣, 鷄豚狗彘之畜, 無失其時,
지 택 수 지 이 상 오 십 자 가 이 의 백 의 계 돈 구 체 지 축 무 실 기 시

七十者可以食肉矣. 百畝之田, 勿奪其時, 八口之家可以無飢
칠 십 자 가 이 식 육 의 백 무 지 전 물 탈 기 시 팔 구 지 가 가 이 무 기

矣. 謹庠序之教, 申之以孝悌之義, 頒白者不負戴於道路矣. 老
의 근 상 서 지 교 신 지 이 효 제 지 의 반 백 자 불 부 재 어 도 로 의 노

者衣帛食肉, 黎民不飢不寒, 然而不王者, 未之有也."
자 의 백 식 육 여 민 불 기 불 한 연 이 불 왕 자 미 지 유 야

❀ 이 세상을 살아가며 할 수 없는 일은 없다. 결국 자기가 원

치 않는 일을 하지 않을 따름이다. 그래서 영어에도 이런 표현

이 있다. "Attitude is everything." 결국 세상만사가 마음먹기

달린 것이다. 왕이 맹자에게 묻는다. "나 같은 사람도 백성의

생활을 안정시킬 수 있겠습니까?" 맹자의 대답은 너무도 간명

했다. "하실 수 있습니다." 맹자가 할 수 있다는 근거로 든 것

이 바로 임금의 '연민지심'이다. 희생으로 끌려가는 소에 대해 불쌍하다고 여기는 마음이 있기에, 같은 이치로 백성의 생활을 안정시킬 수 있을 것이라 말했던 것이다. 그러므로 이것은 '할 수 없는 것'과 '하지 않는 것'의 차이일 뿐이다. 이 세상에는 할 수 없는 것보다는 자기가 하기 싫어서 하지 않는 것이 더 많다. 맹자는 이에 그치지 않고, '백성들과 더불어(與民)' 해야 할 것을 주장했다.

〈양혜왕 하梁惠王 下〉1장 [제 선왕의 신하인] 장포가 맹자를 뵙고 말했다. "제가 왕을 만나 뵈었더니, 왕께서는 음악을 좋아한다고 말씀하셨습니다. 이에 대해 저는 아무 대답도 못했습니다."

그가 이어 말했다. "그런데 음악을 좋아한다는 것은 어떤 것입니까?"

맹자가 대답하였다. "왕께서 음악을 몹시 좋아하신다면 제나라는 이상적으로 다스려질 희망이 보이는군요."

얼마 지나고 나서 맹자는 왕을 만날 기회가 나서 물었다. "왕께서 장포에게 음악을 좋아한다고 말씀하셨다 하는데, 실제로 그러한 일이 있었습니까?"

왕은 낯빛이 바뀌면서 대답하였다. "나는 선왕의 음악을 좋아하는 것은 아닙니다. 다만 세속적인 음악을 좋아할 뿐입니다."

"왕께서 음악을 몹시 좋아하신다면, 제나라가 이상적으로 다스려질 희망이 보입니다. 요즘 음악이 곧 옛 성현의 음악과 같은 것입니다."

"무슨 말씀이시온지 자세히 들려주실 수 있겠는지요?"

"혼자서 음악을 즐기는 것과 다른 사람들과 함께 음악을 즐기는 것 가운데 어느 쪽이 더 즐겁습니까?"

"그야 물론 다른 사람들과 함께 즐기는 쪽이 낫겠지요."

"그렇다면 소수의 사람들과 함께 음악을 즐기는 것과 여러 사람과 함께 즐기는 것은 어느 쪽이 더 즐겁습니까?"

"그것 역시도 여러 사람과 함께 즐기는 것이 낫겠지요."

"제가 왕을 위해서 음악에 대해서 말씀드릴까 합니다. 지금 여기서 왕께서 음악을 연주하시는데, 백성이 편종과 편경, 타악기 소리와 관악기 소리, 생황 류의 소리를 듣고는 모두가 골치 아파하고 미간을 찌푸리면서 서로 이렇게 말합니다. '우리 임금은 음악을 좋아하시되, 어찌하여 우리들로 하여금 이런 경지까지 이르게 하는가! 아비와 자식이 서로 만나지 못하고 형제와 처자가 모두 헤어지고 흩어져 버렸구나.' 이제 여기서 왕께서 사냥을 하시는데, 백성이 왕의 거마(車馬) 소리를 듣고 찬란한 깃발과 행렬 의장을 보고서는 모두가 골치 아파하고 미간을 찌푸리면서 서로 이렇게 말합니다. '우리 임금은 사냥을 좋아하시되, 어찌하여 우리들로 하여금 이런 지경에까지 이르게 하는가! 아비와 자식이 서로 만나지 못하고 형제와 처자가 모두 헤어지고 흩어져 버렸구나.' 이렇게 된 것은 다른 것 때문이 아닙니다. 바로 백성과 함께 즐기지 않았기 때문입니다. 이제 여기서 왕께서 음악을 연주하시되, 백성이 편종과 편경, 그리고 타악기 소리와 관악기 소리, 생황 류의 소리를 듣고는 모두 기뻐하면서 서로 이렇게 말합니다. '우리 임금께서는 병환이 없으신가 보다. 어쩌면 저렇게도 음악을 잘 연주하실까!' 또 지금 여기서 왕께서 사냥을 하시되, 백성이 왕의 거마 소리를 듣고 찬란한 깃발과 행렬 의장을 보고서는 모두 기뻐하며 서로 이렇게 말합니다. '우리 임금께서는 병환이 없으신가 보다. 어쩌면 저렇게도 사냥을 잘 하실까!' 이렇게 된 것은 다른 것 때문이 아닙니다. 바로 백성과 함께 즐기기 때문입니다. 이제 왕께서 백성과 즐거움을 함께 하신다면, 왕 노릇을 제대로 하시게 될 것입니다."

莊暴見孟子曰"暴見於王, 王語暴以好樂, 暴未有以對也."
장포견맹자왈 포현어왕 왕어포이호악 포미유이대야

曰"好樂何如?"
왈 호악하여

孟子曰"王之好樂甚, 則齊國其庶幾乎!"
맹자왈 왕지호악심 즉제국기서기호

他日, 見於王曰"王嘗語莊子以好樂, 有諸?"
타일 현어왕왈 왕상어장자이호악 유저

王變乎色曰"寡人非能好先王之樂也, 直好世俗之樂耳."
왕변호색왈 과인비능호선왕지악야 직호세속지악이

曰"王之好樂甚, 則齊其庶幾乎! 今之樂由古之樂也."
왈 왕지호악심 즉제기서기호 금지락유고지락야

曰"可得聞與?"
왈 가득문여

曰"獨樂樂, 與人樂樂, 孰樂?"
왈 독악락 여인악락 숙락

曰"不若與人."
왈 불약여인

曰"與少樂樂, 與衆樂樂, 孰樂?"
왈 여소악락 여중악락 숙락

曰 "不若與衆."
왈　불약여중

"臣請爲王言樂. 今王鼓樂於此, 百姓聞王鐘鼓之聲, 管籥之音,
신 청 위 왕 언 악　금 왕 고 악 어 차　백 성 문 왕 종 고 지 성　관 약 지 음

擧疾首蹙頞而相告曰 '吾王之好鼓樂, 夫何使我至於此極也?
거 질 수 축 알 이 상 고 왈　오 왕 지 호 고 악　부 하 사 아 지 어 차 극 야

父子不相見, 兄弟妻子離産.' 今王田獵於此, 百姓聞王車馬之
부 자 불 상 견　형 제 처 자 리 산　금 왕 전 렵 어 차　백 성 문 왕 차 마 지

音, 見羽旄之美, 擧疾首蹙頞而相告曰 '吾王之好田獵, 夫何使
음　견 우 모 지 미 거 질 수 축 알 이 상 고 왈　오 왕 지 호 전 렵　부 하 사

我至於此極也? 父子不相見, 兄弟妻子離産.' 此無他, 不與民
아 지 어 차 극 야　부 자 불 상 견　형 제 처 자 리 산　차 무 타　불 여 민

同樂也. 今王鼓樂於此, 百姓聞王鐘鼓之聲, 管籥之音, 擧欣欣
동 락 야　금 왕 고 악 어 차　백 성 문 왕 종 고 지 성　관 약 지 음　거 흔 흔

然有喜色而相告曰 '吾王庶幾無疾病與? 何以能鼓樂也?' 今王
연 유 희 색 이 상 고 왈　오 왕 서 기 무 질 병 여　하 이 능 고 악 야　금 왕

田獵於此, 百姓聞王車馬之音, 見羽旄之美, 擧欣欣然有喜色
전 렵 어 차　백 성 문 왕 차 마 지 음　견 우 모 지 미　거 흔 흔 연 유 희 색

而相告曰 '吾王庶幾無疾病與, 何以能田獵也?' 此無他, 與民
이 상 고 왈　오 왕 서 기 무 질 병 여　하 이 능 전 렵 야　차 무 타　여 민

同樂也. 今王與百姓同樂, 則王矣."
동 락 야　금 왕 여 백 성 동 락　즉 왕 의

〈양혜왕 하梁惠王 下〉 2장 제나라 선왕이 물었다. "문왕의 동산은 사방이 70리나 되었다 하는데, 과연 그랬습니까?"

맹자가 대답하였다. "전해 오는 문헌에 그렇게 나와 있습니다."

"그렇게나 컸습니까?"

"백성은 그래도 오히려 작다고 여겼습니다."

"과인의 동산은 사방이 겨우 40리인데도, 백성은 오히려 크다고 여기니 어찌 된 일입니까?"

"문왕의 동산은 사방이 70리였으되, 꼴을 베고 나무하는 사람도 드나들고, 꿩 잡고 토끼 잡는 사람들도 마음대로 오갈 수 있었습니다. 문왕께서는 그것을 백성과 함께 한 것입니다. 그러니 백성이 그것도 작다고 여긴 것은 너무도 당연한 일이 아니겠습니까? 제가 처음 제나라의 국경에 이르렀을 때, 제나라의 가장 큰 금령이 무엇인가를 물어본 뒤 들어왔습니다. 제가 들으니 교외의 관소 안에 사방 40리의 동산이 있는데, 여기서 사슴을 잡는 사람은 사람을 죽인 자와 똑같은 죄로 다스린다 하였습니다. 그렇다면 이것은 나라 안에 사방 40리나 되는 함정을 파 놓은 것과 같으니, 백성이 그것을 크다고 생각하는 것 또한 마땅하지 않겠습니까?"

齊宣王問曰 "文王之囿, 方七十里, 有諸?"
제 선왕 문왈   문왕지유 방칠십리   유저

孟子對曰 "於傳有之."
맹자대왈   어전유지

曰 "若是其大乎?"
왈   약시기대호

曰 "民猶以爲小也."
왈   민유이위소야

曰 "寡人之囿, 方四十里, 民猶以爲大, 何也?"
왈   과인지유 방사십리 민유이위대 하야

曰 "文王之囿, 方七十里, 芻蕘者往焉, 雉兎者往焉, 與民同之.
왈   문왕지유 방칠십리 추요자왕언 치토자왕언 여민동지

民以爲小, 不亦宜乎? 臣始至於境, 問國之大禁, 然後敢入. 臣
민이위소 불역의호 신시지어경 문국지대금 연후감입 신

聞郊關之內, 有囿方四十里, 殺其麋鹿者如殺人之罪, 則是方
문교관지내 유유방사십리 살기미록자여살인지죄 즉시방

四十里爲阱於國中, 民以爲大, 不亦宜乎?"
사십리위정어국중 민이위대 불역의호

〈양혜왕 하梁惠王 下〉 3장 제나라 선왕이 물었다. "이웃 나라와 사
귀는 데에도 도리가 있습니까?"

맹자가 대답하였다. "있고말고요. 오직 어진 자만이 큰 나라

로서 작은 나라를 섬길 수 있습니다. 그렇기에 탕왕이 갈나라를 섬겼고, 문왕은 곤이를 섬겼던 것입니다. 그리고 오직 지혜로운 사람만이 작은 나라로서 큰 나라를 섬길 수 있습니다. 그렇기에 주나라의 조상인 고공단보가 훈육을 섬겼고, 월왕 구천은 오나라를 섬겼던 것입니다. 큰 나라로서 작은 나라를 섬기는 자는 하늘을 즐길 줄 아는 자입니다. 작은 나라로서 큰 나라를 섬기는 자는 하늘을 두려워하는 자입니다. 하늘을 즐길 줄 아는 자는 천하를 보전할 수가 있고, 하늘을 두려워하는 자는 나라를 보전할 수 있습니다. 《시경》〈주송〉〈아장(我將)〉에 이런 시가 있습니다. '하늘의 위엄을 두려워하여, 이에 나라를 잘 보전하도다.'"

"참으로 위대하신 말씀이오이다. 그러나 과인에게는 병통이 하나 있으니, 과인이 혈기가 지나쳐 용맹함을 좋아합니다."

"왕께서는 용맹함을 좋아하시되 작은 용맹은 좋아하지 마시기 바랍니다. 칼을 만지작거리며 노려보면서 '네놈이 감히 나를 당해 낼 수 있으랴!' 하고 말하는 것은 필부의 용맹으로, 겨우 한 사람을 대적하는 것입니다. 왕께서는 용맹함을 가지되 크게 가지시기 바랍니다. 《시경》〈대아〉〈황의(皇矣)〉에 이런 시가 있습니다. '주 문왕이 크게 노하시어, 이에 그 군대를 정비하시고, 거나라로 가는 길을 막아 버리니, 주나라의 복을 돈독히 하시고, 온 천하 사람의 기대에 부응하셨네!' 이것이 문왕의 용맹을 말한 것입니다. 문왕은 한 번 노하여서 천하의 백성을 편안하게 해 주었습니다.《서경》에 이런 구절이 있습니다. '하늘이 백성을 이 세상에 내리실 때, 임금을 세우고 스승을 세운 것은 오직 상제를 도와 온 백성을 편안하게 하기 위한 것이다. 사방의 죄 있는 자를 벌하고 죄 없는 자를 편안하게 하는 것은 오직 나, 무왕에게 달려 있으니, 온 천하 사람들이 어찌 감히 그 뜻을 뛰어넘으랴!' 당시 단 한 사람이라도 하늘의 도에 순응하지 않고 멋대로 굴었던 것마저 무왕은 자기 책임인 양 부끄럽게 생각하셨으니, 이것이 무왕의 용맹입니다. 무왕은 한 번 노하심으로 천하를 편안하게 하셨습니다. 지금 왕께서도 한 번 노하시어 천하의 백성을 편안하게 해 주신다면, 백성은 왕께서 용맹을 좋아하지 않으실까 걱정할 것입니다."

齊宣王問曰 "交隣國有道乎?"
제 선 왕 문 왈　교 린 국 유 도 호

孟子對曰 "有惟仁者爲能以大事小, 是故湯事葛, 文王事昆夷.
맹 자 대 왈　유 유 인 자 위 능 이 대 사 소　시 고 탕 사 갈　문 왕 사 곤 이

惟智者爲能以小事大, 故大王事獯鬻, 句踐事吳. 以大事小者,
유지자위능이소사대 고대왕사훈육 구천사오 이대사소자

樂天者也; 以小事大者; 畏天者也. 樂天者保天下, 畏天者保其
락천자야 이소사대자 외천자야 락천자보천하 외천자보기

國. 詩云: '畏天之威, 于時保之.'"
국 시운 외천지위 우시보지

王曰 "大哉言矣! 寡人有疾, 寡人好勇."
왕왈 대재언의 과인유질 과인호용

對曰 "王請無小勇. 夫撫劍疾視曰, '彼惡敢當我哉!' 此匹夫之
대왈 왕청무소용 부무검질시왈 피오감당아재 차필부지

勇, 敵一人者也. 王請大之! 詩云: '王赫斯怒, 爰整其旅, 以遏
용 적일인자야 왕청대지 시운 왕혁사노 원정기여 이알

徂莒, 以篤周祜, 以對于天下.' 此文王之勇也. 文王一怒而安天
조거 이독주호 이대우천하 차문왕지용야 문왕일노이안천

下之民. 書曰 '天降下民, 作之君, 作之師, 惟曰其助上帝寵之.
하지민 서왈 천강하민 작지군 작지사 유왈기조상제총지

四方有罪無罪, 惟我在, 天下曷敢有越厥志?' 一人衡行於天下,
사방유죄무죄 유아재 천하갈감유월궐지 일인형행어천하

武王恥之. 此武王之勇也. 而武王亦一怒而安天下之民. 今王
무왕치지 차무왕지용야 이무왕역일노이안천하지민 금왕

亦一怒而安天下之民, 民惟恐王之好不勇也."
역일노이안천하지민 민유공왕지호불용야

〈양혜왕 하梁惠王 下〉 4장 제나라의 선왕이 설궁에서 맹자를 접견하고 물었다. "현자에게도 또한 이러한 즐거움이 있습니까?"

맹자가 대답하였다. "있습니다. 하지만 백성이 이런 즐거움을 더불어 하지 못하면 그 윗사람을 비난하기도 합니다. 그런데 이런 즐거움을 더불어 하지 못한다고 비난하는 것도 옳지 않지만, 백성의 윗사람으로서 그런 즐거움을 백성과 함께 하지 않는 것 또한 옳지 않습니다. 임금이 백성이 즐거워하는 것을 함께 즐거워하면 백성 또한 그 임금의 즐거움을 더불어 즐거워하고, 임금이 백성의 근심을 함께 근심한다면 백성 또한 임금의 근심을 더불어 근심할 것입니다. 천하와 즐거움을 같이하고, 천하와 근심을 같이하고도 왕 노릇을 하지 못한 이는 일찍이 없었습니다. 옛날에 제나라 경공이 그 신하인 안자에게 물었습니다. '내가 이제 길을 떠날 터인데, 먼저 전부산과 조무산을 구경하고 바다를 따라 남쪽으로 내려가서 멀리 낭야까지 가려고 하오. 내가 여행하며 어떻게 해야 선왕들의 관광에 비견할 수 있겠소?' 안자는 이렇게 대답했습니다. '참으로 좋은 질문입니다. 천자가 제후의 영지를 방문하는 것을 순수라고 합니다. 순수란 제후가 지키고 있는 봉토를 순시한다는 뜻입니다. [그리고 천자가 봉토에 도착했을 때] 제후가 천자를 뵈옵는 것을 술직이라고 합니다. 술직이란 것은 제후가 맡은바 직책을 잘 이행하고 있다고 보고하는 것을 의미합니다. 그러니 천자가 되었든 제후가 되었든 여행을 하게 되면 반드시 구체적인 용무가 있는 것입니다. 봄에는 밭갈이하는 것을 보살피고 부족한 것을 보충해주며, 가을에는 추수하는 것을 보살피고 부족한 것을 도와줍니다. 그러기에 하나라의 속담에 이런 말이 있다고 합니다. '임금께서 여행을 오시지 않으면 우리가 어찌 쉴 수 있으리오. 임금께서 놀러 오지 않으시면 어디서 도움을 받나. 한번 여행 오시고 놀러 오시는 것이 모두 제후의 법도가 된다네.' 하지만 지금은 그렇지 않아서 임금이 한번 길을 나서면 수많은 수행원들이 뒤따르고, 그들을 먹일 많은 식량을 징발하므로 굶주린 자는 먹을 것이 없고 피로에 지친 자들 역시 쉬지 못합니다. 그리하여 서로 눈을 흘기고 헐뜯으며 백성들이 온갖 나쁜 짓을 다하게 되는 것입니다. 또한 임금이 천명을 어기고 자기 백성을 학대하며 먹고 마시는 것을 물 쓰듯이 낭비합니다. 이렇듯 '유련황망(流連荒亡)'한 짓을 일삼으니 제후들의 걱정거리가 됩니다. 여기서 '유'라는 것은 흐름에 따라

배를 타고 내려간 뒤에 돌아오는 것을 잊는 것을 말하고, '련'이라는 것은 흐름을 거슬러 올라간 뒤에 돌아오는 것을 잊는 것을 말하며, '황'이라는 것은 말을 달려 짐승을 쫓아다니되 싫증을 내지 않는 것을 말하고, '망'이라는 것은 술을 즐기되 싫증을 내지 않는 것을 말합니다. 고대의 선왕들은 이렇듯 '유련'의 방탕한 즐거움이나 '황망'의 황폐한 행동이 없으셨습니다. 그러니 어느 쪽을 선택할 것인가 하는 것은 오직 임금의 마음 하나에 달려 있습니다.' 이에 경공은 안자의 말을 듣고 크게 기뻐하며 온 나라 안에 훈령을 내려 근신하게 하시고, 교외에 임시 막사를 지어 직접 민생을 시찰하셨습니다. 이에 비로소 국정을 일으키시고 나라의 창고를 열어 백성의 부족한 것을 채워 주셨습니다. 그러고는 악관인 태사를 불러 이렇게 분부하셨습니다. '나를 위해 임금과 신하가 서로 기뻐하며 즐길 수 있는 음악을 만들어 다오.' 그리하여 만들어진 것이 치소와 각소입니다. 그 가사에 '임금을 비판하는 것이 무슨 허물이 되리요'라는 말이 있는데, 곧 임금을 비판하는 것이야말로 임금을 사랑하는 것이라는 뜻입니다."

齊宣王, 見孟子於雪宮. 王曰"賢者亦有此樂乎?"
제선왕 견맹자어설궁 왕왈 현자역유차락호

孟子對曰"有. 人不得, 則非其上矣. 不得而非其上者, 非也; 爲
맹자대왈 유 인부득 즉비기상의 부득이비기상자 비야 위

民上而不與民同樂者, 亦非也. 樂民之樂者, 民亦樂其樂; 憂
민상이불여민동락자 역비야 락민지락자 민역락기락 우

民之憂者, 民亦憂其憂. 樂以天下, 憂以天下, 然而不王者, 未
민지우자 민역우기우 락이천하 우이천하 연이불왕자 미

之有也. 昔者齊景公問於晏子曰'吾欲觀於轉附朝儛, 遵海而
지유야 석자제경공문어안자왈 오욕관어전부조무 준해이

南, 放於琅邪, 吾何修而可以比於先王觀也?'晏子對曰'善哉
남 방어랑야 오하수이가이비어선왕관야 안자대왈 선재

問也! 天子適諸侯曰巡狩, 巡狩者, 巡所守也. 諸侯朝於天子曰
문야 천자적제후왈순수 순수자 순소수야 제후조어천자왈

述職. 述職者, 述所職也. 無非事者. 春省耕而補不足, 秋省斂
술직 술직자 술소직야 무비사자 춘성경이보부족 추성렴

而助不及. 夏諺曰'吾王不遊, 吾何以休? 吾王不豫, 吾何以助?
이조불급 하언왈 오왕불유 오하이휴 오왕불예 오하이조

一遊一豫, 爲諸侯度.'今也不然: 師行而糧食, 飢者弗食, 勞者
일유일예 위제후도 금야불연 사행이양식 기자불식 노자

弗息. 睊睊胥讒, 民乃作慝. 方命虐民, 飮食若流, 流連荒亡, 爲
불식 견견서참 민내작특 방명학민 음식약류 유련황망 위

諸侯憂. 從流下而忘反謂之流, 從流上而忘反謂之連, 從獸無
제후우 종류하이망반위지류 종류상이망반위지련 종수무

厭謂之荒, 樂酒無厭謂之亡. 先王無流連之樂, 荒亡之行. 惟君
염 위 지 황　락 주 무 염 위 지 망　선 왕 무 류 련 지 락　황 망 지 행　유 군

所行也.' 景公說, 大戒於國, 出舍於郊, 於是始興發補不足. 召
소 행 야　경 공 설　대 계 어 국　출 사 어 교　어 시 시 흥 발 보 부 족　소

太師曰 '爲我作君臣相說之樂!' 蓋徵招角招是也. 其詩曰, '畜
태 사 왈　위 아 작 군 신 상 설 지 악　개 징 초 각 초 시 야　기 시 왈　축

君何尤?' 畜君者, 好君也."
군 하 우　축 군 자　호 군 야

〈양혜왕 하梁惠王 下〉 5장 제나라의 선왕이 물었다. "사람들이 나에
게 [옛날에 천자가 제후를 순수할 때 사용했던 태산의] 명당
을 [이제는 명목만 남아 있을 뿐이니] 헐어 버리자고 하는데,
헐어야 합니까, 두어야 합니까?"

맹자가 대답하였다. "명당이란 것은 [천하를 다스리는] 왕자
의 전당이니, 왕께서 진정 왕도를 구현하실 정사를 행하고자
하시거든 그것을 헐지 마시옵소서."

"그렇다면 왕도를 구현할 정사에 대해서 들어 볼 수 있겠소
이까?"

"옛날에 주 문왕께서 기 땅을 다스릴 때 농사짓는 자에게는

9분의 1의 세금을 받았고, 벼슬살이하는 자에 대해서는 대대로 봉록을 세습시켜 생활을 안정시켰습니다. 국경의 세관이나 시장에서는 그 사정을 살피고 조사해 보기는 하되, 세금을 받지는 아니하였고, 연못에서 물고기 잡는 것을 금하지 않았으며, 죄인을 처벌함에 있어서는 그 처자에게까지 미치게 하지 않았습니다. 늙어서 아내가 없는 것을 '환'이라 하고, 늙어서 남편이 없는 것을 '과'라고 하며, 늙어서 자식이 없는 것을 '독'이라고 하고, 어려서 부모가 없는 것을 '고'라고 합니다. 이 네 가지에 속하는 사람들은 천하의 곤궁한 백성으로서 아무 데도 호소할 곳 없는 사람들입니다. 문왕께서 정치하실 때에도 반드시 이 네 부류의 사람들을 먼저 구제하였습니다. 《시경》〈소아〉〈정월(正月)〉에 이런 시가 있습니다. '난이 닥친들 부자들이야 아랑곳하랴. 그저 애달프기에는 외로운 사람들뿐!'"

"좋은 말씀입니다."

"왕께서 좋다고 여기신다면 무엇 때문에 실천에 옮기지 않으십니까?"

"과인에게는 병통이 있소. 과인은 재물을 좋아합니다."

"옛날에 [주나라 선조 가운데 한 사람인] 공류도 재물을 좋아했습니다.《시경》〈대아〉〈공류(公劉)〉에 이런 시가 있습니다. '노적가리를 쌓아두고 창고에도 가득하네. 마른 양식을 큰 부대나 작은 부대에 꽉꽉 담아 두었네. 백성을 평안케 하고 나라가 위엄 떨칠 날을 꿈꾸며, 활과 화살을 준비하고, 방패와 창, 작은 도끼와 큰 도끼를 갖춘 뒤, 비로소 빈 땅으로 천도의 길을 떠나갔도다.' 그러므로 남아 있는 사람들에게는 창고에 쌓인 곡식이 있고, 길을 떠나는 사람에게는 부대 자루에 휴대 식량이 있었으니 달리 걱정거리 없이 천도의 길을 떠나 훌륭한 나라를 세울 수 있었던 것입니다. 왕께서 재물을 좋아하시되 백성과 함께 하신다면 왕도를 구현할 정사를 행하는 데 무슨 어려움이 있겠습니까?"

"과인에게는 다른 병통도 있소. 과인은 여색을 좋아합니다."

"옛날에 고공단보 역시 여색을 좋아하여 부인인 강씨를 매우 사랑했습니다.《시경》〈대아〉〈면(緜)〉에 이런 시가 있습니다. '고공단보께서 일찍이 말을 달려오시어, 서쪽 칠수 가로부터 기산 아래로 오셨네. 이에 태강과 함께 여기에 와서 살게 되었네.' 당시에는 안으로 혼기를 놓쳐 원한을 품은 여인이 없었고, 밖으로 아내 없이 방황하는 홀아비도 없었습니다. 왕께서 여색을 좋아하시되 백성과 함께 하신다면, 왕도를 구현할 정사를 행하는 데 무슨 어려움이 있겠나이까?"

齊宣王問曰 "人皆謂我毀明堂, 毀諸? 已乎?"
제 선 왕 문 왈　　인 개 위 아 훼 명 당　훼 저　　이 호

孟子對曰 "夫明堂者, 王者之堂也. 王欲行王政, 則勿毀之矣."
맹 자 대 왈　　부 명 당 자　　왕 자 지 당 야　　왕 욕 행 왕 정　　즉 물 훼 지 의

王曰 "王政可得聞與?"
왕 왈　　왕 정 가 득 문 여

對曰 "昔者文王之治岐也, 耕者九一, 仕者世祿, 關市譏而不征,
대 왈　　석 자 문 왕 지 치 기 야　　경 자 구 일　　사 자 세 록　　관 시 기 이 부 정

澤梁無禁, 罪人不孥. 老而無妻曰鰥, 老而無夫曰寡, 老而無子
택 량 무 금　　죄 인 불 노　　노 이 무 처 왈 환　　노 이 무 부 왈 과　　노 이 무 자

曰獨, 幼而無父曰孤. 此四者, 天下之窮民而無告者. 文王發政
왈 독　　유 이 무 부 왈 고　　차 사 자　　천 하 지 궁 민 이 무 고 자　　문 왕 발 정

施仁, 必先斯四者. 詩云: '哿矣富人, 哀此煢獨.'"
시 인　　필 선 사 사 자　　시 운　　가 의 부 인　　애 차 경 독

王曰 "善哉言乎!"
왕 왈　　선 재 언 호

曰 "王如善之, 則何爲不行?"
왈　　왕 여 선 지　　즉 하 위 불 행

王曰 "寡人有疾, 寡人好貨."
왕 왈　　과 인 유 질　　과 인 호 화

對曰 "昔者公劉好貨, 詩云: '乃積乃倉, 乃裹餱糧, 于橐于囊.
대 왈　　석 자 공 류 호 화　　시 운　　내 적 내 창　　내 과 후 량　　우 탁 우 낭

思戢用光. 弓矢斯張, 干戈戚揚, 爰方啓行.' 故居者有積倉, 行
사집용광　궁시사장 간과척양 원방계행　고거자유적창　행

者有裹糧也, 然後可以爰方啓行. 王如好貨, 與百姓同之, 於王
자유과량야　연후가이원방계행 왕여호화 여백성동지 어왕

何有?"
하유

王曰"寡人有疾, 寡人好色."
왕왈 과인유질 과인호색

對曰"昔者大王好色, 愛厥妃. 詩云:'古公亶父, 來朝走馬, 率
대왈 석자대왕호색 애궐비 시운 고공단보 내조주마 솔

西水滸, 至于岐下, 爰及姜女, 聿來胥宇.' 當是時也, 內無怨女,
서수호 지우기하 원급강녀 율래서우 당시시야 내무원녀

外無曠夫. 王如好色, 與百姓同之, 於王何有?"
외무광부 왕여호색 여백성동지 어왕하유

〈양혜왕 하梁惠王 下〉 7장 맹자가 제나라의 선왕에게 말하였다. "유
서 깊은 나라란 그 영토 안에 큰 나무가 있다고 해서 하는 말
이 아니고, 대대로 이어 오는 오랜 신하가 있는 것을 두고서
하는 말입니다. 지금 왕께서는 신임할 신하도 없고, 어제 등
용한 사람이 오늘 달아나 버려도 모르고 계십니다."
왕이 말하였다. "내 어찌 처음부터 그들이 재주가 없다는 것

을 알고 아예 등용하지 않을 수 있겠습니까?"

"임금이 현명한 사람을 등용할 때는 미루고 미루다가 어쩔
수 없이 부득이하게 하는 것처럼 해야 합니다. 일단 등용하
게 되면 신분이 낮은 자라도 신분이 높은 자보다 윗자리에
앉을 수 있고, 혈연적으로 무관한 사람을 나의 친족보다 높
은 자리에 앉히기도 하는 것이니, 어찌 신중하게 하지 않을
수가 있겠습니까? 좌우에 있는 사람 모두가 그를 두고 현명
하다 말해도 아직 그를 등용해서는 안 됩니다. 여러 대부 모
두가 그를 두고 현명하다고 말해도 아직 그를 등용해서는 안
됩니다. 온 나라 사람 모두가 그를 두고 현명하다고 말한 뒤
에야 비로소 그 사람을 살펴보시고, 왕께서 직접 그가 현명
한지 판단하신 뒤에야 그를 등용하소서. [관두게 할 때도] 좌
우에 있는 사람 모두가 그 사람 안 되겠다고 말해도 아직 그
말을 들어서는 안 됩니다. 여러 대부 모두가 그 사람 안 되겠
다고 말해도 아직 그 말을 들어서는 안 됩니다. 온 나라 사람
모두가 그 사람 안 되겠다고 말한 뒤에야 비로소 그 사람을
살펴보시고, 왕께서 직접 그 사람이 안 되겠다는 판단이 서
신 뒤에야 그를 관두게 하소서. [사람을 처형할 때도] 좌우에
있는 사람 모두가 그를 두고 죽일 만하다고 말해도 아직 그

말을 들어서는 안 됩니다. 여러 대부 모두가 그를 두고 죽일 만하다고 말해도 아직 그 말을 들어서는 안 됩니다. 온 나라 사람 모두가 그를 두고 죽일 만하다고 말한 뒤에야 비로소 그 사람을 살펴보시고, 왕께서 직접 그가 죽일 만한 짓을 했는지 판단하신 뒤에야 그를 처형하소서. 그렇게 되면 온 나라 사람이 그 사람을 죽였다고 평가할 것입니다. 이런 식으로 백성의 뜻을 신중하게 살피고 존중하신 뒤에야 백성의 부모가 될 수 있는 것입니다."

孟子見齊宣王曰 "所謂故國者, 非謂有喬木之謂也, 有世臣之
맹자견제선왕왈　소위고국자　비위유교목지위야　유세신지

謂也. 王無親臣矣, 昔者所進, 今日不知其亡也."
위야　왕무친신의　석자소진　금일부지기망야

王曰 "吾何以識其不才而舍之?"
왕왈　오하이식기부재이사지

曰 "國君進賢, 如不得已, 將使卑踰尊, 疏踰戚, 可不愼與? 左
왈　국군진현　여부득이　장사비유존　소유척　가불신여　좌

右皆曰賢, 未可也; 諸大夫皆曰賢, 未可也; 國人皆曰賢, 然後
우개왈현　미가야　제대부개왈현　미가야　국인개왈현　연후

察之; 見賢焉, 然後用之. 左右皆曰不可, 勿聽; 諸大夫皆曰不
찰지　견현언　연후용지　좌우개왈불가　물청　제대부개왈불

可, 勿聽; 國人皆曰不可, 然後察之; 見不可焉, 然後去之. 左右
가 물청 국인개왈불가 연후찰지 견불가언 연후거지 좌우

皆曰可殺, 勿聽; 諸大夫皆曰可殺, 勿聽; 國人皆曰可殺, 然後
개왈가살 물청 제대부개왈가살 물청 국인개왈가살 연후

察之; 見可殺焉, 然後殺之. 故曰, 國人殺之也. 如此, 然後可以
찰지 견가살언 연후살지 고왈 국인살지야 여차 연후가이

爲民父母."
위민부모

〈양혜왕 下梁惠王 下〉 10장 제나라 사람들이 연나라를 쳐서 이겼
다. 이에 제나라 선왕이 물었다. "[막상 승리를 거두긴 했으
나] 어떤 사람은 나에게 연나라를 취해서는 안 된다고 말하
고, 또 어떤 사람은 취해도 된다고 말합니다. 만 승의 큰 나라
가 [그와 대등한 세력을 가진] 만 승의 나라를 쳐서 50일 만
에 대승했으니, 이것은 인간의 힘으로 여기까지 이르렀다고
생각하기 어려운 일일 것이오. 그런즉 취하지 않으면 반드시
하늘이 내리는 재앙이 있을 것으로 사료되오. 연나라를 취하
는 게 어떻겠소이까?"

맹자가 대답하였다. "연나라를 취했을 때 연나라 백성이 기
뻐한다면 취하십시오. 옛사람 가운데는 그렇게 한 이가 바로

주 무왕이었습니다. 연나라를 취했을 때 연나라 백성들이 기뻐하지 않는다면 취해서는 안 됩니다. 옛사람 가운데 그렇게 한 이가 바로 주 문왕이었습니다. 만 승의 나라로 [대등한 세력의] 만 승의 나라를 치는데, 연나라 백성이 대바구니에 밥을 담고 호로병에 마실 물을 담아서 제나라 군대를 환영한 것이 어찌 다른 까닭에서였겠습니까? 오직 물난리와 불난리의 재난과도 같은 연나라의 폭정을 피하고 싶었기 때문이었습니다. 그런데 제나라가 연나라를 점령한 뒤 오히려 그 물난리와 불난리가 가중된다면, 연나라 백성들의 마음 역시 다른 나라로 옮겨 가 버릴 것입니다."

齊人伐燕, 勝之. 宣王問曰 "或謂寡人勿取, 或謂寡人取之. 以
제인벌연 승지 선왕문왈 혹위과인물취 혹위과인취지 이

萬乘之國伐萬乘之國, 五旬而擧之, 人力不至於此. 不取, 必有
만승지국벌만승지국 오순이거지 인력부지어차 불취 필유

天殃, 取之, 何如?"
천앙 취지 하여

孟子曰 "取之而燕民悅, 則取之. 古之人有行之者, 武王是也.
맹자왈 취지이연민열 즉취지 고지인유행지자 무왕시야

取之而燕民不悅, 則勿取. 古之人有行之者, 文王是也. 以萬乘
취지이연민불열 즉물취 고지인유행지자 문왕시야 이만승

之國伐萬乘之國, 簞食壺漿以迎王師, 豈有他哉? 避水火也. 如
지 국 벌 만 승 지 국　단 식 호 장 이 영 왕 사　기 유 타 재　피 수 화 야　여

水益深, 如火益熱, 亦運而已矣."
수 익 심　여 화 익 열　역 운 이 이 의

〈양혜왕 하梁惠王 下〉 11장 제나라가 연나라를 정벌한 뒤 [맹자의
말을 듣지 않고] 그것을 취하였다. 이에 제후들이 연합해 연
나라를 구해 주려고 하였다. 제나라의 선왕이 [맹자에게] 물
었다. "많은 제후들이 과인을 치려고 하는데, 이를 어떻게 대
처해야겠소이까?"

맹자가 대답하였다. "제가 듣건대 사방 70리밖에 안 되는 땅
을 가지고 천하를 호령했던 이가 있었습니다. 바로 탕 임금
이 그분입니다. 그런데 [임금과 같이] 사방 천 리의 땅을 가
지고 다른 나라를 두려워했다는 말은 들어 보지 못했습니
다. 《서경》〈상서〉〈중훼지고(仲虺之誥)〉에 이르기를, '탕 임금이 최초로
정벌한 것은 [자기 제사를 위해 농민을 죽이고 하늘에 바치
는 음식을 빼앗았던] 갈나라부터였다'라고 했습니다. 천하
가 모두 탕 임금[이 벌인 정벌이 정의로운 것이라는 사실]을
믿어 의심치 않았습니다. 그래서 탕 임금께서 동쪽을 정벌

하시면 서쪽의 오랑캐가 [왜 우리 쪽으로 오시지 않나] 원망하였고, 남쪽을 정벌하시면 북쪽의 오랑캐가 원망하여 말하되, '왜 우리를 뒤로 미루는가!'라고 하였습니다. [폭정에 시달리는] 백성이 탕 임금의 군대를 기다리는 것이 마치 가뭄에 구름이 일어 비가 내리기를 기다리는 것 같았습니다. 탕임금의 군대가 도착해도 장 보러 가는 이는 평소와 다름없이 시장에 갔고, 밭갈이하는 이는 평소처럼 쟁기질을 했습니다. 그 나라의 포악한 군주를 죽이고 백성을 위로하니, 가뭄에 때맞추어 비가 내리는 것처럼 백성이 크게 기뻐했습니다.《서경》에는 다음과 같은 내용이 이어져 있습니다. '우리의 진정한 임금이신 탕 임금이 오시기를 기다리노라. 탕 임금이 오시면 만백성이 소생하도다.' 지금까지 연나라의 임금이 폭정으로 백성을 괴롭혔습니다. 왕께서 정벌을 가시자 그곳 백성은 자기들을 물난리와 불난리 같은 재난 속에서 구해줄 것이라 생각하여, 대바구니에 밥을 담고 호로병에 마실물을 담아 가지고 왕의 군대를 환영하였던 것입니다. 그런데왕의 군대가 그들의 기대를 저버리고 그들의 부형을 죽이고, 그들의 자제들을 묶어 가고, 종묘를 파괴하고, 그들의 중요한 보물을 빼앗아 갔으니 어떻게 그 행위를 옳다고 하겠습니까? 천하의 제후들은 진실로 제나라의 강대함을 두려워하고 있습니다. 이제 연나라를 정벌해 그 땅이 배로 늘었으면서도 어진 정치를 행하지 않으니, 이것은 천하의 모든 군대를 움직이게 하는 것입니다. 왕께서는 지체 없이 빨리 명령을 내리시어 포로로 잡은 그들의 노약자들을 돌려보내시고, 보물을 전과 같이 제자리에 갖다 두고, 연나라의 대중과 상의해서 임금을 세워 놓은 뒤 군사를 철수하신다면, 오히려 제후들의 공격을 미연에 막을 수가 있을 것입니다."

齊人伐燕, 取之. 諸侯將謀救燕. 宣王曰 "諸侯多謀伐寡人者,
제 인 벌 연   취 지   제 후 장 모 구 연   선 왕 왈   제 후 다 모 벌 과 인 자

何以待之?"
하 이 대 지

孟子對曰 "臣聞七十里爲政於天下者, 湯是也. 未聞以千里畏
맹 자 대 왈   신 문 칠 십 리 위 정 어 천 하 자   탕 시 야   미 문 이 천 리 외

人者也. 書曰 '湯一征, 自葛始.' 天下信之, 東面而征, 西夷怨;
인 자 야   서 왈   탕 일 정   자 갈 시   천 하 신 지   동 면 이 정   서 이 원

南面而征, 北狄怨, 曰 '奚爲後我?' 民望之, 若大旱之望雲霓也.
남 면 이 정   북 적 원   왈   해 위 후 아   민 망 지   약 대 한 지 망 운 예 야

歸市者不止, 耕者不變, 誅其君而吊其民, 若時雨降. 民大悅.
귀 시 자 부 지   경 자 불 변   주 기 군 이 조 기 민   약 시 우 강   민 대 열

書曰 '徯我后, 后來其蘇.' 今燕虐其民, 王往而征之, 民以爲將
서 왈　혜아후　후래기소　금연학기민　왕왕이정지　민이위장

拯己於水火之中也, 簞食壺漿以迎王師. 若殺其父兄, 係累其
증기어수화지중야　단사호장이영왕사　약살기부형　계루기

子弟, 毁其宗廟, 遷其重器, 如之何其可也? 天下固畏齊之彊
자제　훼기종묘　천기중기　여지하기가야　천하고외제지강

也, 今又倍地而不行仁政, 是動天下之兵也. 王速出令, 反其旄
야　금우배지이불행인정　시동천하지병야　왕속출령　반기모

倪, 止其重器, 謀於燕衆, 置君而後去之, 則猶可及止也."
예　지기중기　모어연중　치군이후거지　즉유가급지야

〈양혜왕 하梁惠王 下〉 12장 추나라가 노나라와 전쟁을 일으켰다. 이
에 추나라 목공이 [마침 추나라에 돌아와 있던 맹자에게] 말
하였다. "내가 데리고 있던 고관 가운데 전쟁에 나가 죽은 이
가 33명이나 되는데도 백성은 누구 하나 그들을 위해 죽은
이가 하나도 없소이다. 이 괘씸한 것들을 죽이자니 이루 다
죽일 수 없고, 그렇다고 내버려 두자니 상관의 죽음을 보고
서도 구원하지 않을 것이니, 이를 어찌하면 좋겠소이까?"
맹자가 대답하였다. "흉년으로 기근이 든 해에 임금의 백성
가운데 노약자의 시신이 도랑에 뒹굴고, 장성한 자 중 산지

사방으로 흩어져 버린 이가 수천 명을 헤아리는데도 임금의 곡물 창고에는 곡식이 가득하고 재물 창고에는 재화가 가득합니다. 그런데도 고관이라는 자들은 이 사실을 고한 이가 하나도 없거늘 이는 높은 자리에 있는 자들이 태만하여 백성을 죽인 거나 마찬가지입니다. 그러니 일찍이 증자께서 말씀하셨습니다. '경계하고 경계하여라! 너에게서 나온 것은 반드시 너에게로 돌아가느니라.' 대저 백성이 이제 전쟁이 일어난 뒤 그것을 되갚은 것이니, 임금께서는 그들을 허물하지 마십시오. 임금께서 어진 정치를 행하시면 그때에는 백성도 윗사람을 자기 몸처럼 사랑하고 그들을 위해 기꺼이 죽을 것입니다."

鄒於魯鬨. 穆公問曰 "吾有司死者三十三人, 而民莫之死也. 誅
추 어 노 홍 목 공 문 왈 오 유 사 사 자 삼 십 삼 인 이 민 막 지 사 야 주

之, 則不可勝誅; 不誅, 則疾視其長上之死而不救, 如之何則可
지 즉 불 가 승 주 부 주 즉 질 시 기 장 상 지 사 이 불 구 여 지 하 즉 가

也?"
야

孟子對曰 "凶年饑歲, 君之民老弱轉乎溝壑, 壯者散而之四方者,
맹 자 대 왈 흉 년 기 세 군 지 민 로 약 전 호 구 학 장 자 산 이 지 사 방 자

幾千人矣; 而君之倉廩實, 府庫充, 有司莫以告, 是上慢而殘下
기 천 인 의 이 군 지 창 름 실 부 고 충 유 사 막 이 고 시 상 만 이 잔 하

也. 曾子曰 '戒之戒之! 出乎爾者, 反乎爾者也.' 夫民今而後得
야 증 자 왈 계 지 계 지 출 호 이 자 반 호 이 자 야 부 민 금 이 후 득

反之也. 君何尤焉! 君行仁政, 斯民親其上, 死其長矣."
반 지 야 군 하 우 언 군 행 인 정 사 민 친 기 상 사 기 장 의

〈양혜왕 하梁惠王 下〉 13장 등나라의 문공이 물었다. "등나라는 작
은 나라인데, 제나라와 초나라 사이에 끼어 있으니, 제나라
를 섬겨야 합니까, 초나라를 섬겨야 합니까?"

맹자가 대답하였다. "이런 책모에 대해서는 저도 아는 바가
없습니다. 하지만 어찌 되었든 말을 해야 한다면, 딱 한 가지
가 있습니다. 여기에 해자를 파고 성을 쌓은 뒤 백성과 함께
지키되, 백성과 더불어 죽을 각오를 하신다면 백성이 임금을
떠나지 않을 것이고, 그리하면 해볼 만할 것입니다."

滕文公問曰 "滕, 小國也. 間於齊楚, 事齊乎? 事楚乎?" 孟子對
등 문 공 문 왈 등 소 국 야 간 어 제 초 사 제 호 사 초 호 맹 자 대

曰 "是謀非吾所能及也. 無已, 則有一焉. 鑿斯池也, 築斯城也,
왈 시 모 비 오 소 능 급 야 무 이 즉 유 일 언 착 사 지 야 축 사 성 야

與民守之, 效死而民弗去, 則是可爲也.”
여민수지 효사이민불거 즉시가위야

〈양혜왕 하梁惠王 下〉 14장 등나라의 문공이 물었다. "제나라 사람들이 [등나라와 인접한] 설나라에 성을 쌓으려고 합니다. 나는 이게 무척 두렵습니다. 이를 어찌하면 좋겠습니까?"

맹자가 대답하였다. "옛날에 [주나라의 선조] 고공단보가 빈 땅에서 살 때 북적이 쳐들어오니, 그곳을 버리고 기산 아래에 가서 살았습니다. 그곳을 자발적으로 선택해 취한 것이 아니고 부득이해서 그랬던 것입니다. [그런 지경에 빠졌어도] 진실로 선행을 하고 살다 보니 자손 가운데 천하를 통일한 왕자가 생겨났던 것입니다. 진정한 군자라면 사업을 일으켜 그 전통을 남겨 자손들이 그 업을 계승할 수 있게 만듭니다. 하지만 그것의 성공 여부는 하늘에 달려 있습니다. 임금님께서는 제나라를 어떻게 할까 하는 고민만 하실 게 아니라, 오직 힘써 선을 행하실 일입니다."

滕文公問曰"齊人將築薛, 吾甚恐, 如之何則可?"
등문공문왈 제인장축설 오심공 여지하즉가

孟子對曰 "昔者大王居邠, 狄人侵之, 去之岐山之下居焉. 非擇
맹 자 대 왈   석 자 대 왕 거 빈   적 인 침 지   거 지 기 산 지 하 거 언   비 택

而取之, 不得已也. 苟爲善, 後世子孫, 必有王者矣. 君子創業垂
이 취 지   부 득 이 야   구 위 선   후 세 자 손   필 유 왕 자 의   군 자 창 업 수

統, 爲可繼也. 若夫成功, 則天也. 君如彼何哉? 彊爲善而已矣."
통   위 가 계 야   약 부 성 공   즉 천 야   군 여 피 하 재   강 위 선 이 이 의

〈양혜왕 하梁惠王 下〉 15장 등나라의 문공이 물었다. "등나라는 힘
없는 작은 나라입니다. 있는 힘껏 큰 나라를 섬기는데도 침
략당하는 것을 면할 수가 없으니, 이를 어떻게 하면 좋겠습
니까?"

맹자가 대답하였다. "옛날에 [주나라 선조] 고공단보가 빈
땅에서 살았을 때 북적이 침입해 왔습니다. 고공단보가 가죽
과 비단을 바쳐 그들을 섬겼지마는 침략을 면할 수가 없었
고, 개와 말을 바쳐 섬겼지마는 침략을 면할 수 없었고, 보옥
을 바쳐 섬겼지마는 침략을 면할 수는 없었습니다. 이에 고
공단보는 그곳 노인들을 모아 놓고 말했습니다. '저들이 갖
고 싶어 하는 것은 우리의 땅이라오. 내가 듣건대, 군자는 사
람을 길러 내는 수단에 불과한 땅 때문에 사람을 희생시키지
아니한다고 하였소. 그대들은 임금이 없다는 것을 근심하지

말라. 나는 이제 이곳을 떠나려 하오.' 그러고는 빈 땅을 떠나 양산을 넘어 기산 아래에 도읍을 정하고 살았습니다. 그러자 빈 땅의 사람들이 '어진 이로세. 그를 놓쳐서는 아니 된다'라 고 말하며 그를 따르는 자가 저잣거리를 메운 사람들처럼 많 았습니다. 그러나 이를 두고 다음과 같이 말한 사람도 있습 니다. '대대로 지켜 온 땅이므로 고공단보 혼자 마음대로 할 수 있는 것이 아니다. 죽는 한이 있더라도 떠나서는 안 된다.' 임금께옵서는 청컨대 이 두 가지 가운데 하나를 택하시옵소 서."

滕文公問曰"滕小國也. 竭力以事大國, 則不得免焉, 如之何則
등문공문왈 등소국야 갈력이사대국 즉부득면언 여지하즉

可?"
가

孟子對曰"昔者大王, 居邠, 狄人侵之. 事之以皮幣, 不得免焉;
맹자대왈 석자대왕 거빈 적인침지 사지이피폐 부득면언

事之以犬馬, 不得免焉; 事之以珠玉, 不得免焉. 乃屬其耆老而
사지이견마 부득면언 사지이주옥 부득면언 내속기기로이

告之曰 '狄人之所欲者, 吾土地也. 吾聞之也; 君子不以其所以
고지왈 적인지소욕자 오토지야 오문지야 군자불이기소이

養人者害人. 二三者! 何患乎無君? 我將去之.' 去邠, 踰梁山,
양인자해인 이삼자 하환호무군 아장거지 거빈 유양산

邑于岐山之下居焉. 邠人曰 '仁人也, 不可失也.' 從之者如歸市.
읍 우 기 산 지 하 거 언 빈 인 왈 인 인 야 불 가 실 야 종 지 자 여 귀 시

或曰 '世守也, 非身之所能爲也. 效死勿去.' 君請擇於斯二者.'
혹 왈 세 수 야 비 신 지 소 능 위 야 효 사 물 거 군 청 택 어 사 이 자

❀ 이상에서 장황하게 늘어놓은 《맹자》의 내용은 결국 모든 것은 '백성과 더불어(與民)' 해야 한다는 것을 역설하고 있다. 이 절의 서두에서도 밝힌 대로 이것은 '백성을 위해서(爲民)' 한다는 것과 크게 구별되는 점이 있다.

"위민 정치가 자기 목적을 위해서 군주가 인민을 도구로 삼는 것이라면, 그리하여 인민을 통치의 대상으로 사물화한다면, 여민 정치는 인민과 군주가 상호적으로 대응하면서 함께 더불어 정치를 구성해 나간다. 위민 정치에서는 인민이 군주의 시혜를 구걸하는 대상에 불과하였다면, 여민 정치에서 인민의 지위는 군주와 대등하거나 또는 군주를 대체할 수 있는 권위의 근거가 된다. 여민 정치 속에서 군주의 위상은 인민에게서 통치를 위탁받은 국가 경영 관리자에 불과하다. 따라서 군주가 관리자로서의 선을 넘어 국가의 소유자임을 자처할 때, 인민이 혁명을 통해 새로운 정권(왕조)을 수립하는 것은 자명한 '자연권'에 속한다. 맹자에게 천하 국가는 군주의 사유물이 아

니라 공동체(곧 공물(公物))이며, 군주의 지위란 공동체의 경영을 위탁받은 관리자에 불과하기 때문이다." 배병삼,《우리에게 유교란 무엇인가》, 녹색평론사, 2012, 40쪽

그렇기 때문에 맹자는 이렇게 말하고 있다.

〈진심 하盡心 下〉 14장 맹자가 말했다. "백성이 가장 귀하고, 사직이 그다음이요, 임금이 가장 가볍다. 그러므로 뭇 백성의 마음을 얻는 자가 천자가 될 것이요, 천자의 신임을 얻는 자가 제후가 될 것이며, 제후의 신임을 얻는 자가 대부가 될 것이다. 그러니 제후가 무도하여 사직을 위태롭게 하면, 어진 사람으로 바꾸어 제후를 삼는다. 희생 제물도 다 마련되었고, 제물로 올릴 곡식도 정갈하게 고여졌으며, 제사를 때맞춰 지냈는데도 가뭄이나 홍수가 생기면 사직단을 바꾼다. [그러나 백성은 바꿀 수 없다.]"

孟子曰 "民爲貴, 社稷次之, 君爲輕. 是故得乎丘民而爲天子, 得
맹자왈　민위귀　사직차지　군위경　시고득호구민이위천자　득

乎天子爲諸侯, 得乎諸侯爲大夫. 諸侯危社稷, 則變置. 犧牲旣
호천자위제후　득호제후위대부　제후위사직　즉변치　희생기

成, 粢盛旣潔, 祭祀以時, 然而旱乾水溢, 則變置社稷."
성 자성기결 제 사 이 시 연 이 한 건 수 일 즉 변 치 사 직

〈진심 하盡心 下〉 28장 맹자가 말했다. "제후의 보배가 세 가지 있
으니, 토지와 인민과 정치이다. 주옥을 보배로 여기는 자에
게는 반드시 재앙이 미칠 것이다."

孟子曰 "諸侯之寶三, 土地, 人民, 政事. 寶珠玉者, 殃必及身."
맹 자 왈 제 후 지 보 삼 토 지 인 민 정 사 보 주 옥 자 앙 필 급 신

🌸 위 글들은 그 어떤 것보다 중요한 것이 백성이라는 맹자의
생각이 가장 잘 드러나 있는 예라 할 수 있다. "맹자의 '백성이
가장 귀하고, 군주는 가볍다(民貴君輕)'라는 주장은 인류 정치
사상사에서 최초의 말이다. 군주와 사직은 바꾸어 놓을 수 있
다. 그러나 백성은 바꿀 수 없다. 이처럼 군주와 사직은 변수에
불과하지만, 백성은 변하지 않는 상수이다. 유가 정치사상에
서 민은 정치의 중심이며, 군주와 사직은 모두 백성을 위해 존
재한다. 정치란 백성을 사랑하고 평안하게 해 주는 것일 뿐이

다. 채인후 지음, 천병돈 옮김,《맹자의 철학》, 예문서원, 2000, 181쪽

그러나 여기서 한 가지 주의할 것은 맹자가 '백성이 가장 귀하고, 군주는 가볍다(民貴君輕)'라고 말했다고 해서, 이것이 '백성을 소중히 여기고 군주를 하찮게 여기는 것'을 의미하지는 않는다는 사실이다. 이것은 달리 말해 '민심을 얻어야 도덕 정치의 상징으로서 천자가 된다는 뜻이며, 통치자의 합법성은 백성의 지지 위에서 만들어진다'라는 뜻이다. 곧 이것을 '현대적 의미의 정치적 평등과 착각해서는 안 된다'라는 것이다. "맹자가 성인, 왕, 백성을 동류로 취급한 것은 인간이 본질적으로 평등하다는 의미라기보다 인의를 행할 수 있는 존재라는 점에서 그렇다는 의미이다." 장현근,《맹자》, 살림, 2006, 87쪽

맹자가 강조한 인의를 현실 속에서 실현한 것이 이른바 왕도(王道) 정치다.

四. 어진 정치를 베풀어야 (왕도와 패도)

맹자는 단순한 사상가가 아니라 자신의 생각을 현실 정치에서 펼쳐 보이고자 했던 실천가이기도 했다. 현실 정치에 대한 맹자의 생각은 간명하다. 그가 줄곧 주장하는 '인의'를 실현해야 한다는 것이다. 맹자는 그것을 '왕도(王道)'라 불렀고, 그렇지 않은 것은 '패도(覇道)'라 불렀다. "곧 그가 말하는 '왕도' 정치란 한 사람이 도덕적으로 완성되면 그것이 주위 사람들을 교화해 선정(善政)으로 나타나는 것으로, 나아가 모든 백성이 안정된 생활과 풍부한 교양을 지니고 도덕적 질서를 지켜 나간다면 '왕도' 정치가 실현될 수 있다는 것이다." 조관희, 《조관희 교수의 중국사강의》, 궁리, 2011, 99쪽.

《맹자》에는 왕도 정치에 대한 이야기가 많이 나온다. 제자들과의 논의 속에서, 또는 맹자 스스로 사자후를 토하듯, 인의를 실행에 옮기면 천하에 왕 노릇을 하지 못할 자가 없을 것이라고 격정을 담아 토로하고 있는 것이다.

〈공손추 상公孫丑 上〉 1장 [맹자의 제나라 출신 제자] 공손추가 [맹자가 제나라에 갔을 때] 물었다. "선생님께서 만약 제나라의 요직에 앉으신다면, [제나라를 중흥시켰던] 관중이나 안자의 공적을 다시 이룩하실 수가 있겠습니까?"

맹자가 대답하였다. "자네는 철두철미한 제나라 사람이로군. 겨우 안다는 게 관중과 안자뿐일세. 어떤 사람이 [증자의 아들] 증서한테 이렇게 물었네. '선생과 자로를 비교한다면 누가 더 현명합니까?' 그랬더니 증서가 펄쩍 뛰면서 말했네. '그이는 우리 선친께서도 두려워하시던 분이다.' '그렇다면 선생과 관중을 비교한다면 누가 더 현명합니까?' 이에 증서는 발끈하며 불쾌하게 말했지. '그대는 왜 하필 나를 관중 따위에 비교하는가? 관중은 그처럼 제 환공의 신임을 독점하고, 또 그렇게나 오랫동안 나라의 정치를 오로지했건만 그가 이룬 것이라고는 왕도가 아닌 패도를 행한 것일 뿐인데, 그대는 어찌하여 하필이면 그런 자와 나를 비교하려는가?' 그런즉 관중은 증서 같은 인물도 상대하지 않을 정도의 인물인데, 자네는 어찌 나에게 관중과 같은 인물이 되라고 말하는가?"

"[선생님 말씀은 조금 과한 게 아닌가요?] 관중은 환공을 도와서 패자가 되게 해 주었고, 안자는 경공을 도와 그 이름을 천하에 떨치게 해 주었습니다. 그런데도 관중과 안자는 말할 것이 못 됩니까?"

맹자가 말하였다. "제나라와 같은 정도로 큰 나라라면 천하의 왕자가 되기란 마치 손바닥을 뒤집는 것보다도 더 쉬운 일이다."

"그렇다면 저의 의혹은 더 커져만 갑니다. 문왕은 그토록 위대한 덕이 있는데다 백 년 가까이 장수를 누리셨는데도 그 덕이 천하에 미치지 못했습니다. 그리고 그 아들인 무왕과 주공이 뒤를 이은 뒤에야 덕이 크게 행해지게 되었습니다. 그런데 선생님이 말씀하신 대로 이제 왕자 되는 게 그처럼 쉬운 일이라면 문왕은 본받을 게 아무것도 없는 사람이란 말인가요?"

"어찌 문왕과 같은 분을 여기에 비교한단 말인가? [문왕의 덕이 크게 미치지 못한 데에는 그에 합당한 이유가 있다네. 은나라는] 탕 임금으로부터 무정에 이르기까지 영명한 군주가 예닐곱 명이나 나와서 천하의 민심이 은나라로 돌아간 지매우 오래되었다네. 이렇게 오래된 것은 쉽게 변하기가 어려운 법이지. 중흥 군주 무정이 주변 제후들을 모두 조공케 하였으니, 천하를 장악하는 것이 마치 손바닥 안에서 노는 것처럼 쉬운 일이었지. 은나라 마지막 임금 주(紂)는 무정의 시대로부터 얼마 떨어져 있지 않았을 때이므로, 대대로 유서 깊은 집안의 훌륭한 풍속이 남아 있었고, 훌륭한 군주가 백성에게 끼친 교화나 선정의 은택이 아직 남아 있었다네. 또 미자나 미중, 왕자비간, 기자, 교격과 같은 현자들이 있어 그들이 서로 주왕을 보좌해 주었기 때문에 주왕의 폭정이 오랫동안 지속되다가 망한 것이야. 그때까지만 해도 한 치의 땅도 주의 영토가 아닌 곳이 없었고, 또 한 사람의 백성도 주의 백성이 아닌 자가 없었네. 그러니 겨우 사방 백 리의 땅을 근거로 해서 일어난 문왕으로서는 곤란한 점이 한두 가지가 아니었던 게지. 제나라의 옛말에 이런 말이 있지 않나. '제 아무리 지혜가 있다 할지라도 시세에 편승하는 것만 못하고, 제 아무리 쟁기가 있다 할지라도 제때를 기다려 농사짓는 것만 못하다.' 지금 이때야말로 왕자가 되기 쉬운 때란 말일세. 하, 은, 주 3대가 융성했을 때에도 천자의 영토가 천 리 이상 된 때는 없었는데, 제나라는 그만한 땅을 차지하고 있고, 게다가 인구가 많아 집들이 연이어 있으므로 닭이 울고 개 짖는 소리가 온 사방의 국경 지대까지 들릴 정도지. 그러니 토지를 더 늘리고 백성을 더 모을 필요도 없이, 어진 정치를 베풀어서 왕자가 된다면, 이것을 막는 자는 아무도 없을 것일세. 또 왕자다운 이가 세상에 나타나지 않은 지가 이렇게 오랫동안 지속된 것은 그 유례가 없고, 백성들이 학정에 시달린 것이 지금보다 더 심한 적도 없었지. 굶주린 자는 어떤 음식이라도 마다하지 않을 것이며, 목마른 자는 어떤 것이라도 마실 것이야. 공자께서도 말씀하셨지. '덕이 퍼져 나가는 것은 역마를 갈아타고 명령을 전달하는 것보다 빠르다.' 바로 지금과 같은 시절에 제나라와 같은 만 승의 나라에서 어진 정치를 베푼다면, 백성의 기쁨은 마치 거꾸로 매달려 고문을 당하던 이가 쇠사슬에서 풀려나는 것과 같을 것일세. 그야말로 옛 성인들의 수고를 절반만 들여도 그 공은 배가 될 것이니, 바로 지금이 그렇게 할 수 있는 절호의 기회라는 말이네."

公孫丑問曰 "夫子當路於齊, 管仲晏子之功, 可復許乎?"
공손추문왈 부자당로어제 관중안자지공 가부허호

孟子曰 "子誠齊人也, 知管仲晏子而已矣. 或問乎曾西曰'吾子
맹자왈 자성제인야 지관중안자이이의 혹문호증서왈 오자

與子路孰賢?'曾西蹴然曰'吾先子之所畏也.'曰'然則吾子與
여자로숙현   증서축연왈 오선자지소외야   왈 연즉오자여

管仲執賢?'曾西艴然不悅曰 '爾何曾比予於管仲? 管仲得君,
관중숙현　증서불연불열왈　이하증비여어관중　관중득군

如彼其專也; 行乎國政, 如彼其久也; 功烈, 如彼其卑也. 爾何
여피기전야　행호국정　여피기구야　공렬　여피기비야　이하

曾比予於是?'曰, 管仲, 曾西之所不爲也, 而子爲我願之乎?"
증비여어시　왈 관중　증서지소불위야　이자위아원지호

曰"管仲以其君霸, 晏子以其君顯. 管仲晏子猶不足爲與?"
왈　관중이기군패　안자이기군현　관중안자유부족위여

曰"以齊王, 由反手也."
왈　이제왕　유반수야

曰"若是, 則弟子之惑滋甚. 且以文王之德, 百年而後崩, 猶未
왈　약시　즉제자지혹자심　차이문왕지덕　백년이후붕　유미

洽於天下; 武王周公繼之, 然後大行. 今言王若易然, 則文王不
흡어천하　무왕주공계지　연후대행　금언왕약이연　즉문왕부

足法與?"
족법여

曰"文王何可當也? 由湯至於武丁, 賢聖之君六七作, 天下歸
왈　문왕하가당야　유탕지어무정　현성지군육칠작　천하귀

殷久矣, 久則難變也. 武丁朝諸侯, 有天下, 猶運之掌也. 紂之
은구의　구즉난변야　무정조제후　유천하　유운지장야　주지

去武丁未久也, 其故家遺俗, 流風善政, 猶有存者; 又有微子
거무정미구야　기고가유속　유풍선정　유유존자　우유미자

微仲王子比干箕者膠鬲, 皆賢人也, 相與輔相之故, 久而後失
미중왕자비간기자교격　개현인야　상여보상지고　구이후실

之也. 尺地莫非其有也, 一民, 莫非其臣也, 然而文王猶方百里
지야 척지막비기유야 일민 막비기신야 연이문왕유방백리

起, 是以難也. 齊人有言曰'雖有智慧, 不如乘勢; 雖有鎡基, 不
기 시이난야 제인유언왈 수유지혜 불여승세 수유자기 불

如待時.'今時則易然也. 夏后殷周之盛, 地未有過千里者也, 而
여대시 금시즉이연야 하후은주지성 지미유과천리자야 이

齊有其地矣; 鷄鳴狗吠, 相聞而達乎四境, 而齊有其民矣. 地不
제유기지의 계명구폐 상문이달호사경 이제유기민의 지불

改辟矣, 民不改聚矣, 行仁政而王, 莫之能禦也. 且王者之不作,
개벽의 민불개취의 행인정이왕 막지능어야 차왕자지부작

未有疏於此時者也; 民之憔悴於虐政, 未有甚於此時者也. 飢
미유소어차시자야 민지초췌어학정 미유심어차시자야 기

者易爲食, 渴者易爲飮. 孔子曰'德之流行, 速於置郵而傳命.'
자이위식 갈자이위음 공자왈 덕지류행 속어치우이전명

當今之時, 萬乘之國行仁政, 民之悅之, 猶解倒懸也. 故事半古
당금지시 만승지국행인정 민지열지 유해도현야 고사반고

之人, 功必倍之, 惟此時爲然."
지인 공필배지 유차시위연

〈공손추 상公孫丑 上〉 3장 맹자가 말하였다. "실제로는 무력에 기대
면서 명목상으로는 인정을 내세우는 자는 패자이다. 패자는
반드시 강대한 나라가 있어야 한다. 덕행으로 인정을 베푸는

자를 왕자라 한다. 왕자는 강대한 나라를 바라지 않는다. 탕임금은 사방 70리를 가지고도 왕자가 되었고, 문왕은 100리를 가지고 왕자가 되었다. 무력으로 다른 사람을 굴복시키는 것은 마음으로부터 우러나오는 복종이 아니라, 힘이 부족해서 할 수 없이 겉으로만 복종하는 것이다. 덕으로써 다른 사람을 굴복시키는 것은 마음속으로 기뻐하면서 진심으로 복종하는 것이다. 이것은 마치 70명의 제자들이 공자에게 심복한 것과 같다. 《시경》〈대아〉〈문왕유성(文王有聲)〉에 이런 시가 있다. '서쪽과 동쪽에서, 남쪽과 북쪽에서, 심복하지 않는 이 없어라.' 바로 이것을 일러 말한 것이다."

孟子曰 "以力假仁者霸, 霸必有大國; 以德行仁者王, 王不待大.
맹 자 왈   이 력 가 인 자 패   패 필 유 대 국   이 덕 행 인 자 왕   왕 부 대 대

湯以七十里, 文王以百里. 以力服人者, 非心服也, 力不贍也;
탕 이 칠 십 리   문 왕 이 백 리   이 력 복 인 자   비 심 복 야   역 불 섬 야

以德服人者, 中心悅而誠服也, 如七十子之服孔子也. 詩云: '自
이 덕 복 인 자 중 심 열 이 성 복 야 여 칠 십 자 지 복 공 자 야 시 운   자

西自東, 自南自北, 無思不服.' 此之謂也."
서 자 동   자 남 자 북   무 사 불 복   차 지 위 야

〈공손추 상公孫표 上〉 4장 맹자가 말하였다. "어진 정치를 행하면 그 나라가 번영하고, 어진 정치를 행하지 않으면 그 나라가 쇠퇴하여 치욕을 당하게 된다. 치욕을 당하는 것을 싫어하면서도 어진 정치를 행하지 않는 것은 마치 습한 것을 싫어하면서도 [습기가 많은] 낮은 곳에 사는 것과 같다. 치욕을 당하는 것이 싫으면 덕 있는 사람을 귀하게 여기고 선비를 존중해야 하며, 덕 있는 현자가 요직에 있고 유능한 사람이 그에 걸맞은 자리에 있어야 한다. 지금 여러 나라들이 비교적 평온하고 한가한 시기를 맞고 있는데, 이런 때일수록 그 나라의 정치와 형벌을 제대로 바로잡는다면 강대국도 넘볼 수 없을 것이다. 《시경》〈빈풍(豳風)〉〈치효(鴟鴞)〉에 이런 시가 있다. '[올빼미가 둥지에서 말한다] 하늘이 흐려 비 오기 전에, 뽕나무 뿌리껍질을 주워다가, 우리 둥지의 틈을 단단히 얽어맨다면, 저 밑에 있는 인간들도 우리를 업신여기지 못할 거야.' 공자께서 말씀하셨다. '이 시를 지은 사람은 나라 다스리는 도리를 알고 있었을 것이다. 자기 나라를 제대로 다스려 모든 것을 대비한다면, 누가 감히 그 나라를 업신여길 수 있겠는가?' 지금 여러 나라들이 비교적 평온하고 한가한 시기를 맞고 있는데, 이런 때일수록 향락에 빠져 게으름을 피우며 놀러만 다닌다면 스스로 화를 자초하게 될 것이다. 인간의 화복이라는 것은 그 자신이 불러들이지 않는 것이 없다. 《시경》〈대아〉〈문왕〉에 이런 시가 있다. '길이길이 천명에 부합하는 것이 스스로 많은 복을 구하는 길이다.'《서경》의 〈태갑(太甲)〉편에도 이런 말이 있다. '하늘이 내리는 재난은 피할 수 있지만, 스스로 지은 재앙은 피할 수가 없다.' 바로 이것을 일러 말한 것이다."

孟子曰 "仁則榮, 不仁則辱. 今惡辱而居不仁, 是猶惡濕而居下
맹자왈　인즉영　불인즉욕　금오욕이거불인　시유오습이거하

也. 如惡之, 莫如貴德而尊士, 賢者在位, 能者在職. 國家閒暇,
야　여오지　막여귀덕이존사　현자재위　능자재직　국가한가

及是時, 明其政刑. 雖大國, 必畏之矣. 詩云: '迨天之未陰雨, 徹
급시시　명기정형　수대국　필외지의　시운　태천지미음우　철

彼桑土, 綢繆牖戶. 今此下民, 或敢侮予?' 孔子曰 '爲此詩者,
피상토　주무유호　금차하민　혹감모여　공자왈　위차시자

其知道乎! 能治其國家, 誰敢侮之?' 今國家閒暇, 及是時, 般樂
기지도호　능치기국가　수감모지　금국가한가　급시시　반락

怠敖, 是自求禍也. 禍福無不自己求之者. 詩云: '永言配命, 自
태오　시자구화야　화복무부자기구지자　시운　영언배명　자

求多福.' 太甲曰 '天作孽, 猶可違; 自作孽, 不可活.' 此之謂也."
구다복　태갑왈　천작얼　유가위　자작얼　불가활　차지위야

❀ 맹자가 주장하는 것은 결국 '어진 정치(仁政)'다. '인정'을 베풀게 되면 마치 물이 높은 곳에서 낮은 곳으로 흐르는 것같이 주위 나라들도 감복하게 된다. 그러나 무력만을 앞세워 윽박지르게 되면 당장에는 굴복하는 듯이 보이나 실제로는 심복하지 않는다. 백성이 마음으로 복종을 한 바에야 나라를 다스리는 것은 손바닥을 뒤집듯 쉬운 일이 되는 것이다.

〈공손추 상公孫丑 上〉 5장 맹자가 말하였다. "현자를 존중하고 유능한 자를 그에 걸맞은 자리에 부리고, 뛰어난 인재를 관직에 임명하면, 천하의 선비들이 모두 기뻐하여 그 나라 조정에서 벼슬하기를 바랄 것이다. 시장에 창고를 만들어 물건을 보관할 수 있도록 하되 그에 대한 세금을 물리지 않고, 팔리지 않은 물건들은 모두 관에서 구매해 유통시킨다면, 천하의 장사꾼들이 모두 기뻐하며 그 나라의 시장에 상품을 두고 팔기를 바라게 될 것이다. 국경의 세관에서는 드나드는 물품들을 기찰하기만 할 뿐 세금을 매기지 않는다면, 천하의 여행객들이 모두 기뻐하며 그 나라의 길을 지나가기를 바랄 것이다. 농민들의 경우 [정전제를 실시해] 서로 도와 공전을 갈게 할 뿐

별도로 개인의 땅에는 세금을 받지 않는다면, 천하의 농민들은 모두 기뻐하며 그 나라의 토지에서 농사짓기를 바랄 것이다. 그리고 택지에 대해서는 토지세에 해당하는 이포(里布)나 인두세에 해당하는 부포(夫布)를 받지 않으면, 천하의 백성들이 모두 기뻐하며 그 나라의 백성이 되기를 바랄 것이다. 진실로 이 다섯 가지를 실행할 수만 있다면, 이웃 나라의 백성이 그 나라의 임금을 부모같이 우러러볼 것이다. 만약 이웃 나라 군주가 백성을 이끌고 쳐들어온다면, 마치 아들[인 이웃 나라 백성]이 부모를 공격하는 것과 같은 것이니, 그 자제들을 거느리고 부모를 공격하는 일은 이 땅 위에 인간이 생겨난 이래로 성공한 적이 없었다. 이렇게 하면 천하무적이 될 것이니, 천하에 적이 없는 자는 하늘의 명령을 대리하는 '하늘의 관리(天吏)'이다. 이렇게 하고서도 왕 노릇 못한 자는 이제껏 없었다."

孟子曰 "尊賢使能, 俊傑在位, 則天下之士皆悅, 而願立於其朝
맹자왈 존현사능 준걸재위 즉천하지사개열 이원립어기조

矣; 市廛而不征, 法而不廛, 則天下之商皆悅, 而願藏於其市矣;
의   시전이부정 법이부전 즉천하지상개열 이원장어기시의

關譏而不征, 則天下之旅皆悅, 而願出於其路矣; 耕者助而不
관기이부정　즉천하지려개열　이원출어기로의　경자조이불

稅, 則天下之農皆悅, 而願耕於其野矣. 廛無夫里之布, 則天下
세　즉천하지농개열　이원경어기야의　전무부리지포　즉천하

之民皆悅, 而願爲之氓矣. 信能行此五者, 則隣國之民仰之若
지민개열　이원위지맹의　신능행차오자　즉린국지민앙지약

父母矣. 率其子弟, 攻其父母, 自生民以來, 未有能濟者也. 如
부모의　솔기자제　공기부모　자생민이래　미유능제자야　여

此, 則無賊於天下, 無賊於天下者, 天吏也. 然而不王者, 未之
차　즉무적어천하　무적어천하자　천리야　연이불왕자　미지

有也."
유야

〈공손추 하公孫丑 下〉 1장 맹자가 말했다. "천시(天時)는 지리(地利)만
못하고, 지리는 인화(人和)만 못하다. 내성(內城)이 사방 3리밖
에 안 되고 외성(外城)은 7리밖에 안 되는 작은 성읍을 에워싸
고 공격해도 이기지 못하는 경우가 있다. 대저 성을 에워싸
고 공격할 때는 반드시 천시를 얻어야만 하는데, 그렇게 하
고도 이기지 못하는 것은 천시가 지리만 못하기 때문이다.
성이 높지 않은 것도 아니고, 해자가 깊지 않은 것도 아니며,
무기가 단단하거나 날카롭지 않은 것도 아니고, 군량미가 많

지 않은 것도 아니건만, 사람들이 끝내 이런 성을 버리고 달아나는 경우가 있다. 그것은 지리가 인화만 못하기 때문이다. 그러므로 이런 말이 있다. '국경선으로도 백성을 나라 안에 살게 할 수 없고, 험준한 산봉우리나 계곡으로도 나라를 견고하게 지켜낼 수 없으며, 우월한 군사력으로도 천하에 위엄을 떨칠 수 없다.' 올바른 도를 제대로 실천하는 자는 그를 돕는 이가 많고, 올바른 도를 제대로 실천하지 않는 자는 그를 돕는 이가 별로 없다. 도와주는 이가 별로 없는 경우 친척마저도 그를 배반하는 경우가 있고, 도와주는 이가 많으면 온 천하가 그에게 귀순한다. 온 천하가 다 귀순하는 기세를 몰아 친척마저도 배반하는 무도한 제후를 공격하기에, 군자는 전쟁을 하지 않지만 일단 전쟁을 하게 되면 반드시 승리하는 것이다."

孟子曰 "天時不如地利, 地利不如人和. 三里之城, 七里之郭,
맹자왈　천시불여지리　지리불여인화　삼리지성　칠리지곽

環而攻之而不勝. 夫環而攻之, 必有得天時者矣, 然而不勝者,
환이공지이불승　부환이공지　필유득천시자의　연이불승자

是天時不如地利也. 城非不高也, 池非不深也, 兵革非不堅利
시천시불여지리야　성비불고야　지비불심야　병혁비불견리

也, 米粟非不多也, 委而去之, 是地利不如人和也. 故曰 '域民
야　미속비부다야　위이거지　시지리불여인화야　고왈　역민

不以封疆之界, 固國不以山谿之險, 威天下不以兵革之利.' 得
불이봉강지계　고국불이산계지험　위천하불이병혁지리　득

道者多助, 失道者寡助. 寡助之至, 親戚畔之; 多助之至, 天下
도자다조　실도자과조　과조지지　친척반지　다조지지　천하

順之. 以天下之所順, 攻親戚之所畔, 故君子有不戰, 戰必勝矣."
순지　이천하지소순　공친척지소반　고군자유부전　전필승의

〈등문공 하滕文公 下〉 5장 제자 만장이 맹자에게 물었다. "송나라는
작은 나라입니다. 지금 [선생님께서 말씀하시는] 왕도 정치
를 행하려고 하지만, 제나라나 초나라와 같이 큰 나라가 그
꼴을 보고 싶지 않아 정벌하려 하고 있습니다. 어찌하면 좋
겠습니까?"

"은나라 탕왕이 아직 제후 가운데 하나로 박(亳) 땅에 도읍하
고 있을 때, 그 이웃에는 갈나라가 있었다. 그런데 갈백이 방
자 무도하여 조상에게 제사도 지내지 않았다. 탕왕이 그에게
사람을 보내 '어째서 제사를 지내지 않느냐?'라고 묻자, 갈백
은 '희생을 바칠 소와 양이 없어서 제사를 못 지낸다'라고 대
답했다. 그래서 탕왕이 희생물로 쓰라고 소와 양을 보내 주

었으나, 갈백은 그것들을 잡아먹고, 역시 제사를 지내지 않았다. 탕왕이 다시 사람을 보내 '왜 제사를 지내지 않느냐?'하고 묻자, '제사에 바쳐 올릴 곡식이 없어서 못 지낸다'라고 말했다. 그래서 탕왕이 박 땅의 백성을 갈나라로 보내 농사를 짓게 하니, 박 땅의 노약자들은 그들에게 먹을 것을 날라다 주었다. 그런데 갈백은 자기 백성을 이끌고 나와서 술과 밥, 곡식들을 강탈하되, 빼앗기지 않으려는 사람들은 모두 죽여 버렸다. 어떤 아이가 찰기장밥과 고기를 날랐는데, 그 아이마저 죽이고 먹을 것을 빼앗았다. 《서경》〈상서〉〈중훼지고(仲虺之誥)〉에, '갈백이 먹을 것을 날라다 준 사람과 원수가 되었다'라는 구절이 있는데, 바로 이를 두고 한 말이다. 갈백이 어린아이를 죽이는 지경에까지 이르자 탕왕이 갈백을 치게 되었다. 그랬더니 온 천하 사람들이 모두 이렇게 말했다. '탕왕이 천하의 부를 탐내서가 아니라, 죄 없는 백성들의 원수를 갚아 주기 위해서 갈백을 쳤다.' 탕왕이 갈나라로부터 정벌을 시작하여 차례로 열한 나라를 정벌했는데, 천하에 대적할 자가 없었다. 그가 동쪽을 정벌하시면 서쪽의 오랑캐가 [왜 우리 쪽으로 오시지 않나] 원망하였고, 남쪽을 정벌하시면 북쪽의 오랑캐가 원망하여 말하되, '왜 우리를 뒤로 미루는가!'

라고 하였다. [폭정에 시달리는] 백성이 탕 임금의 군대를 기다리는 것이 마치 큰 가뭄에 단비를 기다리는 것과 같았다. 탕 임금의 군대가 도착해도 장 보러 가는 이는 평소와 다름없이 시장에 갔고, 밭갈이하는 이는 평소처럼 쟁기질을 했다. 그 나라의 포악한 군주를 죽이고 그 백성을 위로하니, 가뭄에 때맞추어 비가 내리는 것처럼 백성들이 크게 기뻐했다. 그래서 《서경》에서도 '우리 [탕] 임금을 기다리네. 임금께서 오시면 가혹한 형벌에서 벗어나리'라고 했던 것이다. 또 주나라 무왕에 대해서는 이런 기록이 있다. '유(攸)나라가 무왕의 신하되기를 거부하자, 무왕이 동쪽으로 정벌을 나서 폭정에 시달리던 그곳의 남녀들을 편안히 살게 해 주었다. 그들이 [당시 화폐로 쓰이던] 흑색과 황색 비단을 대광주리에 넣어 예물로 바치고, 주 무왕에게 알현하니, 그 훌륭한 인덕을 바라보고는 대국인 주나라에 예속되기를 원했다.' 이것은 은나라의 군자들이 흑색과 황색 비단을 대광주리에 가득 담아 주나라 군자들을 환영하고, 또 은나라 백성이 대그릇에 밥을 담고 호로병에 술을 넣어 주나라 백성을 환영했다는 것이다. 그들이 이렇게 한 까닭은 주나라 무왕이 은나라 백성들을 물난리와 불난리 같은 재난에서 구원해 주고, 잔학한 폭정을 없애 주었기 때문이다. 그래서 《서경》〈태서(太誓)〉편에 이런 기록이 있다. '우리 무왕의 기세가 한번 떨치어, 은나라 영토로 쳐들어가 잔학한 폭정을 없애 주었네. 악덕한 자 죽이고 정벌한 공을 드넓게 펼치니 걸을 쫓아낸 탕왕보다도 더 빛나도다.' 그러니 문제는 오히려 송나라가 왕도 정치를 펴지 않고 있는 데 있다. 참으로 왕도 정치를 편다면 천하의 백성이 모두 목을 길게 빼들고 바라보면서 우리의 임금이 되어 주기를 갈망할 것이다. 그렇게만 된다면 제나라나 초나라가 비록 크다 한들, 무엇이 두렵겠느냐?"

萬章問曰 "宋, 小國也. 今將行王政, 齊楚惡而伐之, 則如之何?"
만 장 문 왈 송 소 국 야 금 장 행 왕 정 제 초 오 이 벌 지 즉 여 지 하

孟子曰 "湯居亳, 與葛爲隣, 葛伯放而不祀. 湯使人問之曰 '何
맹 자 왈 탕 거 박 여 갈 위 린 갈 백 방 이 불 사 탕 사 인 문 지 왈 하

爲不祀?' 曰 '無以供犧牲也.' 湯使遺之牛羊. 葛伯食之, 又不以
위 불 사 왈 무 이 공 희 생 야 탕 사 견 지 우 양 갈 백 식 지 우 불 이

祀. 湯又使人問之曰 '何爲不祀?' 曰 '無以供粢盛也.' 湯使亳衆,
사 탕 우 사 인 문 지 왈 하 위 불 사 왈 무 이 공 자 성 야 탕 사 박 중

往爲之耕, 老弱饋食. 葛伯帥其民, 要其有酒食黍稻者奪之, 不
왕 위 지 경 노 약 궤 식 갈 백 수 기 민 요 기 유 주 사 서 도 자 탈 지 불

授者殺之. 有童子以黍肉餉, 殺而奪之. 書曰 '葛伯仇餉.' 此之
수 자 살 지 유 동 자 이 서 육 향 살 이 탈 지 서 왈 갈 백 구 향 차 지

謂也. 爲其殺是童子而征之, 四海之內皆曰'非富天下也, 爲匹
위야 위기살시동자이정지 사해지내개왈 비부천하야 위필

夫匹婦復讐也.''湯始征, 自葛載,'十一征而無敵於天下. 東面
부필부복수야   탕시정 자갈재 십일정이무적어천하 동면

而征, 西夷怨; 南面而征, 北狄怨, 曰'奚爲後我?'民之望之, 若
이정 서이원 남면이정 북적원 왈 해위후아   민지망지 약

大旱之望雨也. 歸市者弗止, 芸者不變, 誅其君而弔其民, 如時
대한지망우야 귀시자불지 운자불변 주기군이조기민 여시

雨降. 民大悅. 書曰'徯我后, 后來其無罰!''有攸不爲臣, 東征,
우강 민대열 서왈 혜아후 후래기무벌   유유불위신 동정

綏厥士女, 匪厥玄黃, 紹我周王見休, 惟臣附于大邑周.' 其君子
수궐사녀 비궐현황 소아주왕견휴 유신부우대읍주 기군자

實玄黃於匪以迎其君子, 其小人簞食壺漿以迎其小人. 救民於
실현황어비이영기군자 기소인단사호장이영기소인 구민어

水火之中, 取其殘而已矣. 太誓曰'我武惟揚, 侵于之疆, 則取
수화지중 취기잔이이의 태서왈 아무유양 침우지강 즉취

于殘, 殺伐用張, 于湯有光.'不行王政云爾; 苟行王政, 四海之
우잔 살벌용장 우탕유광   불행왕정운이 구행왕정 사해지

內皆擧首而望之, 欲以爲君. 齊楚雖大, 何畏焉?"
내개거수이망지 욕이위군 제초수대 하외언

〈이루 上離婁 上〉7장 맹자가 말했다. "천하에 도가 있을 때엔 덕이
작은 이가 덕이 큰 이에게 부림을 받고, 재능이 적은 사람이

재능 많은 사람에게 부림을 받는다. 그러나 천하에 도가 없을 때엔 작은 나라가 큰 나라에게 부림을 받고, 약한 나라가 강한 나라에게 부림을 받는다. 이 두 가지 이치는 하늘의 뜻이다. 하늘의 뜻을 따르는 자는 살아남고, 하늘의 뜻을 거스르는 자는 망한다.

[대국의 위치에 있던] 제나라 경공이 [당시로서는 오랑캐라 치부되었던] 오나라 왕 [합려]에게 [딸을 시집보내 달라는] 위협을 받았다. [신하들이 불가하다고 말했지만 경공은 이렇게 말했다.] '우리가 오나라에게 명령을 내리지도 못하면서, 또한 그들의 명령을 받아들이지도 않는다면, 그때에는 두 나라 사이가 끊어질 것이다.' 그러고는 눈물을 흘리며 자기 딸을 오나라로 시집보냈다.

지금은 작은 나라가 큰 나라를 스승으로 받들면서도, 그들의 명령을 받아들이는 것을 수치스럽게 여기고 있다. 이것은 마치 제자가 자기 스승에게 가르침 받는 것을 수치스럽게 여기는 것과 같은 것이다. 만약 큰 나라에게 명령을 받는 것이 수치스럽다면, [대국을 스승으로 받들면서 그 나쁜 문화를 받아들일 게 아니라] 차라리 문왕의 왕도 정치를 본받는 것이 낫다. 문왕을 본받아 왕도 정치에 힘쓰면 큰 나라는 5년, 작은 나라라도 7년 만에 반드시 온 천하를 다스리게 될 것이다. 그래서 《시경》〈대아〉〈문왕(文王)〉에도 이런 시가 있다. '은나라의 자손들은 그 수효 십만을 넘었지만, 상제께서 주나라에 천명을 내리시자, 모두들 주나라에 복종했네. 은나라 자손들이 주나라에 복종한 것은 천명이 한 곳에만 머무르지 않아서라네. 은나라 선비들은 미쁘고 총명한지라, 주나라의 수도에 와서 술 따르며 제사를 도왔네.'

공자 또한 말했다. '어진 정치는 많은 숫자로도 대적할 수 없다. 나라를 다스리는 임금이 어진 정치를 좋아하면, 천하무적이 될 것이다.' 그런데 지금의 제후들은 천하무적이 되고자 하면서도 어진 정치를 베풀지 않으니, 이는 마치 뜨거운 물건을 잡고 난 뒤 앗 뜨겁다 하면서도 찬물로 손을 씻지 않는 것과 같다. 《시경》〈대아〉〈상유(桑柔)〉에 이런 시가 있다. '그 누가 뜨거운 것을 잡고서도 찬물로 손을 씻지 않으랴?'"

孟子曰 "天下有道, 小德役大德, 小賢役大賢; 天下無道, 小役大,
맹 자 왈   천 하 유 도   소 덕 역 대 덕   소 현 역 대 현   천 하 무 도   소 역 대

弱役强. 斯二者, 天也. 順天者存, 逆天者亡. 齊景公曰 '旣不能
약 역 강   사 이 자   천 야   순 천 자 존   역 천 자 망   제 경 공 왈   기 불 능

今, 又不受命, 是絶物也. 涕出而女於吳. 今也小國師大國而恥
령 우불수명 시절물야 체출이녀어오 금야소국사대국이치

受命焉, 是猶弟子而恥受命於先師也. 如恥之, 莫若師文王. 師
수명언 시유제자이치수명어선사야 여치지 막약사문왕 사

文王, 大國五年, 小國七年, 必爲政於天下矣. 詩云: '商之孫子,
문왕 대국오년 소국칠년 필위정어천하의 시운 상지손자

其麗不億. 上帝旣命, 侯于周服. 侯服于周, 天命靡常. 殷士膚敏,
기려불억 상제기명 후우주복 후복우주 천명미상 은사부민

裸將于京.' 孔子曰 '仁不可爲衆也. 夫國君好仁, 天下無敵.' 今
관장우경 공자왈 인불가위중야 부국군호인 천하무적 금

也欲無敵於天下而不以仁, 是猶執熱而不以濯也. 詩云: '誰能執
야욕무적어천하이불이인 시유집열이불이탁야 시운 수능집

熱, 逝不以濯?'"
열 서불이탁

〈이루 상離婁 上〉 20장 맹자가 말했다. "한 신하의 잘못을 들어서
책망할 필요가 없으며, 정치의 잘못을 들어서 간섭하고 비난
할 필요도 없다. 오직 대인의 품격을 지닌 사람만이 임금의
마음속에 있는 잘못을 바로잡을 수 있다. 임금이 어질면 신
하들도 어질지 않을 수 없고, 임금이 의로우면 신하들도 의
롭지 않을 수 없다. 또 임금이 올바르면 신하들도 올바르지

않을 수 없다. 그러니 임금의 사람됨만 올바르게 잡으면, 나라 역시 바르게 될 것이다."

孟子曰 "人不足與適也, 政不足間也. 惟大人爲能格君心之非.
맹자왈 인부족여적야 정부족간야 유대인위능격군심지비

君仁, 莫不仁; 君義, 莫不義; 君正, 莫不正. 一正君而國正矣."
군인 막불인 군의 막불의 군정 막부정 일정군이국정의

〈이루 하離婁 下〉 1장 맹자가 말했다. "순 임금은 저풍에서 태어나 부하로 옮겨 갔고 명조에서 죽었으니, 그는 동이(東夷) 사람이다. 문왕은 기주에서 태어나 필영에서 죽었으니 서이(西夷) 사람이다. 이 두 임금은 서로 활동했던 땅의 거리가 천 리 이상이나 떨어져 있고, 세대의 차이도 천 년 이상이나 된다. 그런데도 뜻을 이루어 중국에 왕도 정치를 행한 점은 마치 부절을 맞춘 것처럼 일치한다. 앞에 난 성왕이나 뒤에 난 성왕이나 그 행한 법도는 한가지였다."

孟子曰 "舜生於諸馮, 遷於負夏, 卒於鳴條, 東夷之人也. 文王
맹자왈 순생어저풍 천어부하 졸어명조 동이지인야 문왕

生於岐周, 卒於畢郢, 西夷之人也. 地之相去也, 千有餘里; 世
생 어 기 주 졸 어 필 영 서 이 지 인 야 지 지 상 거 야 천 유 여 리   세

之相後也, 千有餘歲. 得志行乎中國, 若合符節. 先聖後聖, 其
지 상 후 야 천 유 여 세 득 지 행 호 중 국 약 합 부 절 선 성 후 성 기

揆一也.
규 일 야

〈이루 하離婁 下〉 5장 맹자가 말했다. "임금이 어질면 어질지 않을
백성이 없고, 임금이 의로우면 의롭지 않을 백성이 없다."

孟子曰 "君仁, 莫不仁; 君義, 莫不義."
맹 자 왈 군 인 막 불 인 군 의 막 불 의

〈이루 하離婁 下〉 16장 맹자가 말했다. "[처음부터 사람을 복종케
하겠다는 의도를 가지고] 선행으로 다른 이를 감복시키려 하
면 다른 사람을 감복케 할 수 없다. [그런 동기 없이] 선행을
행하여 다른 사람에게 감화를 준 뒤라야 천하의 사람들을 감
복케 할 수 있다. 천하 백성들이 마음으로 우러나와 감복하
지 않았는데도 왕 노릇 한 자는 이제껏 없었다."

孟子曰 "以善服人者, 未有能服人者也; 以善養人然後, 能服天
맹자왈 이 선 복 인 자   미 유 능 복 인 자 야   이 선 양 인 연 후   능 복 천

下. 天下不心服而王者, 未之有也."
하   천 하 불 심 복 이 왕 자   미 지 유 야

〈만장 상萬章 上〉 4장 제자 함구몽이 맹자에게 물었다. "예전부터
이런 말이 전해져 왔습니다. '덕이 높은 선비는 임금이라 할
지라도 신하로 삼을 수 없고, 아버지 역시 그를 아들로 대할
수 없다.' 그래서 순 임금이 남쪽을 향해 서서 천자의 자리에
오르자, 요 임금도 모든 제후를 거느리고 북쪽을 바라보며
신하의 자격으로 뵈었고, 친아버지인 고수도 역시 북쪽을 바
라보며 신하의 자격으로 엎드렸는데, 순 임금은 자기 아버지
고수가 엎드린 모습을 보고 미간을 찡그렸다고 합니다. 공자
께서도 '이때에 이르러 천하가 위태로웠다'라고 말씀하셨다
는데, 제가 잘 몰라서 그런데 정말 이러한 일들이 있었습니
까?"

맹자가 말했다. "아니다. 그건 군자가 한 말이 아니고, 제나
라 동쪽의 촌놈들이 한 말이다. 요 임금이 늙어 노쇠하자 순
이 섭정을 했을 따름이다. 《서경》〈상서〉〈요전(堯典)〉에 이런 기록이

있다. '순이 섭정한 지 28년 만에 요 임금이 붕어하자, 백성은 마치 어버이를 잃은 것처럼 3년 동안이나 복상하였고, 온 천하에 음악 소리를 내지 않고 근신하였다.' 또 공자께서도 이렇게 말씀하셨다. '하늘에는 두 개의 해가 없고, 백성에게는 두 임금이 없다.' 순이 이미 천자가 되고 나서 또 천하의 제후들을 거느리고 요 임금을 위하여 삼년상을 치렀다면, 그것은 천자가 둘이 있었다는 게 된다."

함구몽이 다시 물었다. "순 임금이 요 임금을 신하로 대하지 않았다는 것은 제가 이미 선생님의 말씀을 듣고 잘 알았습니다. 그런데 《시경》〈소아〉〈북산(北山)〉에 이런 시가 있습니다. '천하에 왕의 땅 아닌 곳이 없고, 땅 저 끝까지 사는 사람 치고 왕의 신하 아닌 사람이 없어라.' 순이 이미 천자가 되었는데도 고수를 신하가 아니라고 하는 까닭이 무엇인지 감히 여쭙겠습니다."

맹자가 대답했다. "그 시는 그것을 일러 말한 것이 아니다. 왕이 일으킨 전쟁에 끌려가 노역을 하느라 부모를 봉양할 수 없게 된 사람이 '이 모두가 왕을 위해 하는 일이긴 하지만, [천하에 왕의 땅 아닌 곳 없고, 땅 저 끝까지 사는 사람치고 왕의 신하 아닌 사람이 없는데] 유독 나 혼자만 뭐 잘난 게 있다고 애쓰고 있는가'라고 말한 것이다. 그러니 시를 해설하는 사람은 글자 하나하나에 매여서 전체의 뜻을 손상시켜서는 안 되고, 또 전체의 뜻을 헤아렸다 해도 작가의 본래 의도를 손상시켜서도 안 되는 것이다. 시를 읽는 사람은 자기의 생각을 시인의 본래 의도에 맞추어야 제대로 이해할 수 있는 법이다. 만약 말만 가지고 풀이한다면,《시경》〈운한(雲漢)〉편에서 말한 '[려왕의 폭정 뒤에 가뭄과 기근이 계속되어] 주나라의 남은 백성 한 사람도 있지 않아라'라는 구절이 있는데, 문자 그대로라면 주나라 백성은 하나도 살아남지 못했다는 뜻이 된다. [과연 이게 말이 되겠는가?] 효자의 지극한 도리 가운데 어버이를 존귀하게 모시는 것보다 큰 것이 없고, 어버이를 존귀하게 모시는 것 가운데 천하를 가지고 봉양하는 것보다 더 큰 것이 없다. 천자의 아버지가 되게 해드리는 것은 지극한 존귀함이고, 천하를 가지고 봉양하는 것은 지극한 봉양이다.《시경》〈대아〉〈하무(下武)〉에 이런 시가 있다. '언제나 효도만을 생각하노니, 효도하겠단 생각이 온 백성이 따르는 법도가 되었네.' 또《서경》〈하서(夏書)〉〈대우모(大禹謨)〉에는 이런 구절이 있다. '순 임금이 고수를 공경하여 모시고 늘 조심스레 두려운 듯이 대하였다. 고수도 마침내는 순 임금을 믿고 따랐다.' 이것으로 볼 때 아버지인 고수가 순을 아들로 다루지 못했다는 것은 [제나라 동쪽 촌놈들의 말이다.]"

咸丘蒙問曰 "語云, '盛德之士, 君不得而臣, 父不得而子.' 舜南
함구몽문왈   어운   성덕지사   군부득이신   부부득이자   순남

面而立, 堯帥諸侯, 北面而朝之, 瞽瞍亦北面而朝之. 舜見瞽瞍,
면이립 요수제후 북면이조지 고수역북면이조지 순견고수

其容有蹙. 孔子曰 '於斯時也, 天下殆哉, 岌岌乎!' 不識此語誠
기용유축   공자왈   어사시야   천하태재   급급호   불식차어성

然乎哉?"
연호재

孟子曰 "否. 此非君子之言, 齊東野人之語也. 堯老而舜攝也.
맹자왈   부   차비군자지언   제동야인지어야   요로이순섭야

堯典曰 '二十有八載, 放勳乃徂落, 百姓如喪考妣. 三年, 四海
요전왈 이십유팔재 방훈내조락 백성여상고비 삼년 사해

遏密八音.' 孔子曰 '天無二日, 民無二王.' 舜旣爲天子矣, 又帥
알밀팔음   공자왈   천무이일   민무이왕   순기위천자의   우수

天下諸侯, 以爲堯三年喪, 是二天子矣."
천하제후 이위요삼년상 시이천자의

咸丘蒙曰 "舜之不臣堯, 則吾旣得聞命矣. 詩云: '普天之下, 莫
함구몽왈   순지불신요   즉오기득문명의   시운   보천지하   막

非王土; 率土之濱, 莫非王臣.' 而舜旣爲天子矣, 敢問瞽瞍之非
비왕토 솔토지빈   막비왕신   이순기위천자의   감문고수지비

臣, 如何?"
신 여하

曰 "是詩也, 非是之謂也. 勞於王事, 而不得養父母也. 曰, '此
왈 시시야 비시지위야 노어왕사 이부득양부모야 왈 차

莫非王事, 我獨賢勞也.' 故說詩者, 不以文害辭, 不以辭害志.
막비왕사 아독현로야 고설시자 불이문해사 불이사해지

以意逆志, 是爲得之. 如以辭而已矣, 雲漢之詩曰 '周餘黎民,
이의역지 시위득지 여이사이이의 운한지시왈 주여려민

靡有孑遺.' 信斯言也, 是周無遺民也. 孝子之至, 莫大乎尊親;
미유혈유 신사언야 시주무유민야 효자지지 막대호존친

尊親之至, 莫大乎以天下養. 爲天子父, 尊之至也; 以天下養,
존친지지 막대호이천하양 위천자부 존지지야 이천하양

養之至也. 詩曰 '永言孝思, 孝思維則.' 此之謂也. 書曰 '祗載見
양지지야 시왈 영언효사 효사유즉 차지위야 서왈 지재견

瞽瞍, 虁虁齊栗, 瞽瞍亦允若.' 是爲父不得而子也."
고수 기기제률 고수역윤약 시위부부득이자야

〈만장 상萬章 上〉 5장 만장이 맹자에게 물었다. "요 임금이 천하를
순 임금에게 주었다고 하는데, 정말 그런 일이 있었습니까?"
"아니다. 아무리 천자라고 해서 어찌 천하를 [물건처럼] 남
에게 줄 수 있겠느냐."
"그렇다면 순 임금이 천하를 차지한 것은 누가 주었기 때문

입니까?"

"하늘이 그에게 준 것이다."

"하늘이 주었다니요. 그렇다면 하늘이 타이르듯 명령한 것입니까?"

"아니다. 하늘은 본래 말이 없다. 다만 순의 덕행과 업적을 통해서 하늘이 그 뜻을 드러내 보였을 뿐이다."

만장이 다시 물었다.

"덕행과 업적을 통해서 드러내 보인다는 것은 어떻게 하는 것입니까?"

"천자는 훌륭한 사람을 하늘에 추천할 수는 있지만, 하늘로 하여금 천하를 그 사람에게 주게 할 수는 없다. 제후가 훌륭한 사람을 천자에게 추천할 수는 있지만, 천자로 하여금 제후의 자리를 그 사람에게 주게 할 수는 없다. 대부가 훌륭한 사람을 제후에게 추천할 수는 있지만, 제후로 하여금 대부의 자리를 그 사람에게 주게 할 수는 없는 것이다. 그 옛날 요 임금이 순을 하늘에 추천하자 하늘이 그를 받아들였고, 또 백성에게 내세우자 백성도 그를 받아들였다. 그래서 '하늘은 본래 말이 없다. 다만 순의 덕행과 업적을 통해서 하늘이 그 뜻을 드러내 보였을 뿐'이라고 말한 것이다."

만장이 다시 물었다.

"감히 여쭙겠습니다. '순을 하늘에 추천하자 하늘이 그를 받아들였고, 또 백성에게 내세우자 백성도 그를 받아들였다'라는 말은 무슨 뜻입니까?"

"그로 하여금 제사를 주관케 하면 온갖 신들이 그 제사를 흠향하였으니, 그것은 하늘이 그를 받아들였다는 뜻이다. 또 그로 하여금 천하의 정사를 주관케 하면 모든 일이 잘 다스려져서 백성이 안심했으니, 그것이 바로 백성이 그를 받아들였다는 뜻이다. 그러니 하늘이 천하를 그에게 주었고, 백성이 또한 그에게 준 것이다. 그래서 '아무리 천자라고 해도 어찌 천하를 [물건처럼] 남에게 줄 수 있겠느냐'라고 말한 것이다. 순이 요 임금을 28년 동안이나 [훌륭하게] 보좌했으니, 이는 인간의 능력으로 할 수 있는 게 아니라 바로 하늘의 뜻으로 그리한 것이다. 요 임금이 붕어하고 삼년상을 다 마치자, 순은 요 임금의 아들 단주[에게 천자의 지위를 잇게 하기 위해] 남하(南河)의 남쪽으로 몸을 숨겼다. 그러나 천자를 뵈러 오는 천하의 제후들이 요 임금의 아들 단주에게 가지 않고 순에게 갔으며, 재판을 받으려는 사람들도 요 임금의 아들에게 가지 않고 순에게 갔다. 또 [천자의] 공덕을 노래하는 자들도 요 임금의 아들을 노래하지 않고 순을 노래했다. 그래서 '하늘의 뜻'이라고 한 것이다. 순은 이렇게 된 뒤에야 중원으로 가서 천자의 자리에 올랐다. 만약 요 임금이 죽자마자 요 임금이 살던 궁전에서 살며 요 임금의 아들을 몰아냈다면, 이것은 찬탈이지 하늘이 준 것은 아니다. 《서경》〈태서(太誓)〉편에, '하늘은 우리 백성의 눈을 통해 보고, 하늘은 우리 백성의 귀를 통해 듣는다'라고 한 말이 바로 이것을 일러 말한 것이다."

萬章曰 "堯以天下與舜, 有諸?"
만장왈   요이천하여순 유저

孟子曰 "否. 天子不能以天下與人."
맹자왈   부 천자불능이천하여인

"然則舜有天下也, 孰與之乎?"
연즉순유천하야 숙여지호

曰 "天與之."
왈   천여지

"天與之者, 諄諄然命之乎?"
천여지자 순순연명지호

曰 "否. 天不言, 以行與事示之而已矣."
왈   부 천불언 이행여사시지이이의

曰 "以行與事示之者, 如之何?"
왈 이행여사시지자 여지하

曰 "天子能薦人於天, 不能使天與之天下; 諸侯能薦人於天子,
왈 천자능천인어천 불능사천여지천하 제후능천인어천자

不能使天子與之諸侯; 大夫能薦人於諸侯, 不能使諸侯與之大
불능사천자여지제후 대부능천인어제후 불능사제후여지대

夫. 昔者, 堯薦舜於天, 而天受之; 暴之於民, 而民受之. 故曰,
부 석자 요천순어천 이천수지 폭지어민 이민수지 고왈

天不言, 以行與事示之而已矣."
천불언 이행여사시지이이의

曰 "敢問薦之於天, 而天受之; 暴之於民, 而民受之, 如何?"
왈 감문천지어천 이천수지 폭지어민 이민수지 여하

曰 "使之主祭, 而百神享之, 是天受之; 使之主事, 而事治, 百姓
왈 사지주제 이백신향지 시천수지 사지주사 이사치 백성

安之, 是民受之也. 天與之, 人與之, 故曰, 天子不能以天下與
안지 시민수지야 천여지 인여지 고왈 천자불능이천하여

人. 舜相堯二十有八載, 非人之所能爲也, 天也. 堯崩, 三年之
인 순상요이십유팔재 비인지소능위야 천야 요붕 삼년지

喪畢, 舜避堯之子於南河之南, 天下諸侯朝覲者, 不之堯之子
상필 순피요지자어남하지남 천하제후조근자 부지요지자

而之舜; 訟獄者, 不之堯之子而之舜; 謳歌者, 不謳歌堯之子而
이지순 송옥자 부지요지자이지순 구가자 불구가요지자이

謳歌舜, 故曰, 天也. 夫然後之中國, 踐天子位焉. 而居堯之宮,
구가순 고왈 천야 부연후지중국 천천자위언 이거요지궁

遍堯之子, 是篡也, 非天與也. 太誓曰, '天視自我民視, 天聽自
핍 요 지 자 시 찬 야   비 천 여 야   태 서 왈   천 시 자 아 민 시   천 청 자

我民聽,' 此之謂也."
아 민 청   차 지 위 야

〈만장 상萬章 上〉 6장 만장이 맹자에게 물었다. "사람들 사이에 이
런 말이 돌더군요. '우 임금 대에 이르러서는 덕이 쇠하여 천
자 자리를 현자에게 물려주지 않고 자기 아들에게 전해 줌으
로 해서 [선양의 미덕이 끊어졌다.]' 정말 그랬나요?"
"아니다. 그렇지 않다. 하늘이 천자의 자리를 현자에게 전해
주려고 하면 현인에게 전해 주는 것이고, 하늘이 자손에게
전해 주려고 하면 자손에게 전해 주는 것이다. 그 옛날 순 임
금이 우를 하늘에 추천하여 정사를 돌본 지 17년 만에 순 임
금이 붕어하셨다. 삼년상을 마치고 우는 순 임금의 아들 상
균[이 천자의 자리를 계승하도록] 양성으로 물러났다. 그러
나 천하의 백성들이 우를 따랐다. 마치 요 임금이 붕어한 뒤
에 요 임금의 아들에게 가지 않고 순을 따라간 것과 같았다.
그 뒤에 우 임금이 익을 하늘에 추천한 뒤 7년 만에 우 임금
이 붕어하자, 삼년상을 마치고 익 역시 우 임금의 아들[이 천

자의 자리를 계승하도록] 기산의 북쪽으로 물러났다. 그런데 이번엔 임금을 뵈러 오거나 재판을 받으려는 자들이 익에게 가지 않고 우 임금의 아들 계를 찾아오면서 '우리 임금의 아들이시다'라고 말했다. 또 [천자의] 공덕을 노래하는 자들 역시 익의 공덕을 노래하지 않고 계의 공덕을 노래하면서, '우리 임금의 아들이시다'라고 말했다. 요 임금의 아들 단주는 못났고, 순 임금의 아들 상균도 또한 못났다. 게다가 순이 요 임금 밑에서 재상 노릇하고 우가 순 임금 밑에서 재상 노릇한 햇수가 오래되어 백성에게 그 은택이 미친 기간 또한 길었다. 그러나 우 임금의 아들 계는 현명하여 우 임금의 도를 조심스럽게 이어받을 수 있었다. 게다가 익이 우 임금을 도운 햇수가 짧아 백성들에게 은택을 베풀어 준 기간 또한 짧았다. 순, 우, 익 세 사람이 재상 노릇을 한 기간이 서로 간에 크게 차이가 났고, 또 천자의 아들이 현명하고 불초했던 것 모두가 하늘의 뜻이지, 사람의 힘으로 할 수 있는 것이 아니었다. 사람의 힘으로 할 수 없는데도 결국 그렇게 된 것은 천명이고, 사람의 힘으로 오게 할 수 없는데도 스스로 닥쳐오는 것은 운명이다. 필부로서 천하를 차지하는 이는 그 덕행이 마치 순이나 우 같아야 하고, 또 천자의 추천을 얻어야 한다. [순과 우의 덕행을 갖추었던] 공자의 경우는 [천자의 추천이 없었기에] 천하를 차지하지 못했던 것이다. 대를 이어서 천하를 차지하되, 하늘이 폐하는 사람은 반드시 걸이나 주같이 포악한 자들이다. [결국 천자의 자리에 오르고 폐하는 것은 하늘의 뜻에 달려 있으니] 그런 까닭에 익이나 이윤, 주공과 같은 인물일지라도 천하를 차지하지 못했던 것이다. 이윤은 탕왕의 재상이 되어 그에게 천하의 왕 노릇을 하게 하였다. 탕이 붕어하자 태자 태정은 왕위에 오르지 못한 채로 죽었고, 태정의 아우 외병이 2년을 다스리다 그 역시 죽었다. 그 뒤에 그의 아우 중임이 다스렸는데, 그도 4년 만에 죽었다. 그러자 태정의 아들인 태갑이 자리에 올랐는데, 탕왕의 법도를 다 뒤집어엎었다. 그래서 이윤은 태갑을 탕왕의 무덤이 있는 동(桐)으로 추방했다. 3년 동안 태갑은 자기의 죄를 뉘우치고, 잘못을 저지른 자신을 원망하며 스스로를 다스렸다. 동에서 어질게 지내며 의로운 길을 걸었다. 3년 동안 이윤의 훈계를 잘 따랐기에, 다시 박(亳) 땅에서 제위에 올랐다. 주공이 천하를 차지하지 못한 까닭은 하나라 때 익의 경우나 은나라 때 이윤의 경우와 같았다. 공자께서는 이렇게 말씀하셨다. '요 임금이나 순 임금이 천하를 남에게 넘겨 준 것이나 하나라와 은나라 주나라가 자식에게 물려준 것이나 모두 하늘의 뜻에 따랐다는 것으로 보자면 그 이치는 매한가지이다."

萬章問曰 "人有言, '至於禹而德衰, 不傳於賢, 而傳於子.' 有諸?"
만장문왈 　인유언 　지어우이덕쇠 부전어현 이전어자 유저

孟子曰 "否, 不然也. 天與賢, 則與賢; 天與子, 則與子. 昔者, 舜
맹자왈 부 불연야 천여현 즉여현 천여자 즉여자 석자 순

薦禹於天, 十有七年, 舜崩. 三年之喪畢, 禹避舜之子於陽城.
천우어천 　십유칠년 　순붕 　삼년지상필 　우피순지자어양성

天下之民從之, 若堯崩之後, 不從堯之子而從舜也. 禹薦益於
천하지민종지 약요붕지후 부종요지자이종순야 우천익어

天, 七年, 禹崩. 三年之喪畢, 益避禹之子於箕山之陰. 朝覲訟
천 칠년 우붕 삼년지상필 익피우지자어기산지음 조근송

獄者, 不之益而之啓, 曰, '吾君之子也.' 謳歌者不謳歌益而謳歌
옥자 부지익이지계 왈 오군지자야 구가자불구가익이구가

啓, 曰, '吾君之子也.' 丹朱之不肖, 舜之子亦不肖. 舜之相堯禹
계 왈 오군지자야 단주지불초 순지자역불초 순지상요우

之相舜也, 歷年多, 施澤於民久. 啓賢, 能敬承繼禹之道. 益之
지상순야 역년다 시택어민구 계현 능경승계우지도 익지

相禹也, 歷年少, 施澤於民未久. 舜禹益相去久遠. 其子之賢不
상우야 역년소 시택어민미구 순우익상거구원 기자지현불

肖, 皆天也, 非人之所能爲也. 莫之爲而爲者, 天也; 莫之致而
초 개천야 비인지소능위야 막지위이위자 천야 막지치이

至者, 命也. 匹夫而有天下者, 德必若舜禹, 而又有天子薦之者,
지 자 명야 필부이유천하자 덕필약순우 이우유천자천지자

故仲尼不有天下. 繼世而有天下, 天之所廢, 必若桀紂者也, 故
고 중니불유천하 계세이유천하 천지소폐 필약걸주자야 고

益伊尹周公不有天下. 伊尹相湯以王於天下. 湯崩, 太丁未立,
익이윤주공불유천하 이윤상탕이왕어천하 탕붕 태정미립

外丙二年, 仲壬四年. 太甲顚覆湯之典刑, 伊尹放之於桐. 三年,
외병이년 중임사년 태갑전복탕지전형 이윤방지어동 삼년

太甲悔過, 自怨自艾, 於桐處仁遷義. 三年, 以聽伊尹之訓己也,
태갑회과 자원자애 어동처인천의 삼년 이청이윤지훈기야

復歸于亳. 周公之不有天下, 猶益之於夏伊尹之於殷也. 孔子
복귀우박 주공지불유천하 유익지어하이윤지어은야 공자

曰 '唐虞禪, 夏后殷周繼, 其義一也.'
왈 당우선 하후은주계 기의일야

〈만장 상萬章 上〉 7장 만장이 맹자에게 물었다. "'이윤이 요리 솜씨를 가지고 탕왕에게 등용되었다'라고 말하는 사람이 있는데, 정말 그랬습니까?"

"아니, 그렇지 않다. 이윤은 유신국의 들판에서 농사를 지으며, 요 임금과 순 임금의 도를 즐길 줄 아는 이였다. 그래서 의에 어긋나거나 도에 어긋나는 일이라면, 온 천하를 녹봉으로 준다고 해도 돌아보지 않았으며, 사천 필의 말을 묶어 준다고 해도 거들떠보지 않았었다. 또 의에 어긋나거나 도에 어긋나는 일이라면, 풀 한 포기라도 남으로부터 받지 않았다. 탕왕이 예물을 가지고 사람을 보내 그를 초빙했지만, 그는 거들떠보지도 않고 담담하게 말했다. '내 어찌 탕왕의 예물 때문에 움직이겠느냐? 내 차라리 논밭에서 지내며 요, 순의 도를 즐기겠다.' 그래도 탕왕은 세 차례나 사람을 보내어 그를 초빙했다. 그러자 이윤은 마음을 고쳐먹고 이렇게 말했다. '내가 논밭에서 지내며 요, 순의 도를 즐기는 것보다는 차라리 탕왕에게 가서 그를 요, 순 같은 임금이 되도록 돕는 것이 낫겠다. 내 어찌 이 나라 백성을 요, 순의 백성처럼 살게 해 주지 않을까 보냐? 내 어찌 내 자신이 요, 순의 도가 구현되는 것을 직접 보지 않겠는가? 하늘이 이 백성을 기르시매, 선지자로 하여금 뒤늦게 아는 이들을 깨우치게 하셨고, 또 선각자로 하여금 뒤늦게 깨달은 사람들을 깨우치게 하셨다. 나는 하늘이 내신 백성 가운데 먼저 깨달은 선각자이니, 내가 먼저 깨달은 도를 가지고 이 백성을 깨우쳐 주련다. 내가 이들을 깨우쳐 주지 않으면, 누가 깨우쳐 주겠는가?' 이윤은 천하의 백성 가운데 비록 필부(匹夫)나 필부(匹婦)라 할지라도 요, 순 때와 같은 은택을 입지 못한 자가 있다면, 마치 자신이 그들을 죽음의 구렁텅이로 밀어 넣은 것처럼 생각했다. 그는 이렇게까지 천하에 대한 무거운 책임을 스스로 감당하려고 했다. 그래서 탕왕에게 나아가 설득하여, 하나라의 폭군 걸을 정벌하고 백성을 구했던 것이다. 나는 '자기를 굽힌 자가 남을 바르게 고쳐 주었다'라는 말을 듣지 못했다. 하물며 자기를 욕되게 한 자가 천하를 바로잡을 수 있겠느냐? 성인의 행위는 항상 똑같지 않다. 어떤 때는 권좌에서 멀리 물러나 있기도 하고, 가까이서 임금을 돕기도 한다. 또 아무런 미련 없이 벼슬을 내놓고 떠나기도 하고, 어려움 속에서도 벼슬을 떠나지 않고 자기 자리를 지키되, 모든 것은 자기 자신을 깨끗하게 지킨다는 하나의 원칙으로 귀결될 따름이다. 나는 '이윤이 요, 순의 도를 가지고 탕왕에게 등용되었다'라는 말은 들었지만, '그가 무슨 요리 솜씨를 가지고 등용되었다'라는 말은 들어본 적이 없다. 《서경》〈이훈(伊訓)〉 편에도 이런 말이 있다. '하늘이 명하시는 주벌(誅罰)은 목궁(牧宮)에 살고 있는 걸왕이 자초한 것이다. 내가 탕왕을 돕기 시작한 것도 그 서울인 박(亳) 땅에서부터였다.'"

萬章問曰 "人有言, '伊尹以割烹要湯,' 有諸?"
만장문왈 인유언 이윤이할팽요탕 유저

孟子曰 "否, 不然. 伊尹耕於有莘之野, 而樂堯舜之道焉. 非其
맹자왈 부 불연 이윤경어유신지야 이락요순지도언 비기

義也, 非其道也, 祿之以天下, 弗顧也; 繫馬千駟, 弗視也. 非其
의야 비기도야 녹지이천하 불고야 계마천사 불시야 비기

義也, 非其道也, 一介, 不以與人, 一介, 不以取諸人. 湯使人以
의야 비기도야 일개 불이여인 일개 불이취저인 탕사인이

幣聘之, 囂囂然曰 '我何以湯之聘幣爲哉? 我豈若處畎畝之中,
폐빙지 효효연왈 아하이탕지빙폐위재 아기약처견무지중

由是以樂堯舜之道哉?' 湯三使往聘之, 旣而幡然改曰 '與我處
유시이락요순지도재 탕삼사왕빙지 기이번연개왈 여아처

畎畝之中, 由是以樂堯舜之道, 吾豈若使是君爲堯舜之君哉?
견무지중 유시이락요순지도 오기약사시군위요순지군재

吾豈若使是民爲堯舜之民哉? 吾豈若於吾身親見之哉? 天之
오기약사시민위요순지민재 오기약어오신친견지재 천지

生此民也, 使先知覺後知, 使先覺覺後覺也. 予, 天民之先覺者
생차민야 사선지각후지 사선각각후각야 여 천민지선각자

也. 予將以斯道覺斯民也. 非予覺之, 而誰也?' 思天下之民匹
야 여장이사도각사민야 비여각지 이수야 사천하지민필

夫匹婦有不被堯舜之澤者, 若己推而內之溝中. 其自任以天下
부필부유불피요순지택자 약기추이내지구중 기자임이천하

之重如此, 故就湯而說之以伐夏救民. 吾未聞枉己而正人者也,
지중여차 고취탕이설지이벌하구민 오미문왕기이정인자야

況辱己以正天下者乎? 聖人之行不同也, 或遠或近, 或去或不
황 욕 기 이 정 천 하 자 호   성 인 지 행 부 동 야   혹 원 혹 근   혹 거 혹 불

去, 歸潔其身而已矣. 吾聞其以堯舜之道要湯, 未聞以割烹也.
거   귀 결 기 신 이 이 의   오 문 기 이 요 순 지 도 요 탕   미 문 이 할 팽 야

伊訓曰 '天誅造攻自牧宮, 朕載自亳.'"
이 훈 왈   천 주 조 공 자 목 궁   짐 재 자 박

〈고자 告子 下〉 7장 맹자가 말했다. "[춘추 시대의] 오패[제 환
공, 진 문공, 진 목공, 송 양공, 초 장왕]는 고대의 삼왕[하의
우, 은의 탕, 주 무왕]에 대한 죄인이다. 오늘날의 제후들은
오패에 대한 죄인이고, 오늘날의 대부들은 또 오늘날의 제후
들에 대한 죄인들이다.

천자가 제후의 봉지를 시찰하는 것을 '순수'라 하고, [그리고
천자가 봉토에 도착했을 때] 제후가 천자를 뵈옵는 것을 술
직이라 한다. [천자가 순수하는 것은] 봄에는 밭갈이하는 것
을 보살피고 부족한 것을 보충해 주며, 가을에는 추수하는
것을 보살피고 부족한 것을 도와주기 위한 것이다. 천자가
순수할 때 토지가 잘 개간되고, 논밭이 잘 가꿔져 기름지며,
노인을 봉양하고 현자를 존중하는 한편, 뛰어난 인물들이 그

에 걸맞은 자리에 있으면, 반드시 상을 내린다. 그러나 그 반대로 토지는 황폐하고, 노인들은 돌보는 이 없이 내버려지고 현자는 모두 사라지고, 가렴주구나 일삼는 자들이 벼슬자리에 있게 되면, 반드시 그들을 견책했다. 제후가 한 번 입조하지 않으면 그의 작위를 깎아내리고, 두 번 입조하지 않으면 그 봉토를 삭감하며, 세 번 입조하지 않으면 육사(六師)에게 명하여 그를 갈아 치운다.

그러므로 천자는 죄인을 치라는 명령(討)을 내릴 뿐, 자신이 앞장서 정벌(伐)하지는 않는다. 반대로 제후는 천자의 명령을 받들어 정벌할 뿐, 자신이 죄인을 치라는 명령(討)을 내리지는 못하는 법이다. 그런데 오패는 천자의 명령도 받지 않고 제후들을 끌어모아서 다른 제후를 정벌했던 것이다. 그러하기에 오패가 삼왕에 대한 죄인이라고 말한 것이다. 오패 가운데 제나라 환공의 위세가 가장 컸다. [노나라 희공 9년, 곧 기원전 651년에] 환공이 규구에서 제후들을 소집했을 때, 희생 제물인 소를 묶어 놓고 그 위에 맹약서를 올려놓았을 뿐, 소를 죽여 그 피를 그곳에 모인 제후들의 입가에 바르는 의식은 행하지 않았다.

그 맹약의 조항은 이러했다. 첫째 불효한 자식은 주벌하고,

한번 세운 태자는 바꿀 수 없으며, 첩을 정실로 삼지 말 것이다. 둘째, 현자를 존중하고, 인재를 육성하며, 덕 있는 이를 표창할 것이다. 셋째, 노인을 존경하고, 아이들을 자애하며, 손님과 나그네를 소홀히 대하지 말 것이다. 넷째, 사(士)의 관직을 세습시키지 말고, 겸직시키지도 말 것이며, 사를 등용할 때에는 반드시 그에 합당한 인물을 쓰고, 대부를 함부로 죽이지 말 것이다. 다섯째, 한 나라에서 제방을 너무 많이 쌓아 수리를 독점하지 말 것이며, 흉작이 들어 어려움에 처한 이웃 나라에 곡식 파는 것을 막지 말고, 신하들에게 땅을 봉했을 때 그것을 맹주에게 보고하지 않는 일이 있어서는 안 된다. 그리고 회맹한 사람들은 하나같이 이렇게 말했다. 우리 동맹한 제후들은 이 맹약을 맺은 뒤에 서로 우호적으로 지낼 것이다.

오늘날의 제후들은 모두 이 다섯 가지 맹약을 범하고 있다. 그러하기에 오늘날의 제후들이 오패에 대한 죄인이라고 말한 것이다. 임금의 악한 정치를 조장시키는 것은 그나마 그 죄가 작다고 할 수 있지만, 임금의 악한 정치에 영합해 그것을 확대하는 것은 오히려 그 죄가 크다고 할 수 있다. 그러하기에 오늘날의 대부들이 오늘날의 제후들에 대한 죄인이라고 말한 것이다."

孟子曰 "五覇者, 三王之罪人也; 今之諸侯, 五覇之罪人也; 今
맹자왈 오패자 삼왕지죄인야 금지제후 오패지죄인야 금

之大夫, 今之諸侯之罪人也. 天子適諸侯曰巡狩, 諸侯朝於天
지대부 금지제후지죄인야 천자적제후왈순수 제후조어천

子曰述職. 春省耕而補不足, 秋省斂而助不給. 入其疆, 土地辟,
자왈술직 춘성경이보부족 추성렴이조불급 입기강 토지벽

田野治, 養老尊賢, 俊傑在位, 則有慶, 慶以地. 入其彊, 土地荒
전야치 양로존현 준걸재위 즉유경 경이지 입기강 토지황

蕪, 遺老失賢, 掊克在位, 則有讓. 一不朝, 則貶其爵; 再不朝,
무 유로실현 부극재위 즉유양 일부조 즉폄기작 재부조

則削其地; 三不朝, 則六師移之. 是故天子討而不伐, 諸侯伐而
즉삭기지 삼부조 즉육사이지 시고천자토이불벌 제후벌이

不討. 五覇者, 摟諸侯, 以伐諸侯者也, 故曰 五覇者, 三王之罪
불토 오패자 누제후 이벌제후자야 고왈 오패자 삼왕지죄

人也. 五覇, 桓公爲盛. 葵丘之會, 諸侯束牲載書而不歃血. 初
인야 오패 환공위성 규구지회 제후속생재서이불삽혈 초

命曰 誅不孝, 無易樹子, 無以妾爲妻. 再命曰 尊賢育才, 以彰
명왈 주불효 무역수자 무이첩위처 재명왈 존현육재 이창

有德. 三命曰 敬老慈幼, 無忘賓旅. 四命曰 士無世官, 官事無
유덕 삼명왈 경로자유 무망빈려 사명왈 사무세관 관사무

攝, 取士必得, 無專殺大夫. 五命曰 無曲防, 無遏糴, 無有封而
섭 취사필득 무전살대부 오명왈 무곡방 무알적 무유봉이

不告. 曰, 凡我同盟之人, 旣盟之後, 言歸于好. 今之諸侯, 皆犯
불고　왈　범아동맹지인　기맹지후　언귀우호　금지제후　개범

此五禁, 故曰 今之諸侯, 五覇之罪人也. 長君之惡其罪小, 逢君
차오금　고왈　금지제후　오패지죄인야　장군지악기죄소　봉군

之惡其罪大. 今之大夫皆逢君之惡, 故曰 今之大夫, 今之諸侯
지악기죄대　금지대부개봉군지악　고왈　금지대부　금지제후

之罪人也."
지죄인야

〈고자 하告子 下〉 8장 노나라에서 신자(愼子)를 장군으로 삼아 [제

나라와 일전을 치르려 준비하자] 맹자가 신자에게 말했다.

"백성에게 예의를 가르치지 않고 전쟁터에 내보내 싸우게 하

는 것을 백성에게 재앙을 불러일으키는 것이라고 합니다. 백

성에게 재앙을 불러일으키는 것은 요, 순 시절이라면 결코

용납되지 않았을 것입니다. 그대가 일전을 치러 제나라에게

승리해 남양 땅을 차지할 수 있게 된다더라도 그런 싸움은

해서는 안 됩니다."

그 말을 들은 신자가 발끈하면서 불쾌한 듯 말했다. "그런 건

제가 알 바가 아닙니다."

맹자가 다시 말했다. "내가 분명히 당신에게 일러 주리다. 천

자의 땅은 사방 천 리였는데, 천 리의 땅이 못 되면 제후들을 대접할 수가 없기 때문입니다. 제후의 땅은 사방 백 리였는데, 백 리의 땅이 못 되면 종묘의 전적을 지킬 수가 없기 때문입니다. 주공을 노나라에 봉했을 때에도 그의 땅 또한 사방 백 리였습니다. 땅이 모자라서가 아니라 백 리를 넘으려 하지 않았기 때문입니다. 강태공을 제나라에 봉했을 때 그의 땅 또한 사방 백 리였습니다. 이것 역시 땅이 부족해서가 아니라 백 리를 넘으려 하지 않았기 때문입니다. 지금 노나라는 [그동안 여러 작은 나라들을 병탄하여] 사방 백 리의 다섯 곱절이나 되는 큰 땅덩어리를 보유하고 있습니다. 만약 [문왕이나 무왕같이] 왕도 정치를 행할 임금이 나타난다면, 노나라의 땅을 줄일 것이라 생각하시오? 아니면 더 늘려 줄 것이라고 생각하시오? 저쪽의 것을 맨손으로 빼앗다가 이쪽에 주는 일이 가능하다 하더라도 어진 사람이라면 하지 않을 것입니다. 하물며 사람을 죽여서 땅을 빼앗으려 하다니요? 군자가 임금을 섬기되 자기 임금이 도리에 합당하게 행하고 뜻을 인에 두도록 힘써 이끌어야 할 것입니다."

魯欲使愼子爲將軍. 孟子曰"不敎民而用之, 謂之殃民. 殃民者,
노 욕 사 신 자 위 장 군 맹 자 왈 불교민이용지 위지앙민 앙민자

不容於堯舜之世. 一戰勝齊, 遂有南陽, 然且不可."
불용어요순지세 일전승제 수유남양 연차불가

愼子勃然不悅曰"此則滑釐所不識也."
신 자 발 연 불 열 왈 차 즉 활 리 소 불 식 야

曰"吾明告子. 天子之地方千里, 不千里, 不足以待諸侯. 諸侯
왈 오명고자 천자지지방천리 불천리 부족이대제후 제후

之地方百里, 不百里, 不足以守宗廟之典籍. 周公之於封魯, 爲
지지방백리 불백리 부족이수종묘지전적 주공지어봉로 위

方百里; 地非不足, 而儉於百里. 太公之封於齊也, 亦爲方百里
방백리 지비부족 이검어백리 태공지봉어제야 역위방백리

也; 地非不足也, 而儉於百里. 今魯方百里者五, 子以爲有王者
야 지비부족야 이검어백리 금로방백리자오 자이위유왕자

作, 則魯在所損乎? 在所益乎? 徒取諸彼以與此, 然且仁者不
작 즉로재소손호 재소익호 도취제피이여차 연차인자불

爲, 況於殺人以求之乎? 君子事君也, 務引其君以當道, 志於仁
위 황어살인이구지호 군자사군야 무인기군이당도 지어인

而已."
이 기

〈고자 하告子 下〉 9장 맹자가 말했다. "오늘날 임금을 섬기는 자들
은 이렇게 말한다. '나는 임금을 위해 영토를 늘리고, 세금을

잘 거두어 나라의 창고를 채울 수 있다.' 그러나 지금 훌륭한 신하라고 하는 자들은 그 옛날 [성왕의 기준으로 보자면] 모두 백성의 등을 처먹는 도적이라 불릴 만한 자들이다. 임금이 올바른 도를 지향하지 않고, 인의 실현에 뜻을 두지 않는데, 그러한 임금을 더욱 부유하게 해 주려는 것은 바로 포악한 걸을 부유하게 해 주려는 짓이나 다를 바 없다.

또 '나는 임금을 위해 다른 나라와 맹약을 맺고, 싸우면 반드시 이길 수 있다'라고 말하는 자도 있다. 그러나 지금 훌륭한 신하라고 하는 자들은 그 옛날 [성왕의 기준으로 보자면] 모두 백성의 등을 처먹는 도적이라 불릴 만한 자들이다. 임금이 올바른 도를 지향하지 않고, 인의 실현에 뜻을 두지 않는데, 그러한 임금을 위해 전쟁에 힘쓴다는 것은 바로 포악한 걸을 도와 백성을 파멸의 길로 이끄는 것이나 다를 바 없다. 오늘날과 같은 도를 아무 생각 없이 따르면서 오늘날의 폐습을 고치지 않는다면, 비록 천하를 준다 하더라도 단 하루도 견뎌 내질 못할 것이다."

孟子曰 "今之事君者曰, '我能爲君辟土地, 充府庫.' 今之所謂
맹 자 왈　금 지 사 군 자 왈　　아 능 위 군 벽 토 지　　충 부 고　　금 지 소 위

良臣, 古之所謂民賊也. 君不鄕道, 不志於仁, 而求富之, 是富
양신 고지소위민적야 군불향도 부지어인 이구부지 시부

桀也. '我能爲君約與國, 戰必克.' 今之所謂良臣, 古之所謂民
걸야 아능위군약여국 전필극 금지소위양신 고지소위민

賊也. 君不鄕道, 不志於仁, 而求爲之强戰, 是輔桀也. 由今之
적야 군불향도 부지어인 이구위지강전 시보걸야 유금지

道, 無變今之俗, 雖與之天下, 不能一朝居也."
도 무변금지속 수여지천하 불능일조거야

〈진심 上盡心 上〉 14장 맹자가 말했다. "어진 말은 어진 음악이 사
람들 마음속에 깊이 파고드는 것만 못하다. 훌륭한 정치는
훌륭한 교육을 통해 백성의 마음을 얻는 것만 못하다. 훌륭
한 정치에 대해서는 백성이 외경심을 품지만, 훌륭한 교육에
대해서는 백성이 격의 없이 좋아하게 마련이다. 훌륭한 정치
는 백성의 재물을 풍요롭게 해 나라 살림을 충실하게 만들지
만, 훌륭한 교육은 백성의 마음을 풍요롭게 해 백성의 마음
을 얻게 만든다."

孟子曰 "仁言, 不如仁聲之入人深也; 善政不如善敎之得民也.
맹자왈 인언 불여인성지입인심야 선정불여선교지득민야

善政, 民畏之; 善教, 民愛之; 善政, 得民財; 善教, 得民心."
선정 민외지 선교 민애지 선정 득민재 선교 득민심

〈진심 상盡心 上〉 22장 맹자가 말했다. "백이(伯夷)가 주왕(紂王)[의 폭정]을 피해 북해의 바닷가에서 은거했다. 그러다가 주나라 문왕이 일어났다는 소문을 듣고 말했다. '내 어찌 그에게로 가지 않으랴? 나는 서백이 늙은이를 잘 봉양한다고 들었다.' 강태공 역시 주왕을 피해 동해 바닷가에 은거하고 있다가 문왕이 일어났다는 소문을 듣고 말했다. '내 어찌 그에게로 가지 않으랴? 나는 서백이 늙은이를 잘 봉양한다고 들었다.' 지금도 마찬가지로 천하에 늙은이를 잘 봉양하는 자가 있으면, 이처럼 어진 사람들이 그곳을 자기가 돌아갈 곳이라 여길 것이다.

다섯 무의 택지 주변을 두른 담장 아래에 뽕나무를 심기만 해도 아낙네가 누에를 쳐서 늙은이가 비단옷을 입기에 충분할 것이다. 암탉 다섯 마리와 암퇘지 두 마리를 기르되 번식기를 놓치지 않으면 늙은이가 고기를 먹기에 충분할 것이다. 백 무의 밭뙈기를 장정 한 사람이 농사지으면, 여덟 식구 한

가족이 굶주림 없이 살 것이다.

이른바 서백이 늙은이를 잘 봉양했다는 것은 정전제를 잘 운영했고, 뽕나무 심기와 가축 기르기를 잘 가르쳤으며, 백성의 처자를 잘 이끌어 늙은이를 잘 봉양하도록 했다는 것이다. 나이 오십에 비단옷을 입지 않으면 따뜻함을 느끼기 어렵고, 나이 칠십에 고기를 먹지 않으면 배가 든든하지 않다. 따뜻함을 느끼지 못하고 배부르지 않다는 것을 얼고 굶주린다고 말한다. 문왕이 다스린 백성들 가운데 얼고 굶주린 늙은이가 없다는 것은 바로 이를 두고 말한 것이다."

孟子曰 "伯夷辟紂, 居北海之濱, 聞文王作, 興曰 '盍歸乎來! 吾
맹 자 왈   백 이 벽 주 거 북 해 지 빈   문 문 왕 작   흥 왈   합 귀 호 래   오

聞西伯善養老者.' 太公辟紂居東海之濱, 聞文王作, 興曰 '盍歸
문 서 백 선 양 로 자   태 공 벽 주 거 동 해 지 빈   문 문 왕 작   흥 왈   합 귀

乎來! 吾聞西伯善養老者.' 天下有善養老, 則仁人以爲己歸矣.
호 래   오 문 서 백 선 양 로 자   천 하 유 선 양 로   즉 인 인 이 위 기 귀 의

五畝之宅, 樹墻下以桑, 匹婦蠶之, 則老者足以衣帛矣. 五母鷄,
오 무 지 택   수 장 하 이 상   필 부 잠 지   즉 로 자 족 이 의 백 의   오 모 계

二母彘, 無失其時, 老者足以無失肉矣, 百畝之田, 匹夫耕之,
이 모 체   무 실 기 시   노 자 족 이 무 실 육 의   백 무 지 전   필 부 경 지

八口之家可以無饑矣. 所謂西伯善養老者, 制其田里, 教之樹
팔 구 지 가 가 이 무 기 의   소 위 서 백 선 양 노 자   제 기 전 리   교 지 수

畜, 導其妻子使養其老. 五十非帛不煖, 七十非肉不飽. 不煖不
축 도기처자사양기노 오십비백불난 칠십비육불포 불난불

飽, 謂之凍餒. 文王之民, 無凍餒之老者, 此之謂也.”
포 위지동뇌 문왕지민 무동뇌지노자 차지위야

〈진심 상盡心 上〉 23장 맹자가 말했다. “백성의 [삶의 원천인] 밭
을 다스리고, 거둬들이는 세금을 가볍게 해 주면, 백성을 부
유하게 할 수 있다. 제철에 먹게 하고, 씀씀이를 절도 있게 하
면, 백성의 재화가 이루 다 쓸 수 없게 될 것이다. 백성은 물
이나 불이 없으면 살 수 없다. 그러니 날이 저문 뒤에 남의 집
문을 두드리며 물과 불을 구하면 주지 않을 사람이 없다. 물
과 불은 어디라 할 것 없이 넉넉하게 있기 때문이다. 성인이
천하를 다스리면 곡식이 물과 불처럼 넉넉해질 것이다. 곡식
이 물과 불처럼 넉넉하게 있는데, 어찌 어질지 않은 백성이
있겠느냐?”

孟子曰“易其田疇, 薄其稅斂, 民可使富也. 食之以時, 用之以禮,
맹자왈 이기전주 박기세렴 민가사부야 식지이시 용지이례

財不可勝也. 民非水火不生活, 昏暮叩人之門戶求水火, 無弗
재불가승야 민비수화불생활 혼모고인지문호구수화 무불

與者, 至足矣. 聖人治天下, 使有菽粟如水火. 菽粟如水火, 而
여자 지족의 성인치천하 사유숙속여수화 숙속여수화 이

民焉有不仁者乎."
민언유불인자호

〈진심 하盡心 下〉 8장 맹자가 말했다. "옛날에 성문을 만든 까닭은
포학한 짓을 막기 위해서였는데, 오늘날 성문을 만드는 까닭
은 백성에게 포학한 짓을 하기 위해서이다."

孟子曰"古之爲關也, 將以禦暴. 今之爲關也, 將以爲暴."
맹자왈 고지위관야 장이어폭 금지위관야 장이위폭

〈진심 하盡心 下〉 12장 맹자가 말했다. "어진 사람과 현명한 사람
을 믿고 등용하지 않으면, 나라는 [인재가 없어져] 텅 빈 것
처럼 된다. 나라에 예의가 없어지면 상하 질서가 어지럽혀진
다. 바른 정치를 하지 않으면 나라의 재정이 파탄에 이르게
된다."

孟子曰 "不信仁賢, 則國空虛; 無禮義, 則上下亂; 無政事, 則財
맹 자 왈   불 신 인 현   즉 국 공 허   무 례 의   즉 상 하 란   무 정 사   즉 재

用不足."
용 부 족

〈진심 하盡心 下〉 13장 맹자가 말했다. "어질지 않고서도 제후의
나라를 얻은 자는 있었지만, 어질지 않고서도 천하를 얻은
자는 이제껏 없었다."

孟子曰 "不仁而得國者有之矣, 不仁而得天下未之有也."
맹 자 왈   불 인 이 득 국 자 유 지 의   불 인 이 득 천 하 미 지 유 야

〈진심 하盡心 下〉 33장 맹자가 말했다. "요와 순은 본성대로 살았
던 사람들이고, 탕왕과 무왕은 [수양을 통해] 그 본성을 되찾
았던 사람들이다. 동작이나 용모의 사소한 절도가 모두 예법
에 잘 맞는 사람은 진실로 덕이 가장 높은 경지에 이른 사람
이다. 죽은 사람을 곡하며 슬퍼하는 것은 살아 있는 사람을
위해 보고 들으라고 생색내기 위한 것이 아니다. 의연하게

평소의 덕성을 굽히지 않는 것은 그로 인해 녹을 구하려는 것이 아니다. 자기 말에 신의를 지키는 까닭도 자신의 행동이 정당하다는 것을 남에게 과시하기 위한 것이 아니다. 군자는 오직 하늘의 법도를 실천할 뿐이며, 그 결과에 대해서는 다만 천명을 기다릴 뿐이다."

孟子曰 "堯舜, 性者也. 湯武, 反之也. 動容周旋中禮者, 盛德之
맹자왈 요순 성자야 탕무 반지야 동용주선중예자 성덕지

至也. 哭死而哀, 非爲生者也. 輕德不回, 非以干祿也. 言語必
지야 곡사이애 비위생자야 경덕불회 비이간록야 언어필

信, 非以正行也. 君子行法, 以俟命而已矣."
신 비이정행야 군자행법 이사명이이의

🌸 잘 알려진 대로 유가 사상은 한대 이후 한 나라를 다스리는 통치 이데올로기가 되었으며, 이런 현실은 최후의 봉건 왕조인 청이 망할 때까지 바뀌지 않았다. 역대 제왕들은 하나같이 명목상으로는 맹자가 역설했던 왕도 정치를 내걸었다. 하지만 현실은 정반대였다. 어찌 보면 공허하다고까지 말할 수 있는 인의를 앞세운 왕도 정치보다는 가혹한 형벌과 법치(法治)에 바탕한 '패도' 정치를 숭상하고 실행에 옮겼던 것이다.

논리상 맹자의 주장은 모순되거나 그릇될 게 없다. 중요한 것은 맹자가 인간의 본성을 지나치게 긍정적이고 낙관적으로 파악했다는 것이다. 과연 인간에게는 선한 면도 있지만, 반대로 그에 못지않게 이기적이고 악한 면도 타고났다. 그렇기에 현실 정치에서는 이러한 인간의 양면성을 고려해 강온책을 모두 쓰고 있는 것이다. 그렇기 때문에 맹자를 비롯한 유가의 사상은 공허한 입치레를 위해서는 내세우기 좋은 것이었으나, 실제로는 현실에 적용되지 않았다. 결국 맹자가 주장한 왕도 정치는 중국의 역대 왕조에 의해 국가의 통치 이데올로기로 받아들여지기는 했으나, 현실에서는 항상 명목상 추구해야 할 이념으로만 남아 있을 뿐 제대로 실현된 적은 없었다고 할 수 있다.

五.
삼가고 두려워할지니

🌑 맹자의 성품은 거침이 없었던 듯하다. 그런 성품이 가장 잘 드러나는 것은 '혁명'에 대한 직설적인 발언들이다. 맹자는 군주가 백성 위에 군림하는 시대에 살았지만, 그 주권만큼은 군주가 아닌 백성에게 있다고 생각했다. 그것이 앞서 말한 '백성과 더불어(與民)'야 한다는 것이다. 군주가 나라를 다스리는 것은 어디까지나 백성으로부터 그 권력을 위임받은 것이다. 그러니 군주가 위임받은 권력을 제대로 행사하지 못하면 그에 대한 책임을 져야 한다.

〈양혜왕 하梁惠王 下〉 6장 맹자가 제나라의 선왕에게 말하였다. "왕의 신하로서 자기의 처자식을 친구에게 맡기고 초나라로 유세를 떠났던 사람이 있었습니다. 그런데 이 사람이 돌아와 보니 그 처자식이 추위에 떨며 굶주리고 있었습니다. 왕께서는 그 사람을 어떻게 하시겠습니까?"

왕이 말하였다. "나는 그를 버리고 다시는 기용하지 않을 것이오."

"그렇다면 왕의 군대를 통솔하는 장수가 사졸을 제대로 다스리지 못하면 어떻게 하시겠습니까?"

"그 장수를 해임시키겠소."

"그렇다면 나라가 제대로 다스려지지 못하고 있다면 어떻게 하시겠습니까?"

왕은 좌우에 있는 사람들을 돌아다보면서 딴청을 부렸다.

孟子謂齊宣王曰 "王之臣, 有託其妻子於其友而之楚遊者, 比
맹자위제선왕왈   왕지신 유탁기처자어기우이지초유자 비

其反也, 則凍餒其妻子, 則如之何?"
기반야 즉동뇌기처자 즉여지하

王曰 "棄之."
왕왈 기지

曰 "士師不能治士, 則如之何?"
왈 사사불능치사 즉여지하

王曰 "已之."
왕왈 이지

曰 "四境之內不治, 則如之何?"
왈 사경지내불치 즉여지하

王顧左右而言他.
왕고좌우이언타

✿ 맹자의 논변은 치밀하다. 마치 소크라테스가 상대방의 무지를 스스로 드러내게 하듯, 제나라 선왕의 입을 막고 딴전을 피우게 만드는 맹자의 추궁이야말로 신랄함을 넘어서 상대방으로 하여금 식은땀을 흘리게 하는 섬뜩함마저 있다.

〈양혜왕 하梁惠王 下〉 8장 제나라의 선왕이 물었다. "은나라 탕왕이 걸(桀)을 몰아내고, 주나라 무왕이 주(紂)를 정벌했다고 하는데, 실제로 그런 일이 있었습니까?"

맹자가 대답하였다. "전해 내려오는 문헌에 확실히 그렇게 기록되어 있습니다."

"그런데 신하가 자기 임금을 시해하는 것이 과연 옳은 일이라 할 수 있겠습니까?"

"어진 사람을 해치는 자를 적(賊)이라고 하고, 의로운 사람을 해치는 자를 잔(殘)이라고 하며, 잔적을 일삼는 자는 한갓 '사내'라 부릅니다. 그러기에 무왕이 한갓 사내에 불과한 주를 죽였다는 말은 들었지만, 임금을 죽였다는 말은 듣지 못했습니다."

齊宣王問曰 "湯放桀, 武王伐紂, 有諸."
제선왕문왈   탕방걸 무왕벌주 유저

孟子對曰 "於傳有之."
맹자대왈   어전유지

曰 "臣弑其君可乎?"
왈 신시기군가호

曰 "賊仁者謂之賊, 賊義者謂之殘. 殘賊之人謂之'一夫', 聞誅
왈 적인자위지적 적의자위지잔 잔적지인위지일부   문주

一夫紂矣, 未聞弑君也."
일부주의 미문시군야

〈진심 상盡心 上〉 31장 공손추가 맹자에게 물었다. "이윤이 이렇게 말한 적이 있습니다. '나는 [나의 군주의 행위가] 의리를 따르지 않는 것을 그대로 볼 수 없다.' 그러고는 당시 군주인 태갑을 동(桐)으로 추방했습니다. 그러자 [이윤의 고충을 이해했던] 백성이 크게 기뻐했습니다. 그 뒤 태갑이 [뉘우치고] 현명하게 처신하자 다시 돌아오게 해서 복위시켰습니다. 그러자 이번에도 백성은 또 크게 기뻐했습니다. 이윤이 현자라고는 하지만 그래도 군주의 신하임에는 틀림없을 터인데, 군주가 현명하지 못하다고 해서 신하가 군주를 추방해도 되는

것인지요?"

맹자가 말했다. "이윤같이 공평무사한 뜻이 있으면 괜찮다. 그러나 이윤같이 공평무사한 뜻이 없으면 그것은 찬탈일 따름이다."

公孫丑曰 "伊尹曰 '予不狎于不順.' 放太甲于桐, 民大悅. 太甲
공 손 추 왈   이 윤 왈   여 불 압 우 불 순   방 태 갑 우 동   민 대 열   태 갑

賢, 又反之民大悅. 賢者之爲臣也, 其君不賢, 則固可放與?"
현   우 반 지 민 대 열   현 자 지 위 신 야   기 군 불 현   즉 고 가 방 여

孟子曰 "有伊尹之志則可, 無伊尹之志則簒也."
맹 자 왈   유 이 윤 지 지 즉 가   무 이 윤 지 지 즉 찬 야

❈ 한 나라를 다스리는 군주 앞에서도 맹자의 태도는 당당하다. 임금이 임금 노릇을 못하면, 그는 더 이상 군주가 아니라 한갓 '사내'일 뿐이라는 맹자의 자신감은 어디서 나온 것일까? 무릇 한 나라를 다스리매, 백성의 지지를 얻지 못하고 나라를 자신의 소유물처럼 사유화한다면 그런 군주는 타도의 대상이 될 뿐이다.

〈이루 상離婁 上〉 9장 맹자가 말했다. "하나라의 걸왕이나 은나라의 주왕이 천하를 잃은 까닭은 그 백성의 지지를 잃었기 때문이다. 백성을 잃었다는 말은 백성의 마음을 잃었다는 것이다. 천하를 얻는 데 방법이 있으니, 백성의 지지를 얻으면 곧 천하를 얻게 된다. 백성의 지지를 얻는 데에도 방법이 있으니, 백성의 마음을 얻으면 곧 백성의 지지를 얻게 된다. 백성의 마음을 얻는 데에도 방법이 있으니, 그들이 하고자 하는 바를 해 주고 그들을 위해 저축해 둔다. 그리고 그들이 싫어하는 것을 시키지 않으면 그만이다.

백성이 어진 임금에게 돌아오는 것은 마치 물이 낮은 곳으로 흐르는 것 같고, 짐승이 넓은 들판으로 달려가는 것과도 같다. 그러므로 물가에 있는 물고기를 연못 깊은 곳으로 몰아주는 것은 수달이고, 풀숲에 있는 새들을 깊은 숲 속으로 몰아주는 것이 새매이듯이, 백성을 탕왕이나 무왕에게 몰아준 사람이 바로 걸왕과 주왕이었던 것이다. 지금 천하의 임금 가운데 어진 정치를 펴기 좋아하는 자가 있다면, 모든 제후들이 그에게 백성을 몰아줄 것이다. 그가 비록 천하의 왕이 되기를 원치 않더라도, 아니 될 수가 없을 것이다.

지금 천하의 왕이 되려고 하는 자는 마치 7년 묵은 병을 고

치려고 3년 말린 쑥을 구하는 것과 같다. 그러나 평소에 쑥을 말려 준비해 두지 않으면 죽을 때까지도 얻을 수가 없듯이, 제후들이 지금부터라도 어진 정치에 뜻을 두지 않으면, 죽을 때까지 걱정하고 욕을 보다가 죽음의 구렁텅이에 빠지고 말 것이다. 《시경》〈대아〉〈상유(桑柔)〉에 이런 시가 있다. '그들이 어찌 잘 될 수 있으랴? 서로 함께 멸망의 늪으로 빠져들리라.' 바로 이것을 일러 말한 것이다."

孟子曰 "桀紂之失天下也, 失其民也; 失其民者, 失其心也. 得
맹 자 왈   걸 주 지 실 천 하 야   실 기 민 야   실 기 민 자   실 기 심 야   득

天下有道: 得其民, 斯得天下矣; 得其民有道 得其心, 斯得民
천 하 유 도   득 기 민   사 득 천 하 의   득 기 민 유 도   득 기 심   사 득 민

矣; 得其心有道, 所欲與之聚之, 所惡勿施, 爾也. 民之歸仁也,
의   득 기 심 유 도   소 욕 여 지 취 지   소 오 물 시   이 야   민 지 귀 인 야

猶水之就下, 獸之走壙也. 故爲淵歐魚者, 獺也; 爲叢歐爵者,
유 수 지 취 하   수 지 주 광 야   고 위 연 구 어 자   달 야   위 총 구 작 자

鸇也; 爲湯武歐民者, 桀與紂也. 今天下之君有好仁者, 則諸侯
전 야   위 탕 무 구 민 자   걸 여 주 야   금 천 하 지 군 유 호 인 자   즉 제 후

皆爲之歐矣. 雖欲無王, 不可得已. 今之欲王者, 猶七年之病,
개 위 지 구 의   수 욕 무 왕   불 가 득 이   금 지 욕 왕 자   유 칠 년 지 병

求三年之艾也. 苟爲不畜, 終身不得. 苟不志於仁, 終身憂辱,
구 삼 년 지 애 야   구 위 불 축   종 신 부 득   구 부 지 어 인   종 신 우 욕

以陷於死亡. 詩云: '其何能淑, 載胥及溺.' 此之謂也."
이 함 어 사 망 시 운 기 하 능 숙 재 서 급 익 차 지 위 야

🟤 맹자가 말하고자 하는 바는 분명하다. 누가 왕이 되고 안 되고 하는 게 중요한 것이 아니라 누가 백성의 뜻에 따라 천하에 어진 정치를 베푸는가 하는 것이 가장 핵심적인 질문이 된다는 것이다. "천자든, 군주든, 제후든 통치자는 누구나 인민으로부터 부여받은 국가 경영권, 즉 통치권을 행사할 따름이다. 그들은 이 권한에 충실하여야 할 윤리적 의무가 있다. …… 이를 벗어나 통치자가 부여된 경영권을 남발하여 인민을 '위해서'도 안 되며('위하여' 속에는 지배와 복종의 권력의 싹이 피어날 위험이 상존한다), 또 거꾸로 인민의 주권을 강탈해서는 더더욱 안 된다. 과유불급이라, 통치자는 오로지 제 몫의 국가 경영에 충실할 따름이다." 배병삼, 《우리에게 유교란 무엇인가》, 녹색평론사, 2012, 163쪽 그렇지 못할 때 맹자는 분명하게 말한다. "그러기에 무왕이 한갓 사내에 불과한 주를 죽였다는 말은 들었지만, 임금을 죽였다는 말은 듣지 못했습니다."

[세 번째 장]

어떻게
살 것인가?

맹자는 사람이 한평생 살아가며 구차하게 굴지 말 것을 강조했다. 그러려면 용기가 필요한데, 용기는 어떤 외부적인 요소에 의해 흔들리지 않는 마음, 곧 '부동심(不動心)'에서 우러나온다. 아울러 그것은 억지로 키워진다고 해서 키워지는 것(揠苗助長)도 아니다. 맹자가 특히 강조한 것은 '호연지기(浩然之氣)'와 '대장부' 론이다.

孟子

一.

대장부라면 모름지기
호연지기를 기를 것이다

〈공손추 상公孫丑 上〉2장 공손추가 물었다. "선생님이 제나라 재상 자리에 앉으셔서 왕도 정치를 행하실 수 있게 된다면, 그것을 통해 제나라 왕이 왕자가 되든 패자가 되든 사람들은 하등 이상하게 여기지 않을 것입니다. 하지만 그렇게 되면 선생님의 마음이 흔들리지 않을까요?"

맹자가 대답하였다. "아니다. 나는 마흔이 되고 난 뒤부터는 흔들리지 않는 부동심(不動心)을 갖게 되었다."

"그렇다면 선생님께서는 [제나라의 고대 용사] 맹분의 경지를 훌쩍 뛰어넘으셨습니다."

"그 정도는 어려운 게 아니다. 고자 선생만 해도 나보다 먼저 부동심을 가지셨다."

"부동심을 기르는 데 좋은 방법이 있습니까?"

"있고말고. 우선 [제나라의 유명한 검객] 북궁유가 용기를 기르는 것을 볼 것 같으면, 그는 살을 찔러도 꿈쩍하지 않고, 눈을 찔러도 깜박이지 않았을 뿐더러, 남에게 추호라도 모욕을 당하면 그것을 시장 한복판에서 채찍질을 당한 것같이 여겠다. 그리하여 누더기를 입은 천한 사람이라도 그를 모욕하면 용서치 않았고, 아무리 지체 높은 만 승의 군주라도 그를 모욕하면 용서치 않았으며, 만 승의 군주를 찔러 죽이는 것을 마치 누더기 입은 천한 사람을 찔러 죽이는 것같이 여겼다. 그에겐 두려운 제후라고는 없었던 것이다. [상대가 누가 되었든] 자기를 험담하는 소리가 조금이라도 들리면 반드시 보복하고야 말았다. [또 다른 제나라의 용사] 맹시사가 용기 기르는 것을 보면, 그는 이렇게 말하곤 했다. '도저히 이길 수 없는 적이라도 이길 수 있는 것처럼 대해야 한다. 전술에 능한 사람들은 적의 기량을 헤아려 본 뒤에야 앞으로 나아가고, 이길 수 있다는 계산이 선 뒤에야 회전(會戰)에 임한다. 이렇게 하다 보면 삼군(三軍)과 같이 많은 적을 대하면 두려움에 사로잡히게 된다. 어찌 나라고 해서 반드시 이긴다고 할 수 있겠는가? 다만 나는 어떤 상황에서건 적을 두려워하지 않을 따름이다.' 이렇게 볼 때 맹시사는 증자와 같고, 북궁유는 자하와 같다고 할 수 있다. 이들 두 사람의 용기 가운데 어느 편이 현명한 것인지는 모르겠지만, 그래도 맹시사가 그 나름대로 자기 본분을 지키는 면에 있어서는 훨씬 더 요령이 있는 듯하다. 그 옛날 증자께서 자양에게 이렇게 말하셨다. '너는 용기를 좋아하느냐? 나는 언젠가 선생님으로부터 큰 용기에 대해서 들은 일이 있다. 스스로 자신을 돌아보고 바르지 못하면, 비록 누더기를 입은 천한 사람 앞에서도 벌벌 떨며, 스스로 자신을 돌아보아 조금도 부끄러움이 없으면 천만 대군이 밀어 닥쳐도 당당하게 앞으로 나아갈 수 있다.' 그러니 맹시사가 자신의 기를 지키는 것은 증자가 자기 본분을 지키는 것만큼 요령이 있다고 할 수 없다."

공손추가 말했다. "감히 여쭙겠습니다. 선생님의 부동심과 고자의 부동심에 대해 말씀을 들려주실 수 없겠는지요?"

"고자는 이렇게 말한 적이 있다. '말로써 이길 수 없다고 마음에서 구하지 말라. 마음으로 이길 수 없다고 기에서 구하지 말라.' 마음으로 이길 수 없다고 기에서 구하지 말라고 한 것은 옳지만, 말로써 이길 수 없다고 마음에서 구하는 것은 옳지 않다. 대저 뜻이라는 것은 기의 주재자이고, 기는 우리 몸에 가득 차 있는 본원적인 에너지이다. 그러므로 '뜻이 확립되면 기는 거기에 부수적으로 따라오는 것'이다. 그러므로 '그 뜻을 굳게 지키고 그 기를 헛되이 해쳐서는 안 된다'라고 말한 것이다."

"선생님께서 '뜻이 확립되면 기는 거기에 부수적으로 따라오는 것'이라 말씀하시고는 또다시 '그 뜻을 굳게 지키고 그 기를 헛되이 해쳐서는 안 된다'라고 말씀하신 것은 어째서입니까?"

"뜻이 하나로 집중되면 기가 움직이고, 반대로 기가 하나로 집중되어도 뜻을 움직일 수 있다. 급히 달리다가 넘어지는 것은 [의지의 작동이라기보다는] 기가 흐트러져 그리된 것이다. 그런데 그렇게 넘어지게 되면 그로 인해 사람의 마음이 움직여 감정이 상하게 되는 것이다."

"감히 여쭙겠습니다. 선생님께서는 어느 방면에 뛰어나십니까?"

"나는 남의 말을 잘 알아듣는다. 또 나는 나의 호연지기를 잘 기른다."

"감히 여쭙겠습니다. 호연지기란 대체 무엇입니까?"

"그것은 말로 표현하기 어려운 것이다. 호연지기란 지극히 크고 지극히 굳센 것이니, 바르게 함양하고 손상을 입지 않는다면 천지 사이에 가득 차게 된다. 그 기는 항상 의와 어울리고 도와 함께 하는 것이니, 이것이 없으면 인간은 시들해진다. 또 그것은 언제나 의를 행하는 동안에 자연히 생기는 것이지, 의를 돌발적으로 행하여 억지로 얻어지는 게 아니다. 사람이 어떤 행위를 하고 난 뒤 마음으로 뭔가 켕기는 게 있으면 곧 시들해지게 된다. 고자가 아직 의를 알지 못한다고 한 까닭은 그가 의를 인간의 외부에 있는 것으로 보고 있기 때문이다. 그러므로 반드시 그것을 힘쓰되, 어떤 목적을 두어서는 아니 되고, 마음속으로 잊지 않되, 일부러 조장해서도 아니 되는 것이다. 이를테면 송나라의 어떤 사람처럼 해서는 안 된다. 송나라에 곡식의 싹이 빨리 자라지 않는 것을 걱정해서 싹을 일일이 조금씩 뽑아 올려놓은 사람이 있었다. 지친 모습으로 집에 돌아와서는 집안사람들에게 말했다. '오늘 정말 피곤하구나. 내가 싹이 자라는 것을 도와주었다.' 그의 아들이 이상하게 생각하여 달려가 보니, 싹이 모두 말라 죽어 있었다. 세상에는 이렇게 싹이 자라는 것을 도와주지 않는 자가 별로 없다. 호연지기가 무익하다고 해서 내버리는 행위는 김매기를 하지 않아 잡초가 우거지게 만드는 것과 같은 것이다. 그 반대로 호연지기가 소중하다고 해서 [앞서의 북궁유나 맹시사처럼] 이를 억지로 조장하는 행위는 억지로 싹을 뽑아 올리는 것이다. 이렇게 하면 도움이 되지 않을 뿐더러 도리어 해가 될 뿐이다."

공손추가 다시 물었다. "남의 말을 잘 알아듣는다는 것은 무엇을 말하는 것입니까?"

"한편으로 치우친 말을 들으면 그가 무언가를 은폐하려 한다는 것을 알 수 있고, 지나친 말을 들으면 그가 무엇에 빠져 있는지 알 수 있고, 삿된 말을 들으면 그가 무언가 도리에 벗어나 있다는 것을 알 수 있고, 교묘하게 회피하는 말을 들으면 그가 무엇 때문인지 궁지에 빠져 있다는 것을 알 수 있다. [위정자의] 마음에 이런 네 가지 말이 생기게 되면 반드시 그 정치에 해를 끼칠 것이고, 정치하는 과정 중에 그런 말이 나오게 되면 나라에서 하는 모든 일들에 해를 입히게 될 것이다. 옛 성인께서 다시 나타나신다 해도 내 말을 수긍할 것이다."

"[공자의 제자 가운데] 재아와 자공은 말에 능했고, 염우와 민자건, 안연은 덕행에 뛰어났는데, 공자께서는 이것을 모두 겸하셨습니다. 그런데도 공자께서는 '나는 말재주가 없다'라고 하셨습니다. 그렇다면 [호연지기도 쌓고 다른 사람의 말을 잘 알아들으시는] 선생님께서는 이미 성인이 되신 것이 아닙니까?"

"어허! 그게 무슨 말이냐! 옛적에 자공이 공자님께 '선생님께서는 성인이시지요?'라고 물었더니 공자께서는 이렇게 대답하셨다. '성인은 내 능력 밖이니라. 나는 다만 배우는 데 싫증을 내지 않고, 가르치기를 게을리하지 않을 따름이다.' 그러자 자공이 다시 이렇게 말했다. '배우는 것을 싫증 내지 않는 것은 지(智)이고, 가르치기를 게을리하지 않는 것은 인(仁)입니다. 인과 지를 겸하였으니, 선생님께서는 이미 성인이십니다.' 이렇듯 공자께서도 성인을 자처하지 않으셨는데, 그게 무슨 말이냐?"

"예전에 제가 듣기로, 공자의 제자인 자하와 자유, 자장은 모두 공자라는 성인의 일면만을 갖추었고, 염우나 민자건, 안연은 성인으로서의 덕을 모두 갖추었으나 조금 미흡했다고 합니다. 감히 여쭙겠습니다만, 선생님께서는 자신을 어떻게 평가하고 계신지요?"

"그 이야기는 그만두세."

"그러하오면 백이와 이윤은 어떠합니까?"

"각자가 걸어간 길이 다르다. 섬길 만한 임금이 아니면 섬기지 아니하고, 다스릴 만한 백성이 아니면 다스리지 않고, 치세에는 나아가 벼슬하고, 난세에는 물러나 은거한 것이 백이였다. 어떤 임금이라도 섬기고, 어떤 백성이라도 다스리며, 치세에도 나아가 벼슬하고, 난세에도 나아가 벼슬을 한 것이

이윤이었다. 그러나 출사할 만할 때 출사하고, 물러날 만할 때 물러나며, 오래 머물러 있어야 할 곳에는 오래 머물러 있고, 빨리 떠나야 할 때에는 빨리 떠나는 것이 공자이다. 세 사람은 모두가 옛적의 성인이시다. 나는 이 세 분 가운데 어느 한 분도 충실히 따르지 못하지만, 그럼에도 내가 바라는 것이 있다면 그것은 공자를 배우고자 한다."

"그렇다면 백이와 이윤 역시 공자와 같은 반열에 드는 성인입니까?"

"아니다. 이 세상에 사람이 생겨난 이래로 공자보다 위대한 인물은 없었다."

"[하지만 기왕에 세 분 모두 옛적의 성인이라 하셨으니] 그렇다면 세 분에게는 뭔가 공통점이 있단 말씀이신가요?"

"있고말고. 그분들께 사방 백 리 되는 땅을 주어 임금이 되게 한다면, 모두가 제후들로 하여금 조공케 하고 천하를 보유하는 왕업을 이룩할 것이다. 그리고 조금이라도 불의한 일을 행하거나, 한 사람이라도 무고한 이를 죽이거나 하는 일은 비록 그로 인해 천하를 얻을 수 있더라도 절대 그런 짓은 하지 않으실 것이라는 점에서 그분들의 공통점을 찾을 수 있을 것이다."

"그렇다면 이번에는 그분들의 다른 점을 들고자 합니다."

"[공자의 문인인] 재아와 자공과 유약은 성인을 알아볼 수 있을 정도의 지혜를 갖고 있었으니, 그 사람됨이 각각 약간 손색이 있긴 했으되 자기가 좋아하는 사람에 대해 아첨할 정도에 이르지는 않았다. [그러니 이들의 말을 통해 공자의 사람됨을 한번 살펴보기로 하자.] 재아는 이렇게 말했다. '내가 보기에 선생님께서는 요 임금이나 순 임금보다 훨씬 더 훌륭하시다.' 자공 역시 이렇게 말했다. '그 나라의 예제를 보면 그 나라의 정치를 알 수가 있고, 그 나라에서 유행하는 음악을 들어 보면 그 나라 도덕의 수준을 알 수 있다. 그런데 지금부터 백 세대 이후에 그간 등장한 역대 제왕을 평가한다 해도 그 어떤 임금이라도 공자께서 세운 도리에서 크게 벗어난 이가 없을 것이다. 이 세상에 사람이 생겨난 이후로 선생님 같은 분은 나오지 않았다.' 유약은 또 이렇게 말했다. '어찌 백성 가운데 이렇게 뛰어난 존재가 있겠는가? 달리는 짐승으로 말하자면 기린, 날아다니는 짐승으로 말하자면 봉황, 이 땅 위의 언덕으로 말하자면 태산, 흐르는 물로 말하자면 황하나 바다가 동류라고 할 수 있거니와, 인간으로 말하자면 성인이 그와 같은 부류라고 할 수 있다. 하지만 그와 같은 부

류 가운데서도 뛰어나고, 모든 성인 중에서도 특출난 것이, 이 세상에 사람이 생겨난 이래로 아직까지 공자보다 덕이 크신 분은 없었다.'"

公孫丑問曰"夫子加齊之卿相, 得行道焉, 雖由此霸王, 不異矣.
공 손 추 문 왈 부 자 가 제 지 경 상 득 행 도 언 수 유 차 패 왕 불 이 의

如此, 則動心否乎?"
여 차 즉 동 심 부 호

孟子曰"否. 我四十不動心."
맹 자 왈 부 아 사 십 부 동 심

曰"若是, 則夫子過孟賁遠矣."
왈 약 시 즉 부 자 과 맹 분 원 의

曰"是不難, 告子先我不動心."
왈 시 불 난 고 자 선 아 부 동 심

曰"不動心有道乎?"
왈 부 동 심 유 도 호

曰"有. 北宮黝之養勇也, 不膚撓, 不目逃, 思以一毫挫於人, 若
왈 유 북 궁 유 지 양 용 야 불 부 요 불 목 도 사 이 일 호 좌 어 인 약

撻之於市朝. 不受於褐寬博, 亦不受於萬乘之君. 視刺萬乘之
달 지 어 시 조 불 수 어 갈 관 박 역 불 수 어 만 승 지 군 시 자 만 승 지

君, 若刺褐夫. 無嚴諸侯, 惡聲至, 必反之. 孟施舍之所養勇也,
군 약 자 갈 부 무 엄 제 후 악 성 지 필 반 지 맹 시 사 지 소 양 용 야

曰 '視不勝猶勝也. 量敵而後進, 慮勝而後會, 是畏三軍者也.
왈 시 불 승 유 승 야 양 적 이 후 진 여 승 이 후 회 시 외 삼 군 자 야

舍豈能爲必勝哉? 能無懼而已矣.' 孟施舍似曾子, 北宮黝似子
사 기 능 위 필 승 재   능 무 구 이 이 의   맹 시 사 사 증 자   북 궁 유 사 자

夏. 夫二子之勇, 未知其孰賢, 然而孟施舍守約也. 昔者曾子謂
하   부 이 자 지 용   미 지 기 숙 현   연 이 맹 시 사 수 약 야   석 자 증 자 위

子襄曰 '子好勇乎? 吾嘗聞大勇於夫子矣; 自反而不縮, 雖褐寬
자 양 왈   자 호 용 호   오 상 문 대 용 어 부 자 의   자 반 이 불 축   수 갈 관

博, 吾不惴焉; 自反而縮, 雖千萬人, 吾往矣.' 孟施舍之守氣, 又
박   오 불 췌 언   자 반 이 축   수 천 만 인   오 왕 의   맹 시 사 지 수 기   우

不如曾子之守約也."
불 여 증 자 지 수 약 야

曰 "敢問夫子之不動心, 與告子之不動心, 可得聞與?"
왈   감 문 부 자 지 부 동 심   여 고 자 지 부 동 심   가 득 문 여

"告子曰 '不得於言, 勿求於心; 不得於心, 勿求於氣.' 不得於
고 자 왈   부 득 어 언   물 구 어 심   부 득 어 심   물 구 어 기   부 득 어

心, 勿求於氣, 可; 不得於言, 勿求於心, 不可. 夫志, 氣之帥也;
심   물 구 어 기   가   부 득 어 언   물 구 어 심   불 가   부 지   기 지 수 야

氣體之充也. 夫志至焉, 氣次焉. 故曰 '持其志, 無暴其氣.'"
기 체 지 충 야   부 지 지 언   기 차 언   고 왈   지 기 지   무 폭 기 기

"旣曰 '志至焉, 氣次焉.' 又曰 '持其志, 無暴其氣' 者, 何也?"
기 왈   지 지 언   기 차 언   우 왈   지 기 지   무 폭 기 기   자   하 야

曰 "志壹則動氣, 氣壹則動志也. 今夫蹶者趨者, 是氣也, 而反
왈   지 일 즉 동 기   기 일 즉 동 지 야   금 부 궐 자 추 자   시 기 야   이 반

動其心."
동 기 심

"敢問夫子惡乎長?"
감문부자오호장

曰 "我知言, 我善養吾浩然之氣."
왈 아지언 아선양오호연지기

"敢問何爲浩然之氣?"
감문하위호연지기

曰 "難言也. 其爲氣也, 至大至剛, 以直養而無害, 則塞於天地
왈 난언야 기위기야 지대지강 이직양이무해 즉새어천지

之間. 其爲氣也, 配義與道. 無是, 餒也. 是集義所生者, 非義襲
지간 기위기야 배의여도 무시 뇌야 시집의소생자 비의습

而取之也. 行有不慊於心, 則餒矣. 我故曰, 告子未嘗知義, 以
이취지야 행유불겸어심 즉뇌의 아고왈 고자미상지의 이

其外之也. 必有事焉, 而勿正, 心勿忘, 勿助長也. 無若宋人然;
기외지야 필유사언 이물정 심물망 물조장야 무약송인연

宋人有閔其苗之不長而揠之者, 芒芒然歸. 謂其人曰 '今日病
송인유민기묘지부장이알지자 망망연귀 위기인왈 금일병

矣! 予助苗長矣!' 其子趨而往視之, 苗則槁矣. 天下之不助苗
의 여조묘장의 기자추이왕시지 묘즉고의 천하지부조묘

長者寡矣. 以爲無益而舍之者, 不耘苗者也; 助之長者, 揠苗者
장자과의 이위무익이사지자 불운묘자야 조지장자 알묘자

也. 非徒無益, 而又害之."
야 비도무익 이우해지

"何謂知言?"
하위지언

曰"詖辭知其所蔽, 淫辭知其所陷, 邪辭知其所離, 遁辭知其所
왈　피사지기소폐　음사지기소함　사사지기소리　둔사지기소

窮, 生於其心, 害於其政; 發於其政, 害於其事. 聖人復起, 必從
궁　생어기심　해어기정　발어기정　해어기사　성인부기　필종

吾言矣."
오언의

"宰我子貢善爲說辭, 冉牛閔子顔淵善言德行. 孔子兼之, 曰
재아자공선위설사　염우민자안연선언덕행　공자겸지　왈

'我於辭命, 則不能也.' 然則夫子旣聖矣乎?"
아어사명　즉불능야　연즉부자기성의호

曰"惡! 是何言也? 昔者子貢問於孔子曰 '夫子聖矣乎?' 孔子曰
왈　오　시하언야　석자자공문어공자왈　부자성의호　공자왈

'聖則吾不能, 我學不厭而教不倦也. 子貢曰 '學不厭, 智也; 教
성즉오불능　아학불염이교불권야　자공왈　학불염　지야　교

不倦, 仁也. 仁且智, 夫子旣聖矣.' 夫聖, 孔子不居, 是何言也?"
불권　인야　인차지　부자기성의　부성　공자불거　시하언야

"昔者竊聞之, 子夏子游子張皆有聖人之一體, 冉牛閔子顔淵
석자절문지　자하자유자장개유성인지일체　염우민자안연

則具體而微, 敢問所安."
즉구체이미　감문소안

曰"姑舍是."
왈　고사시

曰"伯夷伊尹何如?"
왈　백이이윤하여

曰 "不同道. 非其君不事, 非其民不使; 治則進, 亂則退, 伯夷也.
왈 부동도 비기군불사 비기민불사 치즉진 난즉퇴 백이야

何事非君, 何使非民; 治亦進, 亂亦進, 伊尹也. 可以仕則仕, 可
하사비군 하사비민 치역진 난역진 이윤야 가이사즉사 가

以止則止, 可以久則久, 可以速則速, 孔子也. 皆古聖人也, 吾
이지즉지 가이구즉구 가이속즉속 공자야 개고성인야 오

未能有行焉. 乃所願, 則學孔子也."
미능유행언 내소원 즉학공자야

"伯夷伊尹於孔子, 若是班乎?"
백이이윤어공자 약시반호

曰 "否. 自有生民而來, 未有孔子也."
왈 부 자유생민이래 미유공자야

曰 "然則有同與?"
왈 연즉유동여

曰 "有. 得百里之地而君之, 皆能以朝諸侯, 有天下. 行一不義,
왈 유 득백리지지이군지 개능이조제후 유천하 행일불의

殺一不辜, 而得天下, 皆不爲也. 是則同."
살일불고 이득천하 개불위야 시즉동

曰 "敢問其所以異?"
왈 감문기소이이

曰 "宰我子貢有若, 智足以知聖人, 汚不至阿其所好. 宰我曰
왈 재아자공유약 지족이지성인 오부지아기소호 재아왈

'以予觀於夫子, 賢於堯舜遠矣.' 子貢曰 '見其禮而知其政, 聞
이여관어부자 현어요순원의 자공왈 견기례이지기정 문

其樂而知其德. 由百世之後, 等百世之王, 莫之能違也. 自生民
기 락 이 지 기 덕　유 백 세 지 후,　등 백 세 지 왕,　막 지 능 위 야.　자 생 민

以來, 未有夫子也. 有若曰 '豈惟民哉? 麒麟之於走獸, 鳳凰之
이 래,　미 유 부 자 야.　유 약 왈　기 유 민 재?　기 린 지 어 주 수,　봉 황 지

於飛鳥, 太山之於邱垤, 河海之於行潦, 類也. 聖人之於民, 亦
어 비 조,　태 산 지 어 구 질,　하 해 지 어 행 료,　류 야.　성 인 지 어 민,　역

類也. 出於其類, 拔乎其萃, 自生民以來, 未有盛於孔子也.'"
류 야.　출 어 기 류,　발 호 기 췌,　자 생 민 이 래,　미 유 성 어 공 자 야.

❀ 그 유명한 호연지기(浩然之氣)를 설명한 대목이다. 앞서 말
한 대로 호연지기의 바탕이 되는 것은 어떤 외부의 힘에 의해
서도 흔들리지 않는 부동심이다.

"'호연'은 넓고 큰 모습을 형용하는 의태어이다. '호연지기'는
크고 넓게, 즉 왕성하게 뻗친 기운이라는 뜻이다. 맹자는 흔들
리지 않는 굳센 마음을 얻는 데 이 호연지기를 기르는 것이 필
요했다고 한다." 이혜경, 《맹자, 진정한 보수주의자의 길》, 그린비, 2011, 116쪽 그런데
이것을 키우는 일은 생각만큼 쉽지가 않아서 억지로 키우고자
해도 키워지지 않는다. 그래서 맹자는 유명한 '알묘조장(揠苗助
長)'이라는 비유를 들어 그 어려움을 토로했다. 그러나 결국 호
연지기를 떠받치는 힘은 자기 정당성이다.

"호연지기는 떳떳함에서 오는 용기이다. 떳떳함은 내 마음이 속삭이는 '올바름(義)'에 귀를 기울임으로써 얻을 수 있다. 올바름에 대한 믿음이 강해지면, 그 믿음은 자연스럽게 행동을 동반한 것이다. …… 그런데 이런 일들은 저절로 되는 것이 아니다. 내면의 소리를 외면하지 않고 적극적으로 들으려고 해야 하며, 어떤 장애에도 불구하고 그 내면의 소리를 실천하려는 의지가 있어야 가능하다. 진실에 대해 항상 깨어 있으려는 의지, 옳은 것을 실천해야 한다는 의지를 갖는 일이 맹자가 말하는 '일삼음'일 것이다." 이혜경, 《맹자, 진정한 보수주의자의 길》, 그린비, 2011, 118쪽

〈**등문공 하**滕文公 下〉 1장 맹자의 제자 진대가 맹자에게 말했다. "선생님께서 [선생님을 초빙한] 제후들을 만나지 않으시는 것은 지나치게 소절(小節)에 매이신 속 좁은 처사라 생각합니다. 이제라도 그들을 한번 만나서 도를 가르쳐 주신다면, 크게는 왕자가 되게 하실 수도 있고, 작게는 패자가 되게 하실 수 있을 것입니다. 또 옛 기록에도 '한 자를 굽혀 여덟 자를 펴게 할 수 있다'라고 했으니, 한번 만나 보시는 것이 좋을 듯합니다."

그러자 맹자가 말했다. "옛적에 제나라 경공이 사냥을 나갔을 때 [장대 끝에 꿩의 깃털을 꼽은] 정(旌) 기를 흔들어 산림지기를 오라고 불렀다. 그러나 그가 오지 않자, 경공은 그를 죽이려고 했다. 공자께서는 '지사는 언제나 도랑에 굴러 떨어져 죽을 각오가 되어 있고, 용사는 언제나 자기 목을 잃을 각오가 되어 있다'라고 그를 칭찬하셨는데, 어떤 점을 높이 사서 그랬겠느냐? 올바른 방법으로 자기를 부른 것이 아니라고 해서 임금에게 가지 않았던 산림지기의 태도를 높이 산 것이다. 만약 내가 제후들의 정당한 초대를 기다리지도 않고 찾아간다면, 내 꼴이 어떻게 되겠느냐? 그리고 '한 자를 굽혀서 여덟 자를 펴게 할 수 있다'라는 말은 곧 이해관계를 가지고 말한 것이다. 만약 이해관계만을 가지고 따진다면, 여덟 자를 굽혀 한 자를 펴는 일이라도 [이익이 되기만 한다면] 할 수 있다는 말이냐? 옛적에 진나라의 대부 조간자(趙簡子)가 말을 잘 모는 왕량(王良)을 시켜 총애하는 신하인 해(奚)를 수레에 태우고 사냥하게 했다. 그러나 하루 종일 새 한 마리도 잡지 못했다. 총애하는 신하 해는 돌아와 조간자에게 아뢰었다. '왕량은 천하에서 가장 말을 몰 줄 모르는 마부입니다.' 어떤 사람이 그 말을 왕량에게 전하자, 왕량이 조간자에게 '다시 한 번 수레를 몰게 해 주십시오'라고 아뢰고, 다시는 나가지 않겠다는 해를 강권하여 겨우 허락을 받아냈다. 이번에는 아침 한나절에 열 마리의 새를 잡았다. 그러자 해가 돌아와 아뢰었다. '왕량은 천하에서 가장 말을 잘 모는 마부입니다.' 그래서 조간자가 말했다. '내가 왕량에게 명해 너의 수레만을 몰도록 하여 주마.' 어떤 이가 이 말을 왕량에게 전했다. 그러자 왕량이 그것은 불가하다 하며 이렇게 말했다. '제가 그를 위해 수레를 법도대로 몰아 달리니 하루 종일 새 한 마리도 잡지 못했습니다. 그런데 그를 위해 법도에 어긋나게 수레를 몰았더니, 아침 한나절에 새를 열 마리나 잡았습니다.《시경》〈소아〉〈거공(車攻)〉에 이런 시가 있습니다. '[위대한 사수라면] 법도를 잃지 않고 말을 몰되, 화살 쏘는 대로 새를 떨어뜨리네.' 저는 소인배의 수레를 몰아 주는 데 익숙하지 않으니, 사양하겠습니다.' 수레를 모는 마부조차도 활 쏘는 사람에게 아부하며 어울리는 것을 부끄럽게 여기고, 또 아부하여 새나 짐승을 비록 산더미같이 잡는다 할지라도 그런 짓은 하지 않았다. 그런데 내가 도를 굽혀 저들 세속의 제후들을 따른다면 무슨 꼴이 되겠느냐? 네가 말한 것은 참으로 잘못된 것이다. 이제껏 자기를 굽혀서 다른 사람을 바르게 해 준다는 것은 없었다."

陳代曰 "不見諸侯, 宜若小然; 今一見之, 大則以王, 小則以霸.
진대왈　불견제후　의약소연　금일견지　대즉이왕　소즉이패

且志曰 '枉尺而直尋,' 宜若可爲也."
차지왈　왕척이직심　의약가위야

孟子曰 "昔齊景公, 田招虞人以旌, 不至, 將殺之. '志士不忘在
맹자왈　석제경공　전초우인이정　부지　장살지　지사불망재

溝壑, 勇士不忘喪其元,' 孔子奚取焉? 取非其招不往也. 如不
구학　용사불망상기원　공자해취언　취비기초불왕야　여불

待其招而往, 何哉? 且夫枉尺而直尋者, 以利言也. 如以利, 則
대기초이왕　하재　차부왕척이직심자　이리언야　여이리　즉

枉尋直尺而利, 亦可爲與? 昔者趙簡子使王良與嬖奚乘, 終日
왕심직척이리　역가위여　석자조간자사왕량여폐해승　종일

而不獲一禽. 嬖奚反命曰 '天下之賤工也.' 或以告王良. 良曰
이불획일금　폐해반명왈　천하지천공야　혹이고왕량　양왈

'請復之.' 彊而後可, 一朝而獲十禽. 嬖奚反命曰 '天下之良工
청복지　강이후가　일조이획십금　폐해반명왈　천하지량공

也.' 簡子曰 '我使掌與女乘.' 謂王良. 良不可, 曰 '吾爲之範我馳
야　간자왈　아사장여여승　위왕량　양불가　왈　오위지범아치

驅, 終日不獲一; 爲之詭遇, 一朝而獲十. 詩云: '不失其馳, 舍
구　종일불획일　위지궤우　일조이획십　시운　불실기치　사

矢如破.' 我不貫與小人乘, 請辭.' 御者且羞與射者比. 比而得
시여파　아불관여소인승　청사　어자차수여사자비　비이득

禽獸, 雖若丘陵, 弗爲也. 如枉道而從彼, 何也? 且子過矣. 枉己
금수 수약구릉 불위야 여왕도이종피 하야 차자과의 왕기

者, 未有能直人者也.”
자 미유능직인자야

🐢 올바른 길이 아니면 가지 않고, 그 어떤 위세에도 흔들리지
않는 것이야말로 호연지기의 근간이 되는 '떳떳함(義)'이 아니
겠는가? 그래서 맹자는 말한다. 설사 내가 비록 잠시 나를 속
이고 제후들을 따름으로써 어떤 공을 세운다 한들 그것은 '떳
떳한 일'이 아니라고. 곧 "자기를 굽혀 다른 사람을 바르게 해
준다는 것은 없었다." 맹자는 그렇게 살아가는 이들을 일컬어
'대장부'라 불렀다.

〈등문공 하滕文公 下〉 2장 종횡가인 경춘(景春)이 [등나라에 왔을
때] 맹자를 만나 말했다. "공손연(公孫衍)과 장의(張儀)야말로
참으로 대장부가 아니겠습니까? 그들이 한번 노하면 제후들
이 두려워하고, 그들이 조용히 있으면 천하의 분쟁도 그쳤습
니다."
맹자가 말했다. "그런 정도로 어찌 대장부라고 할 수 있겠소?

그대는 《예기》도 배우지 못했소? 사내가 성년이 되어 관례를 올리면 그 아비가 성인이 되는 도리를 가르쳐 주고, 여자가 시집갈 때에는 그 어미가 비로소 한 사람의 여인이 되는 도리를 가르쳐 주었다오. 대문까지 나가서 딸을 전송하며, '시집가거든 반드시 공경하는 마음으로 항상 경계하며, 어떤 경우에도 남편의 뜻을 거스르지 말라'라고 훈계했던 것이오. 그러나 순종을 올바른 도리로 삼는 것은 바로 아낙네들이나 따르는 도리라오. [곧 공손연이나 장의 따위는 제후들에게 순종해 그들의 환심을 얻어 자신의 권세와 이익을 챙긴다는 의미에서 기껏해야 부녀자 정도에 머무는 수준의 인간들이라는 것이다.] 참다운 대장부는 천하의 넓은 집에서 살고, 천하의 올바른 자리에 서 있으며, 천하의 대도를 행하노라. 뜻을 얻으면 백성과 더불어 해 나가고, 뜻을 이루지 못하면 혼자서라도 자기의 도를 실행하노라. 부귀도 그의 마음을 더럽히지 못하고 빈천도 그의 마음을 흔들지 못하며, 위협과 무력으로도 그의 마음을 굽히지 못하노라. 그런 사람을 대장부라고 부르는 것이외다."

景春曰 "公孫衍張儀, 豈不誠大丈夫哉? 一怒而諸侯懼, 安居
경 춘 왈   공 손 연 장 의   기 불 성 대 장 부 재   일 노 이 제 후 구   안 거

而天下熄."
이 천 하 식

孟子曰 "是焉得爲大丈夫乎? 子未學禮乎? 丈夫之冠也, 父命
맹 자 왈   시 언 득 위 대 장 부 호   자 미 학 례 호   장 부 지 관 야   부 명

之. 女子之嫁也, 母命之, 往送之門, 戒之曰 '往之女家, 必敬必
지   여 자 지 가 야   모 명 지   왕 송 지 문   계 지 왈   왕 지 여 가   필 경 필

戒, 無違夫子!' 以順爲正者, 妾婦之道也. 居天下之廣居, 立天
계   무 위 부 자   이 순 위 정 자   첩 부 지 도 야   거 천 하 지 광 거   입 천

下之正位, 行天下之大道, 得志, 與民由之, 不得志, 獨行其道.
하 지 정 위   행 천 하 지 대 도   득 지   여 민 유 지   부 득 지   독 행 기 도

富貴不能淫, 貧賤不能移, 威武不能屈, 此之謂大丈夫."
부 귀 불 능 음   빈 천 불 능 이   위 무 불 능 굴   차 지 위 대 장 부

🌸 맹자의 말은 간명하면서도 시원시원한 데가 있다. 그래서
맹자의 말을 듣고 있노라면 가슴 한 구석이 뻥 뚫리는 듯한 느
낌을 받게 된다. 맹자의 대장부론은 고금을 통해 많은 이들의
심금을 울린 바 있다.
"여기 언급된 공손연과 장의는 당시 지식 사회에서는 이른바
최고로 출세한 권세가들이었다. 그러나 맹자는 이들을 군주
에 기생하고 아부하는 '처첩'으로밖에는 보지 않았다. 그들이

합종연횡을 운운하지만 그것도 그들의 철학이 아니라 처세 방편에 불과하다. 합종이든 연횡이든 시국 상황과 군주의 처지에 따라 마구 가변적인 것이었다. 한마디로 그들에게는 도덕성이라는 것은 의미 없는 단어였다. …… 여기 맹자의 일관된 가치 체계는 공변성(public-mindedness)과 공개성(openness)과 독자성(autonomy)이며, 좁은 국가의 범위를 넘어서는 천하성(universality)이다. …… 맹자 사상의 가장 핵심적 근간은 바로 최후의 구절에 있다. 여기서 '위무(威武)'라는 것은 국가 권력을 말하는 것이다. 인간이 살아가면서 가장 크게 부닥치는 위무는 개인적 위무가 아니라 국가가 개인에게 부과하는 위무이다. …… 국가의 권력을 뛰어넘을 수 있는 대장부! …… 그 사나이의 진정한 용기는 실존 내면의 도덕성에서만 우러나오는 것이라고 외치고 있는 것이다." 김용옥, 《맹자 사람의 길》, 통나무, 2012, 348쪽

二.

효와 덕행을 쌓고

🌸 효는 유가 사상의 뼈대를 이루는 근본 개념 가운데 하나다. 맹자 역시 자신의 저작에서 효에 대한 말을 많이 남기고 있다. "부모에 대해 효의 덕을 다하고, 형제간에 우애의 덕을 다하며, 자녀에 대해 자애로움의 덕을 다한다. 효, 제, 자애는 종적으로는 생명의 계승과 연속을 나타내며, 횡적으로는 친근한 애정의 연계를 나타낸다. …… 만약 인류가 부모에게 불효하고, 형제간에 우애롭지 못하고, 자녀에게 자애롭지 못하다면 사람의 생활은 금방 금수처럼 되어 금수의 세계와 다를 바 없게 되고, 도덕 문화의 가치 또한 전면 붕괴되고 말 것이다." 채인

후 지음, 천병돈 옮김, 《맹자의 철학》, 예문서원, 2000, 170~171쪽

〈공손추 하公孫丑 下〉 7장 맹자가 제나라로부터 노나라로 돌아와 어머니의 장례를 치렀다. 그리고 다시 제나라로 돌아가다가, [제나라의 남쪽에 있는] 영(嬴) 땅에 머물렀다. 그때 제자 충우(充虞)가 물었다. "전날의 장사 때에는 선생님께서 저의 불

초함을 마다하지 않으시고, 관곽을 짜는 일을 맡기셨습니다. 그때는 상황이 엄중한 터라 제가 감히 여쭙지를 못했습니다. 이제 말씀을 여쭙고자 합니다. 관곽의 목재가 너무 화려했던 것은 아닌지요?"

"예전에는 관곽을 쓰는 데 일정한 법도가 없었다. 그러다가 중고 시대부터 내관(內棺)의 두께를 일곱 치로 정하고, 외곽(外郭)도 거기에 준하여 알맞게 하였다. 천자로부터 서민에 이르기까지 동일하게 적용했으니, 이것은 다만 외관의 아름다움을 위해서가 아니라, 그렇게 해야만 어버이를 장사 지내는 자식의 마음을 다할 수 있었기 때문이었다. 그러나 예법으로 금한다면 자식 된 자의 마음이 기쁠 수가 없을 것이고, 반대의 경우라도 그것을 감당할 만한 재력이 없다면 그 역시도 자식 된 자의 마음이 기쁠 수 없을 것이다. 그러니까 예법 상으로도 걸리는 게 없고, 또 그것을 감당할 만한 재력도 있으면 옛사람들도 모두 관곽을 화려하게 만들었다. 어찌 나라고 해서 그렇게 하지 못하겠느냐? 또 시체가 완전히 자연으로 돌아갈 때까지만이라도 흙이 살에 직접 닿지 않게 하는 것이 자식 된 자의 마음에도 좋지 않겠느냐? 내가 이런 말을 들은 적이 있다. '군자는 세상 사람들의 이목이 두려워 자기 어버이의 장례를 인색하게 치르지는 않는다.'"

孟子自齊葬於魯, 反於齊, 止於嬴. 充虞請曰 "前日, 不知虞之
맹자자제장어로 반어제 지어영 충우청왈 전일 부지우지

不肖, 使虞敦匠事. 嚴, 虞不敢請. 今願竊有請也, 木若以美然."
불초 사우돈장사 엄 우불감청 금원절유청야 목약이미연

曰 "古者棺槨無度, 中古棺七寸, 槨稱之. 自天子達於庶人, 非直
왈 고자관곽무도 중고관칠촌 곽칭지 자천자달어서인 비직

爲觀美也, 然後盡而人心. 不得, 不可以爲悅; 無財, 不可以爲
위관미야 연후진이인심 부득 불가이위열 무재 불가이위

悅. 得之爲有財, 古之人皆用之, 吾何爲獨不然? 且比化者, 無
열 득지위유재 고지인개용지 오하위독불연 차비화자 무

使土親膚, 於人心獨無恔乎? 吾聞之也, '君子不以天下儉其親.'"
사토친부 어인심독무교호 오문지야 군자불이천하검기친

〈등문공 상滕文公 上〉 2장 등나라 정공(正公)이 죽자, 세자인 문공이
사부인 연우(然友)에게 말했다. "지난번 맹자께서 송나라에서
저에게 많은 가르침을 주셨는데, 그 말들이 내 마음속에서
끝내 잊히지 않습니다. 이제 불행하게도 국상을 당했으니,
선생께서 [이웃 추나라에 가서서] 맹자에게 장례에 관해 여
러 가지로 물어보신 뒤 일을 치르고 싶습니다."

이에 연우가 추나라로 가서 맹자에게 물었더니, 맹자가 말했다. "세자께서 선생을 보내 묻게 하다니, 참 잘한 일입니다. 부모의 상은 본래 자식이 마음을 다해 모시는 것입니다. 증자께서 이렇게 말했습니다. '부모가 살아계실 때에도 예를 갖추어 섬기고 돌아가셨을 때에도 예를 갖추어 장례를 치르며, 또한 예를 갖추어 제사를 지내면 효성스럽다고 말할 수 있다.' 제후들의 장례 예법에 대해서는 내가 아직 배우지는 못했지만, 일찍이 이런 말을 들은 적이 있습니다. 부모가 돌아가신 뒤에는 반드시 삼년상을 치르는데, 삼베로 만든 거친 상복을 입고 묽은 죽을 먹어야 합니다. 이것은 천자로부터 서민에 이르기까지 하, 은, 주 삼대가 공통으로 지켰던 법도입니다."

연우가 돌아가 그대로 아뢰자, 문공은 삼년상을 지키기로 결정했다. 그러자 종실의 어른들과 조정의 백관들이 모두 반대하며 이렇게 말했다. "우리의 종주국인 노나라의 역대 군주들도 삼년상을 치르지 않았고, 우리 등나라의 역대 선조들도 또한 삼년상을 치르지 않았습니다. 그런데 세자의 대에 와서 지금까지의 예법을 어긴다는 것은 안 됩니다. 또한 기록에도 '상례와 제사는 선조를 따른다'라고 하였고, '우리에게는 우리들만의 전해 오는 예법이 있다'라고 하였습니다."

[이러한 반대에 봉착한] 문공이 연우에게 말했다. "내가 예전에는 학문을 하지 않고, 말 달리기와 칼 쓰기만 좋아했습니다. 그래서 지금 종실의 어른들과 조정의 백관들이 나를 부족하게 여기고, 대사를 끝까지 잘 치러내지 못할까 봐 걱정하고 있습니다. 선생께선 내 대신 맹자에게 물어봐 주십시오."

연우가 다시 추나라로 가서 맹자에게 물었더니, 맹자가 말했다. "그렇겠지요. 하지만 부모의 상은 다른 사람에게 구해서는 안 되는 것입니다. 공자께서 이렇게 말씀하셨습니다. '임금이 죽으면 세자는 나라의 정사를 모두 [재상인] 총재(冢宰)에게 맡기고, 자신은 죽을 마시며 초췌하게 검푸른색을 띤 얼굴로 상주 자리에 나아가 곡을 한다. 그러면 백관이나 유사들도 모두 감동하여 슬퍼하지 않을 수 없으니, 그것은 세자가 솔선했기 때문이다.' 위에 있는 사람이 무엇이든 좋아하여 그 진심을 보이면 아랫사람은 반드시 그보다 더 좋아하게 마련입니다. 군자의 덕행은 바람이고, 소인의 덕행은 풀과도 같습니다. 풀은 바람을 맞으면 반드시 눕혀지게 마련이지요. 결국 대사를 치르느냐 못 치르느냐 하는 것은 세자에게 달렸습니다."

연우가 돌아와 다시 전하자 세자가 이렇게 말했다. "그렇다. 참으로 나에게 달려 있구나."

그러고는 [빈소가 차려진] 다섯 달 동안이나 여막에 거처하면서, 명령이나 교지를 입 밖에 내지 않았다. 그러자 예전에 반대하던 조정의 백관이나 집안사람들까지도 그를 두고 예를 아는 현군이라 말했다. 그리고 [5개월 뒤 시신을 땅에 묻는] 장례를 치르자 사방에서 사람들이 구경하러 왔다. 문공의 얼굴빛이 슬프고 곡소리가 애통한 것을 보고는, 조문객 모두가 깊이 감복했다.

滕定公薨. 世子謂然友曰 "昔者, 孟子嘗與我言於宋, 於心終不
등정공흥 세자위연우왈 석자 맹자상여아언어송 어심종불

忘. 今也不幸至於大故, 吾欲使子問於孟子, 然後行事."
망 금야불행지어대고 오욕사자문어맹자 연후행사

然友之鄒, 問於孟子. 孟子曰 "不亦善乎! 親喪, 固所自盡也. 曾
연우지추 문어맹자 맹자왈 불역선호 친상 고소자진야 증

子曰 '生, 事之以禮; 死, 葬之以禮, 祭之以禮, 可謂孝矣.' 諸侯
자왈 생 사지이례 사 장지이례 제지이례 가위효의 제후

之禮, 吾未之學也; 雖然, 吾嘗聞之矣. 三年之喪, 齊疏之服, 飦
지례 오미지학야 수연 오상문지의 삼년지상 제소지복 전

粥之食, 自天子達於庶人, 三代共之."
죽지식 자천자달어서인 삼대공지

然友反命, 定爲三年之喪. 父兄百官皆不欲, 曰"吾宗國魯先君
연우반명 정위삼년지상 부형백관개불욕 왈 오종국로선군

莫之行, 吾先君亦莫之行也, 至於子之身而反之, 不可. 且志曰
막지행 오선군역막지행야 지어자지신이반지 불가 차지왈

'喪祭從先祖.' 曰'吾有所受之也.'"
상제종선조 왈 오유소수지야

謂然友曰"吾他日未嘗學問, 好馳馬試劍. 今也父兄百官不我
위연우왈 오타일미상학문 호치마시검 금야부형백관불아

足也, 恐其不能盡於大事, 子爲我問孟子!"
족야 공기불능진어대사 자위아문맹자

然友復之鄒, 問孟子. 孟子曰"然. 不可以他求者也. 孔子曰'君
연우부지추 문맹자 맹자왈 연 불가이타구자야 공자왈 군

薨, 聽於冢宰. 歠粥, 面深墨. 卽位而哭, 百官有司, 莫敢不哀,
훙 청어총재 철죽 면심묵 즉위이곡 백관유사 막감불애

先之也.' 上有好者, 下必有甚焉者矣. 君子之德, 風也, 小人之
선지야 상유호자 하필유심언자의 군자지덕 풍야 소인지

德, 草也. 草上之風, 必偃. 是在世子."
덕 초야 초상지풍 필언 시재세자

然友反命. 世子曰"然. 是誠在我."
연우반명 세자왈 연 시성재아

五月居廬, 未有命戒. 百官族人可, 謂曰知. 及至葬, 四方來觀
오월거려 미유명계 백관족인가 위왈지 급지장 사방래관

之, 顔色之戚, 哭泣之哀, 吊者大悅.
지 안색지척 곡읍지애 조자대열

〈등문공 상滕文公 上〉 5장 묵자의 주장을 따르는 이지(夷之)라는 이가 맹자의 제자인 서벽(徐辟)을 통하여 맹자에게 만나기를 청해 왔다. 이에 맹자가 말했다. "나도 꼭 만나보고 싶지만, 지금은 아직 병중이라서 못 만나겠다. 병이 나으면 내가 찾아가서 보겠으니, 이지를 오지 말게 하라."

그리고 얼마 뒤에 이지가 다시 맹자를 만나려고 했다. 맹자가 서벽에게 말했다. "내가 지금은 만날 수가 있다. 하지만 도라고 하는 것은 직설적으로 말하지 않으면 드러내 보여 줄 수 없다. 그러니 내가 단도직입적으로 말하겠다. 내 들으니 이자(夷子)는 묵적의 신봉자라고 하던데, 묵가에선 어버이의 장례를 박하게 지내는 것을 주의로 삼고 있다. 이자는 이러한 묵가의 사상으로 천하를 뒤바꾸고자 하는 사람이니, 응당 어버이의 장례를 박하게 하지 않는 것은 귀하게 여길 만한 게 아니라고 생각할 것이다. 그런데 이자 자신은 부모의 장례를 정중히 모셨다고 하니, 이는 묵가에서 천하게 여기는 유가의 도를 따라 자기 어버이를 섬긴 것이다."

서벽이 맹자의 말을 이자에게 전하자 이자가 말했다. "유자의 도리는 《서경》〈주서(周書)〉〈강고(康誥)〉에 있듯이 '옛 성현들이 백성을 사랑하기를 마치 어린아이 보살피듯 한다'라고 하던데,

이 말이 무슨 뜻이겠소이까? 그 말은 곧 사랑에는 차등이 없고, 사랑을 베풀 때에는 자기 어버이로부터 시작하라는 말이겠지요."

서벽이 이 말을 맹자에게 전하자, 맹자가 말했다. "그렇다면 이자는 참으로 사람들이 자기 형의 아들을 친애하는 마음으로 이웃집 아들을 친애한다고 여기고 있다는 것이냐? 이자는 이런 점을 취했을 따름이다. 어린아이가 기어서 우물로 빠지려고 하는 것은 어린아이의 죄가 아니다. 또한 하늘이 만물을 내실 때에는 한 뿌리에서 나오게 하셨다. [곧 부모는 모두 똑같은 부모라는 것이다.] 그런데 이자는 두 뿌리에서 태어났다고 보기 때문에 [곧 이자는 나의 부모는 다른 이의 부모와 다르다고 여기기에 어버이의 장사를 박하게 지내자는 것이다]. 아주 옛날에 자기 어버이를 매장하지 않는 자가 있었다. 자기 어버이가 죽자, 그 시체를 들고 나가 산골짜기에 내버렸다. 나중에 그가 그곳을 지나다 보니, 여우와 너구리가 그 시체를 뜯어 먹고, 파리와 모기가 빨아 먹고 있었다. 그는 이마에 식은땀을 흘리면서 눈길을 옆으로 돌렸다. 차마 볼 수가 없었던 것이다. 그때 식은땀을 흘린 것은 남을 의식해서 그리한 것이 아니라, 속마음에서 우러나 얼굴에 나타난 것이다. 그래서 얼른 집으로 돌아갔다가 삼태기와 가래를 가지고 그곳으로 되돌아와, 어버이의 시체를 흙으로 덮었다. 그가 흙으로 덮어 묻은 행위가 참으로 옳은 것이라면, 후세의 효자와 어진 사람들이 자기 어버이를 매장하는 것 또한 올바른 도리가 아니겠느냐?"

서벽이 이러한 말을 이자에게 전하자 이자가 멍청하니 한참이나 있다가 말했다. "맹자께서 저를 깨우쳐 주셨습니다."

墨者夷之, 因徐辟而求見孟子. 孟子曰 "吾固願見, 今吾尙病,
묵 자 이 지 인 서 벽 이 구 견 맹 자   맹 자 왈   오 고 원 견   금 오 상 병

病愈, 我且往見, 夷子不來!"
병 유 아 차 왕 견 이 자 불 래

他日, 又求見孟子. 孟子曰 "吾今則可以見矣. 不直, 則道不見,
타 일 우 구 견 맹 자   맹 자 왈   오 금 즉 가 이 견 의   부 직   즉 도 불 현

我且直之. 吾聞夷子墨者, 墨之治喪也, 以薄爲其道也. 夷子思
아 차 직 지 오 문 이 자 묵 자   묵 지 치 상 야   이 박 위 기 도 야   이 자 사

以易天下, 豈以爲非是而不貴也? 然而夷子葬其親厚, 則是以
이 역 천 하 기 이 위 비 시 이 불 귀 야   연 이 이 자 장 기 친 후   즉 시 이

所賤事親也. 徐子以告夷子."
소 천 사 친 야 서 자 이 고 이 자

夷子曰 "儒者之道, 古之人若保赤子, 此言何謂也? 之則以爲
이 자 왈   유 자 지 도   고 지 인 약 보 적 자   차 언 하 위 야   지 즉 이 위

愛無差等, 施由親始."
애 무 차 등 시 유 친 시

徐子以告孟子. 孟子曰 "夫夷子信以爲人之親其兄之子, 爲若
서 자 이 고 맹 자 맹 자 왈 부 이 자 신 이 위 인 지 친 기 형 지 자 위 약

親其隣之赤子乎? 彼有取爾也. 赤子匍匐將入井, 非赤子之罪
친 기 린 지 적 자 호 피 유 취 이 야 적 자 포 복 장 입 정 비 적 자 지 죄

也. 且天之生物也, 使之一本, 而夷子二本故也. 蓋上世嘗有不
야 차 천 지 생 물 야 사 지 일 본 이 이 자 이 본 고 야 개 상 세 상 유 부

葬其親者. 其親死, 則擧而委之於壑, 他日過之, 狐狸食之, 蠅
장 기 친 자 기 친 사 즉 거 이 위 지 어 학 타 일 과 지 호 리 식 지 승

蚋姑嘬之. 其顙有泚, 睨而不視. 夫泚也, 非爲人泚, 中心達於
예 고 최 지 기 상 유 차 예 이 블 시 부 차 야 비 위 인 차 중 심 달 어

面目. 蓋歸反虆裡而掩之. 掩之誠是也, 則孝子仁人之掩其親,
면 목 개 귀 반 누 리 이 엄 지 엄 지 성 시 야 즉 효 자 인 인 지 엄 기 친

亦必有道矣."
역 필 유 도 의

徐子以告夷子. 夷子憮然爲閒, 曰 "命之矣."
서 자 이 고 이 자 이 자 무 연 위 한 왈 명 지 의

〈이루 上離婁 上〉 11장 맹자가 말했다. "도가 가까이 있는데도 먼
곳에서만 찾으며, 일이 쉬운 데 있는데도 어려운 데에서만
찾는다. 사람마다 자기의 어버이를 어버이로 섬기고 자기의

윗사람을 윗사람으로 모시면, 천하가 화평해질 것이다."

孟子曰 "道在爾而求諸遠, 事在易而求諸難, 人人親其親長其
맹 자 왈   도 재 이 이 구 저 원   사 재 이 이 구 저 난   인 인 친 기 친 장 기

長而天下平."
장 이 천 하 평

〈이루 상離婁 上〉 13장 맹자가 말했다. "백이(伯夷)가 주왕(紂王)[의
폭정]을 피해 북해의 바닷가에서 은거했다. 그러다가 주나
라 문왕이 일어났다는 소문을 듣고 자신도 분연히 일어나 말
했다. '내 어찌 그에게로 가지 않으랴? 나는 서백이 늙은이
를 잘 봉양한다고 들었다.' 강태공 역시 주왕을 피해 동해 바
닷가에 은거하고 있다가 문왕이 일어났다는 소문을 듣고 자
신도 분연히 일어나 말했다. '내 어찌 그에게로 가지 않으랴?
나는 서백이 늙은이를 잘 봉양한다고 들었다.' 백이와 강태
공 두 노인은 세상 사람들이 존경하는 큰 어른인데, 이들이
주 문왕에게 돌아갔다는 것은 곧 천하의 어버이들이 주 문왕
에게로 돌아간 것이다. 천하의 어버이들이 주 문왕에게로 돌
아갔으니, 그 자식들이 어디로 가겠는가? 요즘 제후들 가운

데도 주 문왕의 어진 정치를 베푸는 자가 있다면, 7년 안에
반드시 온 천하를 다스리게 될 것이다."

孟子曰"伯夷辟紂, 居北海之濱, 聞文王作, 興曰'盍歸乎來! 吾
맹 자 왈 백 이 벽 주 거 북 해 지 빈 문 문 왕 작 흥 왈 합 귀 호 래 오

聞西伯善養老者.' 太公辟紂, 居東海之濱, 聞文王作, 興曰'盍
문 서 백 선 양 노 자 태 공 벽 주 거 동 해 지 빈 문 문 왕 작 흥 왈 합

歸乎來! 吾聞西伯善養老者.' 二老者, 天下之大老也, 而歸之,
귀 호 래 오 문 서 백 선 양 노 자 이 노 자 천 하 지 대 로 야 이 귀 지

是天下之父歸之也. 天下之父歸之. 其子焉往? 諸侯有行文
시 천 하 지 부 귀 지 야 천 하 지 부 귀 지 기 자 언 왕 제 후 유 행 문

王之政者, 七年之內, 必爲政於天下矣."
왕 지 정 자 칠 년 지 내 필 위 정 어 천 하 의

〈이루 상離婁 上〉 19장 맹자가 말했다. "누구를 섬기는 것이 가장
소중한가? 어버이를 섬기는 것이 가장 소중하다. 무엇을 지
키는 것이 가장 소중한가? 자신을 올바르게 지키는 것이 가
장 소중하다. 자신을 올바르게 지키고서 자기 어버이까지 잘
섬겼다는 얘기는 내가 들었지만, 자신도 올바르게 지키지 못
하면서 자기 어버이를 잘 섬겼다는 얘기는 이제껏 듣지 못했

다. 누군들 섬기지 않겠는가마는, 어버이를 섬기는 것이 모든 섬김의 근본이다. 무엇인들 지키지 않겠는가마는, 자기 몸을 지키는 것이 모든 지킴의 근본이다.

증자가 자기 아버지 증석을 봉양할 때 반드시 술과 고기를 올렸다. 상을 물릴 때에는 그 나머지를 누구에게 줄지 아버지에게 여쭈었다. 아버지가 '이 음식이 더 있느냐'라고 물으면, 으레 '더 있습니다'라고 대답했다. 증석이 죽은 뒤에는 증자의 아들 증원이 증자를 봉양하였다. 식사 때마다 반드시 술과 고기를 올렸지만, 상을 물리면서도 그 나머지를 누구에게 줄지 여쭙지 않았다. 증자가 '이 음식이 더 있느냐'라고 물어도 '더 없습니다'라고 대답했다. 그 남은 음식을 가지고 다시 차려 내오려는 것이었다. 증원의 태도는 이른바 입과 몸이나 봉양하는 것이니, 증자와 같은 태도가 되어야 부모의 마음까지 봉양했다고 말할 수 있다. 부모를 섬기는 태도가 증자 같아야 옳다고 하겠다."

孟子曰 "事, 孰爲大, 事親爲大; 守, 孰爲大? 守身爲大. 不失其
身而能事其親者, 吾聞之矣; 失其身而能事其親者, 吾未之聞

也. 孰不爲事? 事親, 事之本也; 孰不爲守? 守身, 守之本也. 曾
야　숙불위사　사친　사지본야　숙불위수　수신　수지본야　증

子養曾皙, 必有酒肉. 將徹, 必請所與. 問有餘, 必曰‘有.’ 曾皙
자양증석　필유주육　장철　필청소여　문유여　필왈유　증석

死, 曾元養曾子, 必有酒肉. 將徹, 不請所與. 問有餘, 曰‘亡矣.’
사　증원양증자　필유주육　장철　불청소여　문유여　왈　망의

將以復進也. 此所謂養口體者也. 若曾子, 則可謂養志也. 事親
장이부진야　차소위양구체자야　약증자　즉가위양지야　사친

若曾子者, 可也.”
약증자자　가야

〈이루 상離婁 上〉 26장 맹자가 말했다. “불효에는 세 가지가 있는
데, 자식이 없어 집안의 대가 끊기는 것이 가장 큰 불효이다.
순이 완고한 부모에게 알리지 않고 요 임금의 딸을 아내로
맞아들인 까닭은 뒤를 이을 후손이 끊어질 것을 염려해서였
다. 그래서 후세의 군자들은 순이 부모에게 아뢴 것이나 마
찬가지라고 여겼다.”

孟子曰 “不孝有三, 無後爲大. 舜不告而娶, 爲無後也, 君子以
맹자왈　불효유삼　무후위대　순불고이취　위무후야　군자이

爲猶告也."
위 유 고 야

〈이루 상離婁 上〉 27장　맹자가 말했다. "인의 실질은 바로 어버이를 섬기는 것(孝)이고, 의의 실질은 바로 형을 따르는 것(悌)이다. 지의 실질은 이 두 가지를 잘 알아서 삶이 빗나가지 않는 것이다. 예의 실질은 바로 이 두 가지를 절도 있게 잘 꾸미는 것이다. 악의 실질은 바로 이 두 가지를 즐기는 것이다. 즐길 줄 아는 경지에 이르면 [어버이를 잘 섬기고 형을 잘 따르는 마음이] 절로 우러나온다. 그런 마음이 절로 우러나오면 어찌 멈출 수 있겠는가? 어찌 멈출 수 있겠는가 하는 단계에 이르면, 자기도 모르는 사이에 발이 덩실거리고 손이 춤을 추게 된다."

孟子曰"仁之實, 事親是也, 義之實, 從兄是也; 智之實, 知斯二
맹 자 왈　인 지 실　사 친 시 야　의 지 실　종 형 시 야　지 지 실　지 사 이

者弗去是也; 禮之實, 節文斯二者是也; 樂之實, 樂斯二者, 樂
자 불 거 시 야　예 지 실　절 문 사 이 자 시 야　악 지 실　락 사 이 자　락

則生矣; 生則惡可已也. 惡可已, 則不知足之蹈之手之舞之."
즉 생 의　생 즉 오 가 이 야　오 가 이　즉 부 지 족 지 도 지 수 지 무 지

〈이루 상離婁 上〉 28장 맹자가 말했다. "천하의 백성이 크게 기뻐하며 자기에게 돌아오려 하면 누구나 기뻐할 것이다. 그런데 천하 백성이 기뻐하여 자기에게 돌아오는 것을 마치 초개같이 여긴 사람은 오직 순 임금뿐이었다. [순은 그렇게 되더라도] 어버이의 마음을 얻지 못하면 사람 노릇을 할 수 없다고 여겼고, 어버이의 인정을 받지 못하면 아들 구실을 할 수 없다고 여겼다. 순이 그렇게 어버이 섬기는 도리를 다하자, 완악하던 아버지 고수도 결국은 기뻐하기에 이르렀다. 고수같은 사람까지도 기뻐하자, 천하 모든 백성이 감화를 받았다. 고수같이 완악한 사람까지도 마음으로 기뻐하자, 천하의 아버지와 자식 사이의 도리가 확립되었다. 이렇듯 개인의 효를 넘어서 천하를 감화시킨 순의 효도야말로 큰 효도라 하겠다."

孟子曰 "天下大悅而將歸己, 視天下悅而歸己, 猶草芥也, 惟舜
맹 자 왈 천 하 대 열 이 장 귀 기 시 천 하 열 이 귀 기 유 초 개 야 유 순

爲然, 不得乎親, 不可以爲人, 不順乎親, 不可以爲子. 舜盡事
위 연 부 득 호 친 불 가 이 위 인 불 순 호 친 불 가 이 위 자 순 진 사

親之道而 瞽瞍底豫, 瞽瞍底豫而天下化, 瞽瞍底豫而天下之
친 지 도 이 고 수 저 예 고 수 저 예 이 천 하 화 고 수 저 예 이 천 하 지

爲父子者定, 此之謂大孝.”
위 부 자 자 정   차 지 위 대 효

〈이루 하離婁 下〉 13장 맹자가 말했다. “살아 계신 어버이를 봉양
하는 것만으로는 큰일을 다했다고 말할 수 없다. 돌아가신
어버이의 장례를 정중하게 치르고 나서야 큰일을 치렀다고
말할 수 있다.”

孟子曰“養生者不足以當大事, 惟送死可以當大事.”
맹 자 왈   양 생 자 부 족 이 당 대 사   유 송 사 가 이 당 대 사

〈이루 하離婁 下〉 30장 [맹자가 제나라에 머물고 있을 때] 제자인
공도자가 맹자에게 물었다. “온 나라 사람들이 모두 광장을
불효자라고 말합니다. 그런데도 선생님께선 그와 가깝게 교
류하시고, 게다가 예의를 갖추어 대하시니, 감히 묻건대 어
째서 그러시는지요?”
이에 맹자가 다음과 같이 대답했다. “세속에서 말하는 불효

에는 다섯 가지가 있다. 사지의 편안함만을 추구하여 부모를 잘 봉양하지 못하는 것이 첫 번째 불효이다. 주사위놀음이나 바둑으로 시간을 허비하고 술 마시기를 좋아해서 부모를 잘 봉양하지 못하는 것이 두 번째 불효이다. 재물을 좋아하고 자기 처자식만 귀여워하느라 부모를 잘 봉양하지 못하는 것이 세 번째 불효이다. 자신의 육체적인 쾌락을 추구하느라 부모를 치욕스럽게 만드는 것이 네 번째 불효이다. 쓸데없는 용기를 좋아하고 싸움질을 일삼아 부모까지 위험에 빠뜨리는 것이 다섯 번째 불효이다. 그런데 광장이 이 가운데 한 가지라도 저질렀단 말이냐? 광장은 아들로서 [자신의 어머니가 잘못했다고 살해하여 집 마구간에 매장해 버린] 아버지에게 선한 일을 하시라고 권면하다가, 서로 의견이 맞지 않아 사이가 벌어졌을 따름이다. 선한 일을 하라고 권면하는 것은 벗들 사이에서나 할 도리이다. 아버지와 아들 사이에 선한 일을 권면하다가는 부자간 은애의 정을 크게 해치게 된다. 광장이라고 어찌 자기 아내와 자식을 거느리고 단란한 가정을 꾸며 아버지를 잘 모시고 싶지 않았겠느냐? 하지만 이왕 아버지에게 득죄할 수밖에 없는 상황이 되어 아버지를 지근거리에서 모실 수 없게 되자, 그는 눈물을 머금고 아내를 내

보내고 자식을 멀리 보내 버림으로써 죽을 때까지 그들의 봉양을 받지 않았던 것이다. 그는 마음먹기로 그렇게 하지 않으면 자신의 죄가 더 커질 것으로 생각했던 것이다. 광장이 한 짓은 이것뿐이었다."

公都子曰"匡章, 通國皆稱不孝焉, 夫子與之遊, 又從而禮貌之,
공도자왈 광장 통국개칭불효언 부자여지유 우종이례모지

敢問何也?"
감문하야

孟子曰"世俗所謂不孝者五: 惰其四肢, 不顧父母之養, 一不孝
맹자왈 세속소위불효자오 타기사지 불고부모지양 일불효

也; 博奕好飲酒, 不顧父母之養, 二不孝也; 好貨財私妻子, 不
야 박혁호음주 불고부모지양 이불효야 호화재사처자 불

顧父母之養, 三不孝也; 從耳目之欲, 以爲父母戮, 四不孝也;
고부모지양 삼불효야 종이목지욕 이위부모륙 사불효야

好勇鬪狠, 以危父母, 五不孝也. 章子有一於是乎? 夫章子, 子
호용투랑 이위부모 오불효야 장자유일어시호 부장자 자

父責善而不相遇也. 責善, 朋友之道也. 父子責善, 賊恩之大者.
부책선이불상우야 책선 붕우지도야 부자책선 적은지대자

夫章子豈不欲有夫妻子母之屬哉? 爲得罪於父, 不得近, 出妻
부장자기불욕유부처자모지속재 위득죄어부 부득근 출처

屛子, 終身不養焉. 其設心以爲不若是, 是則罪之大者, 是則章
병자 종신불양언 기설심이위불약시 시즉죄지대자 시즉장

子已矣.”
자 이 의

〈이루 하離婁 下〉31장 증자가 [자신의 고향인] 노나라의 무성(武城)에서 [국부의 대접을 받으며] 살고 있을 때 월나라 군대가 쳐들어왔다. 어떤 사람이 그에게 물었다. "월나라 군대가 쳐들어오고 있는데, 왜 이곳을 떠나지 않으십니까?"

이에 증자는 [집안을 돌보는 이에게] 말했다. "다른 사람을 내 집에 들이지 말고, 정원의 화초와 나무를 망가뜨리지 않도록 해라."

월나라 군대가 물러가자 증자가 말했다. "집의 울타리와 방을 수리해 놓거라. 내 곧 돌아가겠다."

월나라 군대가 완전히 물러간 뒤에야 증자는 무성으로 돌아왔다. 그러자 주변 사람들이 이렇게 말했다. "우리 무성 사람들이 선생을 이토록 충성스럽게 공경하며 모셨는데, 선생께서는 적의 군대가 쳐들어온다고 앞장서서 피난을 가시면 백성도 이를 본받을 것이고, 또 적의 군대가 물러간 뒤에야 미적대며 몸을 사리다 돌아오셨으니, 그렇게 해서는 안 되는 게 아니었을까?"

이에 [증자의 제자인] 심유행이 이렇게 말했다. "그건 너희들이 모르는 얘기다. 예전에 선생님께서 심유 성씨 마을에 계실 때 부추라는 자가 난리를 일으켰었다. 그러나 선생님을 따르던 제자 70명은 그에 연루되어 화를 당한 사람이 없었다."

[그런데 그의 제자인] 자사가 위(衛)나라에서 벼슬할 때 제나라 군대가 쳐들어왔다. 어떤 사람이 그에게 물었다. "제나라 군대가 쳐들어오고 있는데, 왜 이곳을 떠나지 않으십니까?" 이에 자사가 이렇게 말했다. "만약에 내가 떠나면, 임금께서 누구와 함께 나라를 지키시겠느냐?"

이 두 사람에 대해서 맹자는 이렇게 말했다. "증자와 자사는 [행위는 다른 것 같지만 실제로는] 같은 도리를 지켰다. 증자는 그 나라의 스승이었고, 국부의 위치에 있었다. [그만큼 자기 한 몸이 그 자신에게만 의미가 있는 게 아니었다.] [하지만] 자사는 신하로 미천한 지위에 있었다. 증자와 자사의 처지가 뒤바뀌었다면, 마찬가지로 각자가 동일한 처신을 했을 것이다."

曾子居武城, 有越寇. 或曰 "寇至, 盍去諸?"
증 자 거 무 성 유 월 구 혹 왈 구 지 합 거 저

曰"無寓人於我室, 毁傷其薪木."
왈 무우인어아실 훼상기신목

寇退, 則曰"脩我牆屋, 我將反."
구퇴 즉왈 수아장옥 아장반

寇退, 曾子反. 左右曰"待先生如此之忠且敬也, 寇至, 則先去
구퇴 증자반 좌우왈 대선생여차지충차경야 구지 즉선거

以爲民望; 寇退, 則反. 殆於不可."
이위민망 구퇴 즉반 태어불가

沈猶行曰"是非汝所知也. 昔沈猶有負芻之禍, 從先生者七十
심유행왈 시비여소지야 석심유유부추지화 종선생자칠십

人, 未有與焉."
인 미유여언

子思居於衛, 有齊寇. 或曰"寇至, 盍去諸?"
자사거어위 유제구 혹왈 구지 합거저

子思曰"如伋去, 君誰與守?"
자사왈 여급거 군수여수

孟子曰"曾子子思同道. 曾子, 師也, 父兄也; 子思, 臣也, 微也.
맹자왈 증자자사동도 증자 사야 부형야 자사 신야 미야

曾子子思易地則皆然."
증자자사역지즉개연

〈만장 상萬章 上〉 1장 제자인 만장이 맹자에게 물었다. "순 임금이 밭에 나가서 하늘을 보고 소리 내어 울었다는데, 왜 그렇게 소리 내어 울었습니까?"

"자신을 사랑하지 않는 부모를 원망하되, 그럼에도 육친의 정을 그리워했기에 그랬던 것이다."

만장이 다시 물었다. "증자의 말씀에 '부모가 자기를 사랑해 주면 기뻐하며 오래도록 잊지 말고, 부모가 날 미워하더라도 부모의 입장을 이해하려고 노력할 뿐 원망하지 말아야 한다'라고 하였습니다. 그런즉 순 임금은 부모를 원망한 것일까요?"

"옛날에 장식(長息)이 자기의 선생인 공명고에게 이렇게 물었다. '순 임금이 밭에 가서 농사를 지었다는 이야기는 제가 이미 선생님으로부터 배웠습니다. 그러나 하늘과 부모를 보고 소리쳐 울었다는 것은 제가 이해하지 못하겠습니다.' 그러자 공명고는 '그건 네가 알 수 있는 일이 아니다'라고 말했다. 공명고의 이와 같은 대답은 효자의 마음이란 이처럼 어떤 일상의 논리로 설명할 수 없는 것을 의미한다. 나는 힘을 다해 밭을 갈아 자식 된 도리를 다했을 뿐이다. 그런데도 부모가 나를 사랑하지 않으시니 더 이상 내게 무엇이 남아 있으리오? 요 임금께서는 자기의 아홉 아들과 두 딸을 시켜 많은 가옥

과 소, 양 그리고 곡식 창고를 구비하고 논밭에서 농사짓던 순을 섬기게 했다. 그러자 천하의 많은 선비들이 순을 따랐다. 그래서 요 임금은 천하를 모두 그에게 넘겨주려고 했다. 그러나 순은 부모에게 사랑을 받지 못했다는 이유 때문에 마치 곤궁한 사람이 갈 곳 없어 하는 것 같았다. 천하의 선비들이 기꺼운 마음으로 자신에게 귀복한 것은 인간이라면 누구나 바라는 바이지만, 그것으로도 순의 근심을 풀기에는 부족했다. 아름다운 여인은 누구나 바라는 바이지만, 요 임금의 두 딸을 아내로 맞은 것으로도 그의 근심을 풀기에는 부족했다. 부자가 되는 것은 누구나 바라는 바이지만, 천하라는 거대한 부를 얻은 것으로도 그의 근심을 풀기에는 부족했다. 존귀해지는 것은 누구나 바라는 바이지만, 가장 존귀한 천자가 된 것으로도 그의 근심을 풀기에는 부족했다. 천하의 선비들이 자신에게 귀복하고, 아름다운 여인과 결혼하고, 천하라는 거대한 부를 얻었어도 순의 근심을 풀 수는 없었으며, 오직 부모에게 사랑받는 것으로써만 순의 근심을 풀 수가 있었다. 사람이 어려서는 부모만 생각하다가도, [점차 나이가 들어가며] 미인을 알게 되면 젊은 미인만 생각하게 된다. 또 처자식이 생기면 처자식만을 생각하게 된다. 그러다 벼슬을 하게 되면 임금을 생각하게 되고, 임금의 사랑을 받지 못하면 속이 달아오른다. 큰 효도는 죽을 때까지 부모를 생각하는 것이다. 나이가 쉰이 되어서도 부모를 생각하는 사람을 나는 위대한 순에게서 보았다."

萬章問曰 "舜往于田, 號泣于旻天, 何爲其號泣也?"
만장문왈   순왕우전   호읍우민천   하위기호읍야

孟子曰 "怨慕也."
맹자왈   원모야

萬章曰 "父母愛之, 喜而不忘; 父母惡之, 勞而不怨.' 然則舜怨
만장왈   부모애지 희이불망 부모오지 노이불원   연즉순원

乎?"
호

曰 "長息問於公明高曰 '舜往于田, 則吾旣得聞命矣; 號泣于旻
왈   장식문어공명고왈   순왕우전   즉오기득문명의   호읍우민

天, 于父母, 則吾不知也.' 公明高曰 '是非爾所知也.' 夫公明高
천   우부모   즉오부지야   공명고왈   시비이소지야   부공명고

以孝子之心, 爲不若是恝, 我竭力耕田, 共爲子職而已矣, 父母
이효자지심 위불약시괄 아갈력경전 공위자직이이의 부모

之不我愛, 於我何哉? 帝使其子九男二女, 百官牛羊倉廩備, 以
지불아애 어아하재   제사기자구남이녀   백관우양창름비   이

事舜於畎畝之中, 天下之士多就之者, 帝將胥天下而遷之焉.
사순어견무지중   천하지사다취지자   제장서천하이천지언

爲不順於父母, 如窮人無所歸. 天下之士悅之, 人之所欲也, 而
위 불순어부모　여궁인무소귀　천하지사열지　인지소욕야　이

不足而解憂; 好色, 人之所欲, 妻帝之二女, 而不足而解憂; 富,
부족이해우　호색　인지소욕　처제지이녀　이부족이해우　부

人之所欲, 富有天下, 而不足而解憂; 貴, 人之所欲, 貴爲天子,
인지소욕　부유천하　이부족이해우　귀　인지소욕　귀위천자

而不足而解憂. 人悅之, 好色, 富貴, 無足而解憂者, 惟順於父
이부족이해우　인열지　호색　부귀　무족이해우자　유순어부

母可以解憂. 人少, 則慕父母; 知好色, 則慕少艾; 有妻子, 則慕
모가이해우　인소　즉모부모　지호색　즉모소애　유처자　즉모

妻子; 仕則慕君, 不得於君則熱中. 大孝終身慕父母. 五十而慕
처자　사즉모군　부득어군즉열중　대효종신모부모　오십이모

者, 予於大舜見之矣."
자　여어대순견지의

〈만장 상萬章 上〉 2장 만장이 맹자에게 물었다. "《시경》〈제풍(齊風)〉〈남
산(南山)〉에 이런 시가 있습니다. '아내를 얻으려면 어떻게 해야
하나? 반드시 어버이께 아뢰어야지.' 이 말이 옳다면, 순 임
금처럼 행동해서는 안 되겠지요. 순 임금이 부모에게 알리지
않고 장가든 까닭은 어째서입니까?"

"[순 임금의 부모가 순 임금을 미워했기 때문에] 만약 알렸

다면 장가를 들 수 없었을 것이다. 남녀가 결혼하여 함께 사는 것은 인간의 윤리 가운데서도 가장 큰일이다. 그런데 만약 부모에게 알렸다가는 인간 윤리의 큰일을 그르치게 되고, 나아가서는 부모를 원망하게 될 판이었다. 그래서 부모에게 알리지 않았던 것이다."

만장이 다시 물었다. "순 임금이 부모에게 알리지 않고 장가를 든 까닭에 대해서는 제가 알아듣겠습니다. 그러나 요 임금이 순에게 딸을 시집보내면서도 순의 부모에게 알리지 않은 까닭은 무엇입니까?"

"요 임금도 또한 순의 부모에게 알렸다간 딸을 순에게 시집보낼 수 없다는 것을 알고 계셨기 때문이다."

만장이 다시 물었다. "[전하는 바에 의하면] 순의 부모는 순에게 양식 창고를 고치라고 하고는, 순이 지붕에 올라가자 사다리를 치워 버렸습니다. 그러고는 아버지 고수가 창고에 불을 질렀습니다. 또 순에게 우물을 치게 하고는, 순이 밖으로 나오려고 하자 그대로 흙을 들이부었습니다. [순이 죽었다고 생각한] 순의 이복동생 상은 이렇게 생각했지요. '내 형 도군을 모해한 것은 모두 나의 공적이다. [이제는 형의 재산을 분배하되] 소와 양은 부모님께 드리고, 방패와 창은 내가 갖고, 거문고와 붉은 활도 내가 갖도록 하자. 그리고 아리따운 두 형수도 내 잠자리를 받들게 하자.' [이렇게 생각하며] 상이 순의 집으로 찾아가자, 순은 태연하게 평상에서 거문고를 타고 있었습니다. 상은 [얼떨결에] '울적하니 형님 걱정을 하고 있었습니다'라고 말하며 계면쩍어했지요. 그러자 순은 '이 많은 신하와 백성을 네가 나에게 와서 함께 다스렸으면 한다'라고 말했습니다. 모르겠습니다마는 도대체 순은 상이 자기를 죽이려고 했다는 것을 몰랐던 것입니까?"

"왜 몰랐겠느냐? [다만 형제의 정으로] 상이 근심하면 자기도 근심하고, 상이 기뻐하면 자기도 기뻐했을 것이다."

만장이 다시 물었다. "그렇다면 순이 거짓으로 기뻐한 것입니까?"

"아니다. 옛날에 어떤 사람이 정나라 대부인 자산에게 살아 있는 물고기를 드시라고 보낸 적이 있었다. 그러자 자산은 연못 지기를 시켜 그 물고기를 연못에 놓아 기르라고 했다. 그러나 연못 지기는 그 물고기를 삶아 먹었다. 그리고는 돌아와서 말했다. '그 물고기를 연못에다 놓아주자 처음에는 얼떨떨해하며 맴돌더니 잠시 뒤에는 펄떡거리며 꼬리를 치다가 멀찌감치 달아나 버렸습니다.' 그 말을 듣고 자산은 '제

살 곳을 찾았구나. 제 살 곳을 찾았어'라고 말했다. 연못 지기는 밖으로 나와서 이렇게 말했다. '누가 자산더러 지혜롭다고 말하는가? 내가 벌써 그 물고기를 삶아 먹었는데도, '제 살 곳을 찾았구나. 제 살 곳을 찾았어'라고 말하다니.' 그러므로 군자는 이치에 맞는 방법으로 속일 수는 있어도, 이치에 맞지 않는 방법으로는 속일 수 없다. 상이 형을 사랑하는 도리를 내세우고 왔으므로 순도 정말 믿고 기뻐한 것이지, 어찌 거짓으로 기쁜 척했겠느냐?"

萬章問曰"詩云, '娶妻如之何? 必告父母.' 信斯言也, 宜莫如
만장문왈　시운　취처여지하　필고부모　신사언야　의막여

舜. 舜之不告而娶, 何也?"
순　순지불고이취　하야

孟子曰"告則不得娶, 男女居室, 人之大倫也. 如告, 則廢人之
맹자왈　고즉부득취　남녀거실　인지대륜야　여고　즉폐인지

大倫, 以懟父母, 是以不告也."萬章曰'舜之不告而娶, 則吾旣
대륜　이대부모　시이불고야　만장왈　순지불고이취　즉오기

得聞命矣; 帝之妻舜而不告, 何也?"
득문명의　제지처순이불고　하야

曰"帝亦知告焉則不得妻也."
왈　제역지고언즉부득처야

萬章曰 "父母使舜完廩, 捐階, 瞽瞍焚廩. 使浚井, 出, 從而揜之.
만 장 왈　부모사순완름　연제　고수분름　사준정　출　종이엄지

象曰 '謨蓋都君咸我績. 牛羊父母; 倉廩, 父母. 干戈, 朕; 琴, 朕;
상 왈　모개도군함아적　우양부모　창름 부모　간과 짐　금 짐

弤, 朕; 二嫂, 使治朕棲.' 象往入舜宮, 舜在牀琴. 象曰 '鬱陶思
저 짐　이수　사치짐서　상왕입순궁　순재상금　상왈 '울도사

君爾.' 忸怩. 舜曰 '惟茲臣庶, 汝其于予治.' 不識舜不知象之將
군이　육니　순왈 '유자신서　여기우여치　불식순부지상지장

殺己與?"
살기여

曰 "奚而不知也? 象憂亦憂, 象喜亦喜."
왈　해이부지야　상우역우　상희역희

曰 "然則舜僞喜者與?"
왈　연즉순위희자여

曰 "否. 昔者有饋生魚於鄭子産, 子産使校人畜之池. 校人烹
왈　부　석자유궤생어어정자산　자산사교인축지지　교인팽

之, 反命曰 '始舍之, 圉圉焉; 少則洋洋焉; 攸然而逝.' 子産曰
지　반명왈 '시사지　어어언　소즉양양언　유연이서　자산왈

'得其所哉! 得其所哉!' 校人出, 曰 '孰謂子産智? 予旣烹而食
득기소재　득기소재　교인출　왈 '숙위자산지　여기팽이식

之, 曰, 得其所哉, 得其所哉.' 故君子可欺以其方, 難罔以非其
지　왈　득기소재　득기소재　고군자가기이기방　난망이비기

道. 彼以愛兄之道來, 故誠信而喜之, 奚僞焉?"
도　피이애형지도래　고성신이희지　해위언

〈진심 上盡心 上〉 35장 [맹자의 제자인] 도응이 맹자에게 물었다.

"순 임금이 천자로 있고, 고요가 법관으로 있는데, 순 임금의 아버지 고수가 사람을 죽였다면 어떻게 했을까요?"

맹자가 말했다. "고요가 고수를 잡아 왔겠지."

"그렇게 하면 순 임금이 말리지 않을까요?"

"순 임금이 어떻게 말릴 수 있겠느냐? 고요가 전해 받은 법이 있다."

"그렇다면 이런 상황에서 순 임금은 어떻게 대처해야 할까요?"

"순 임금은 천하를 마치 헌신짝을 버리듯이 하고서 아버지 고수를 몰래 등에 업고 달아나 바닷가에 가서 살 것이다. 죽을 때까지 어버이를 모시고 즐겁게 지내며 천하를 잊고 살테지."

桃應問曰 "舜爲天子, 皐陶爲士, 瞽瞍殺人則如之何?"
도 응 문 왈　순 위 천 자　고 요 위 사　고 수 살 인 즉 여 지 하

孟子曰 "執之而已矣."
맹 자 왈　집 지 이 이 의

"然則舜不禁與?"
연 즉 순 불 금 여

曰 "夫舜惡得而禁之? 夫有所受之也."
왈　부순오득이금지　부유소수지야

"然則舜, 如之何?"
연즉순　여지하

曰 "舜視棄天下猶棄敝蹝也. 竊負而逃, 遵海濱而處, 終身訢然,
왈　순시기천하유기폐사야　절부이도　준해빈이처　종신흔연

樂而忘天下."
락이망천하

〈진심 盡心 上〉 39장 제나라 선왕이 삼년상의 상기를 [너무 길
다고 여겨] 줄이려고 했다. 이에 공손추가 맹자에게 물었다.
"상기를 1년으로 줄이더라도 아주 그만두는 것보다야 낫겠
지요?"

맹자가 말했다. "너의 생각은 마치 어떤 사람이 형의 팔을 비
트는 것을 보고 좀 살살 비틀라고 말해 주는 것과 같은 것이
다. 그런 사람들에게는 역시 효성과 우애를 가르쳐 주어야
할 뿐이다."

또 [제나라 선왕의 첩의 소생인] 왕자 가운데 생모가 죽은
사람이 있었는데, 왕자의 스승이 왕자를 대신해서 [제 선왕
에게] 몇 달만이라도 상복을 입게 해 달라고 청했다. 이에 대

해서 공손추가 맹자에게 물었다. "이러한 경우는 어떻습니까?"

맹자가 말했다. "이번 경우는 왕자가 삼년상을 다 치르고 싶어도 그럴 수가 없어서 상기를 줄이려 한 것이다. 비록 하루를 하더라도 아주 안 하는 것보다는 낫다. 앞서 [제 선왕의 경우는] 아무도 막지 않는데 스스로 그만두려 했기 때문에 부당하다고 말한 것이다."

齊宣王欲短喪. 公孫丑曰 "爲朞之喪, 猶愈於己乎?"
제 선 왕 욕 단 상   공 손 추 왈   위 기 지 상   유 유 어 기 호

孟子曰 "是猶或, 紾其兄之臂, 子謂之姑徐徐云爾, 亦敎之孝弟
맹 자 왈   시 유 혹   진 기 형 지 비   자 위 지 고 서 서 운 이   역 교 지 효 제

而已矣."
이 기 의

王子有其母死者, 其傅爲之請數月之喪. 公孫丑曰 "若此者, 何
왕 자 유 기 모 사 자   기 부 위 지 청 수 월 지 상   공 손 추 왈   약 차 자   하

如也?"
여 야

曰 "是欲終之而不可得也, 雖加一日, 愈於己. 謂夫莫之禁而弗
왈   시 욕 종 지 이 불 가 득 야   수 가 일 일   유 어 기   위 부 막 지 금 이 불

爲者也."
위 자 야

〈진심 하盡心 下〉 36장 [증자의 아버지] 증석이 고욤을 즐겨 먹었기에, 그가 죽은 뒤 증자는 차마 고욤을 먹지 못했다. [맹자의 제자] 공손추가 이 문제에 대해 맹자에게 물었다. "육회나 불고기와 고욤 가운데 어느 것이 더 맛있습니까?"

맹자가 말했다. "그거야 육회나 불고기가 더 맛있겠지."

공손추가 다시 물었다. "그렇다면 증자는 왜 [누구나 즐겨 먹는 까닭에 증석 역시 좋아했을] 육회나 불고기는 먹으면서도 고욤은 안 먹었습니까?

맹자가 말했다. "육회나 불고기는 모든 사람이 누구나 좋아하는 것이지만, 고욤은 자기 아버지만이 좋아했기 때문이다. 아버님이 돌아가시면 이름은 휘하더라도 성은 휘하지 않는다. 성은 씨족이 공통으로 쓰는 것이지만, 이름은 특정한 사람이 홀로 쓰는 것이기 때문이다."

曾晳嗜羊棗, 而曾子不忍食羊棗. 公孫丑問曰 "膾炙與羊棗, 孰美?"
증 석 기 양 조   이 증 자 불 인 식 양 조   공 손 추 문 왈   회 자 여 양 조   숙 미

孟子曰 "膾炙哉!"
맹 자 왈   회 자 재

公孫丑曰 "然則曾子何爲食膾炙而不食羊棗?"
공 손 추 왈   연 즉 증 자 하 위 식 회 자 이 불 식 양 조

曰 "膾炙, 所同也; 羊棗, 所獨也. 諱名不諱姓, 姓所同也, 名所
왈   회자 소동야   양조   소독야   휘명불휘성   성소동야   명소
獨也."
독야

⚫ 부모의 자식에 대한 사랑이야 말할 것도 없지만, 자식의 부
모에 대한 효는 인간만이 갖고 있는 고유한 속성이라 할 수 있
다. 그러니 효야말로 인간과 동물을 구분하는 결정적인 요소
가운데 하나라 할 만하다.

"이런 어미의 자식 사랑을 한자로는 자애(慈愛)라 칭했고, 우리
말로는 '내리사랑'이라고 불렀다. 물이 위에서 아래도 흐르듯,
사랑도 부모로부터 자식에게로 흘러내린다는 뜻이다. 이런 내
리사랑은 인간만이 아니라 모든 동물이 다 갖고 있는 것이다.
…… 그러나 부모가 베푼 사랑을 기억했다가 그 은혜를 되갚
겠다는 동물은 오로지 인간이라는 종류밖에 없다. 이 되갚으
려는 마음을 효(孝)라 칭하고 우리말로는 '치사랑'이라고 부른
다. 그러니까 동물들의 사랑은 부모로부터 자식에게로 흘러내
리기만 할 뿐 거슬러 올라가는 법이 거의 없지만, 인류만은 가
족이라는 공간에서 내리사랑과 치사랑을 주고받으면서 화목

의 꽃을 피워 낸다. …… 유의할 점은 내리사랑은 모든 동물의 유전자에 찍혀 있는 선험적으로 보편적인 것이어서 따로 강조할 필요가 없지만, 치사랑=효도는 가족이라는 인간 공동체 속에서, 경험과 의식적인 학습을 통과할 때 길러진다는 사실이다." 배병삼,《우리에게 유교란 무엇인가》, 녹색평론사, 2012, 62~63쪽

三. 군자가 남을 가르치매

😊 맹자는 사람의 본성을 신뢰했지만, 그것만으로는 부족하다고 여겼다. 곧 후천적인 교육이 없으면 본성 역시 제대로 발휘되지 못한다는 것이다. 그래서 맹자는 자신의 책 곳곳에서 교육의 중요성과 그 방법에 대해 역설했다.

〈진심 상盡心 上〉 36장 맹자가 [제나라의 작은 도시인] 범읍에서 제나라 도성[인 임치]에 갔다가 제나라 임금의 아들을 먼발치에서 바라보고 탄식했다. "환경이 사람의 기상을 저처럼 바꿔 주고, 음식이 사람의 몸을 저처럼 바꿔 주는구나! 환경의 영향은 참으로 중요한 것이구나. 모두들 다 같은 사람의 자식이 아니던가?"

맹자가 또 말했다. "왕자의 궁실이나 거마, 의복 등은 모두 여느 사람도 그만한 수준을 유지할 수 있다. 그런데도 왕자가 저처럼 잘난 까닭은 그의 환경이 그렇게 만들었기 때문이다. 하물며 천하에서 가장 넓은 곳에 거하는 자야 일러 무엇하리오? 예전에 노나라 임금이 송나라에 가서 [송나라의 성문인] 질택의 문을 열라고 소리쳤다. 그러자 문지기가 이분은 우리 임금님이 아니신데 어째서 그 목소리가 우리 임금님과 똑같으시냐고 말했다. 그것은 다른 게 아니라 그들이 사는 환경이 비슷하기 때문이다."

孟子自范之齊, 望見齊王之子. 喟然嘆曰"居移氣, 養移體, 大
맹자 자범 지제 망견 제왕지자 위연탄왈 거이기 양이체 대

哉居乎! 夫非盡人之子與?"
재거호 부비진인지자여

孟子曰"王子宮室車馬衣服, 多與人同, 而王子若彼者, 其居使
맹자왈 왕자궁실거마의복 다여인동 이왕자약피자 기거사

之然也. 況居天下之廣居者乎? 魯君之宋, 呼於垤澤之門. 守者
지연야 황거천하지광거자호 노군지송 호어질택지문 수자

曰 '此非吾君也, 何其聲之似我君也?' 此無他, 居相似也."
왈 차비오군야 하기성지사아군야   차무타 거상사야

※ 후천적인 교육과 환경의 중요성을 가장 잘 설명해 주는 대목이다. 전설 같은 이야기로 치부되고 있기는 하지만, '맹모삼천(孟母三遷)'이라는 맹자 자신에 대한 에피소드 역시 이것과 밀접한 연관이 있다.

〈이루 상離婁 上〉 18장 제자 공손추가 맹자에게 물었다. "군자가 자기 아들을 직접 가르치지 않는 까닭은 무엇 때문입니까?"

맹자가 말했다. "그렇게 되지 않기 때문이다. 가르친다는 것은 반드시 바른 도리로 해야만 한다. 그런데 가르침을 받는 아들이 바른 도리를 행하지 못하면, 그로 인해 [그 아비는] 분노가 일게 된다. 그로 인해 분노가 일게 되면, 도리어 부자지간의 정리가 상하게 된다. [아들은 이렇게 생각할 것이다.] '아버지가 나에게 올바른 도리를 가르쳤건만, 아버지가 화내는 것은 올바른 도리에서 나온 게 아니다.' 이렇게 되면 부자지간의 정리가 상하게 되는 것이다. 부자지간의 정리가 상하는 것은 정말 나쁜 일이다. 그래서 예로부터 사람들은 서로 자식을 바꾸어서 가르쳤다. 이것은 부자지간에 선을 강요하지 않기 위해서다. 부자지간에 선을 강요하게 되면 서로 사이가 멀어진다. 사이가 멀어지는 것보다 더 큰 불상사는 없는 것이다."

公孫丑曰 "君子之不教子, 何也?"
공 손 추 왈   군 자 지 불 교 자   하 야

孟子曰 "勢不行也. 教者必以正; 以正不行, 繼之以怒; 繼之以
맹 자 왈　세 불 행 야　교 자 필 이 정　이 정 불 행　계 지 이 노　계 지 이

怒, 則反夷矣. '夫子教我以正, 夫子未出於正也. 則是父子相夷
노　즉 반 이 의　부 자 교 아 이 정　부 자 미 출 어 정 야　즉 시 부 자 상 이

也.' 父子相夷, 則惡矣. 古者易子而教之. 父子之間不責善. 責
야　부 자 상 이　즉 악 의　고 자 역 자 이 교 지　부 자 지 간 불 책 선　책

善則離, 離則不祥莫大焉."
선 즉 리　이 즉 불 상 막 대 언

❈ 사람이 살아가는 기본적인 틀은 예나 지금이나 별로 다를
게 없다는 것을 느끼게 된다. 공부 잘하는 형이 자기 동생을
가르칠 수 없고, 남편이 아내에게 운전 연수를 시켜 줄 수 없
는 까닭이 여기에 있다. 서로에 대한 지나친 기대가 오히려 큰
상처가 되는 것이다. 배움과 공부에 대한 맹자의 말은 계속 이
어진다.

〈고자 하告子 下〉 16장 맹자가 말했다. "가르치는 데에도 또한 여
러 가지 방법이 있다. 내가 가르쳐 주기를 탐탁하게 여기지
않는 것 또한 가르쳐 주는 것이다."

孟子曰"教亦多術矣! 予不屑之教誨也者, 是亦教誨之而已矣."
맹 자 왈   교 역 다 술 의   여 불 설 지 교 회 야 자   시 역 교 회 지 이 이 의

〈진심 上盡心 上〉 5장 맹자가 말했다. "행하기는 하면서도 그 도를 분명히 알지 못하고, 무엇인가를 습득하면서도 왜 그래야 하는지 살필 줄 모르며, 죽을 때까지 그런 것으로 말미암으면서도 그 도리를 모르는 사람들이 많다."

孟子曰"行之而不著焉, 習矣而不察焉, 終身由之而不知其道
맹 자 왈   행 지 이 부 저 언   습 의 이 불 찰 언   종 신 유 지 이 부 지 기 도

者, 衆也."
자   중 야

〈진심 上盡心 上〉 40장 맹자가 말했다. "군자가 남을 가르치는 방법이 다섯 가지 있다. 때를 맞춰 내리는 비가 초목을 변화시키는 것처럼 하는 방법이 있고, 스스로 덕을 이루게 해 주는 방법이 있으며, 자신의 재능을 발현케 해 주는 방법도 있다. 또 질문에 대답해 주는 방법이 있고, 직접 배우지 않고도 군자의 언행을 본받아 혼자서 덕을 잘 닦게 해 주는 사숙의 방법도

있다. 이 다섯 가지가 바로 군자가 남을 가르치는 방법이다."

孟子曰 "君子之所以教者五: 有如時雨化之者, 有成德者, 有達
맹 자 왈 　군 자 지 소 이 교 자 오 　유 여 시 우 화 지 자 　유 성 덕 자 　유 달

財者, 有答問者, 有私淑艾者. 此五者, 君子之所以教也."
재 자 　유 답 문 자 　유 사 숙 애 자 　차 오 자 　군 자 지 소 이 교 야

〈진심 하盡心 下〉 9장 맹자가 말했다. "몸소 올바른 도를 행하지 않
으면, 자신의 아내와 자식으로 하여금 그 도를 행하게 할 수
없고, 남을 부릴 때에도 도리에 맞게 하지 않으면 자신의 아
내와 자식조차도 부릴 수 없다."

孟子曰 "身不行道, 不行於妻子; 使人不以道, 不能行於妻子."
맹 자 왈 　신 불 행 도 　불 행 어 처 자 　사 인 불 이 도 　불 능 행 어 처 자

❀ 그러나 배움에서 가장 중요한 것은 배우고자 하는 사람의
마음가짐이다. 배우고자 하는 사람이 전심으로 자신의 모든
것을 걸고 배우고자 하면 가르치는 사람 역시 그에 못지않은
성의로 그를 가르칠 것이기 때문이다.

〈고자 상告子 上〉 20장 맹자가 말했다. "후예가 남에게 활쏘기를 가르칠 때에는 반드시 활 당기는 요령을 전심하여 가르쳤고, 배우는 사람도 또한 활 당기는 요령을 전심하여 배웠다. 대목이 남을 가르칠 때에는 반드시 컴퍼스와 기역 자를 가지고 가르쳤으며, 배우는 사람도 또한 컴퍼스와 기역 자를 가지고 배웠다."

孟子曰 "羿之教人射, 必志於彀, 學者, 亦必志於彀; 大匠, 誨人,
맹 자 왈   예 지 교 인 사   필 지 어 구   학 자   역 필 지 어 구   대 장   회 인

必以規矩, 學者, 亦必規矩."
필 이 규 구   학 자   역 필 규 구

✤ 그런 마음이 통했을 때에만 제대로 된 배움이 이루어질 수 있다.

〈진심 하盡心 下〉 5장 맹자가 말했다. "목수나 수레 만드는 기술자가 남에게 법도를 가르쳐 줄 수는 있지만, 그 사람만이 갖고 있는 장인의 기교는 전수할 수 없다."

孟子曰 "梓匠輪輿能與人規矩, 不能使人巧."
맹자왈 재장륜여능여인규구 불능사인교

〈진심 하盡心 下〉 21장 맹자가 고자(高子)에게 말했다. "산속의 오솔
길도 줄곧 밟고 다니면 큰길이 되지만, 한동안 다니지 않으
면 억새풀에 막혀 버리게 된다. 지금 너의 마음도 억새풀로
막혀 버리고 말았다."

孟子謂高子曰 "山徑之蹊間, 介然用之而成路; 爲間不用則茅
맹자위고자왈 산경지혜간 개연용지이성로 위간불용즉모

塞之矣. 今茅塞子之心矣."
새지의 금모새자지심의

⬛ 한마디로 항상 깨어 있고 열려 있는 마음이 있어야만 제대
로 배울 수 있다는 것이다. 그렇게 열려 있는 마음은 자신을
겸허하게 돌아보는 성찰의 기본을 이룬다. 그래서 맹자 역시
항상 자신을 돌아볼 것을 강하게 권유하고 있다.

四.

자신을 돌아보는

것이야말로

❀ 사람이 자기 자신을 돌아보는 것은 그런 과정을 통해 좀 더 나은 단계로 나아갈 수 있기 때문이다. 이것은 우리가 역사를 공부하는 이유와 그 맥을 같이한다. 왜 걸어가던 발걸음을 잠시 멈추어 지난 시간들을 돌아보는가? 그것은 지나간 역사를 '귀감(龜鑑)'으로 삼기 위해서다. 잘 알려진 대로 '귀(龜)'는 고대에 등딱지를 불에 태운 뒤 생긴 균열의 흔적을 보고 점을 친 데서 연유한 것이고, 거울을 의미하는 '감(鑑)'은 물리적인 의미에서 자신의 모습을 비추어 보는 데서 비롯된 것이다.

〈이루 상離婁 上〉 4장 맹자가 말했다. "내가 다른 사람을 사랑했건만 그가 나를 친하게 생각하지 않는다면, 자신의 어진 마음씨가 모자랐던 것은 아닌지 반성하라. 내가 다른 사람을 다스렸건만 제대로 다스려지지 않았다면, 자신의 지혜가 모자랐던 것은 아닌지 반성하라. 내가 다른 사람에게 예를 다했는데도 그가 예로써 답하지 않았다면, 자신이 공경을 다하지 못한 것은 아닌지 반성하라.

행하고서도 기대했던 결과를 얻지 못하게 되면, 항상 그 원인을 자기 자신에게서 찾아야 한다. 자기의 몸가짐이 올바르면, 천하의 사람들이 모두 나에게로 돌아온다.《시경》〈대아〉〈문왕〉에 이런 시가 있다. '길이길이 천명을 받들어 스스로 많은 복을 구하라.'"

孟子曰 "愛人不親, 反其仁; 治人不治, 反其智; 禮人不答, 反其
맹 자 왈   애 인 불 친 반 기 인   치 인 불 치 반 기 지   예 인 부 답   반 기

敬. 行有不得者, 皆反求諸己, 其身正而天下歸之. 詩云: '永言
경   행 유 부 득 자 개 반 구 저 기   기 신 정 이 천 하 귀 지   시 운   영 언

配命, 自求多福.'"
배 명   자 구 다 복

⊛ 모든 것은 자신에게서 말미암는다. 그래서 유가 사상에서는 '자기 한 사람의 몸을 닦고, 그다음에 집안을 건사하며, 그다음에 나라를 다스려 천하가 태평해진다(修身齊家治國平天下)'라고 하였던 것이다. 맹자는 이것을 반대로 풀이했다.

〈이루 상離婁 上〉 5장 맹자가 말했다. "사람들이 모두 늘 '천하 국가'라는 말을 입에 담기를 좋아한다. 그런데 천하의 근본은 제후의 나라에 있고, 나라의 근본은 대부의 집안에 있으며, 집안의 근본은 개개인의 한 몸에 있다."

孟子曰 "人有恒言, 皆曰 '天下國家.' 天下之本在國, 國之本在家,
맹자왈 인유항언 개왈 천하국가 천하지본재국 국지본재가

家之本在身."
가 지 본 재 신

⬤ 그러므로 어찌 모든 것의 출발이 내 자신에게 있다고 하지 않을 수 있겠는가?

〈이루 상離婁 上〉 8장 맹자가 말했다. "어질지 않은 자들과 어찌 함께 이야기를 할 수 있겠느냐? 그들은 위태로운 상황을 위태롭다 여기지 않고 오히려 안전하다고 여기며, 재앙을 재앙으로 여기지 않고 오히려 돈벌이할 좋은 기회로 여기며, 자신을 망하게 할 일들을 즐겨 한다. 이렇게 어질지 않은 자들이 우리에게 말을 걸어온다면, 우리는 [그들을 통해 위태로운

상황과 재앙을 간파할 수 있으므로] 나라를 망치고 패가망신할 일이 어찌 일어나겠느냐?

예전에 어떤 아이가 노래를 불렀다. '창랑의 물이 맑으면 내 갓끈을 씻을 터이고, 창랑의 물이 흐리면 내 발을 씻으리라.' 공자께서 들으시고 이렇게 말씀하셨다. '제자들아! 잘 들어보아라. 물이 맑으면 갓끈을 씻는다 하고, 물이 흐리면 발을 씻는다고 하였느니, 결국 이것은 물이 자초한 것이다.'

대저 사람은 자기 자신이 스스로를 모멸한 뒤에야 남들 역시 그를 모멸하고, 일가도 그 자체 내에서 훼손한 뒤에야 남들이 훼손하게 된다. 한 나라도 반드시 그 자체 내에서 정벌한 뒤에야 남들이 정벌을 하게 되는 것이다. 《서경》〈태갑〉 편에도 이런 말이 있다. '하늘이 지은 재앙은 오히려 벗어날 수 있지만, 내 스스로 지은 재앙은 도저히 빠져 나갈 길이 없다.' 바로 이것을 두고 한 말이다."

孟子曰 "不仁者可與言哉, 安其危而利其災, 樂其所以亡者, 不
맹 자 왈   불 인 자 가 여 언 재   안 기 위 이 이 기 재   낙 기 소 이 망 자   불

仁而可與言, 則何亡國敗家之有. 有孺子歌曰, 滄浪之水淸兮,
인 이 가 여 언   즉 하 망 국 패 가 지 유   유 유 자 가 왈   창 랑 지 수 청 혜

可以濯我纓, 滄浪之水濁兮, 可以濯我足. 孔子曰, 小子聽之,
가 이 탁 아 영 창 랑 지 수 탁 혜 가 이 탁 아 족 공 자 왈 소 자 청 지

清斯濁纓, 濯斯濯足矣, 自取之也. 夫人必自侮然後, 人侮之,
청 사 탁 영 탁 사 탁 족 의 자 취 지 야 부 인 필 자 모 연 후 인 모 지

家必自毀而後, 人毀之, 國必自伐而後, 人伐之. 太甲曰, 天作
가 필 자 훼 이 후 인 훼 지 국 필 자 벌 이 후 인 벌 지 태 갑 왈 천 작

孽猶可違, 自作孽不可活, 此之謂也."
얼 유 가 위 자 작 얼 불 가 활 차 지 위 야

〈이루 하離婁 下〉 25장 맹자가 말했다. "[절세미인이라는] 서시라
하더라도 몸에 더러운 것을 뒤집어쓰고 있다면, 사람들이 모
두 코를 막고 그를 피해 갈 것이다. 그러나 얼굴이 아무리 추
악한 사람일지라도 목욕재계하여 몸과 마음을 깨끗하게 하
면 하늘에 제사 지낼 수 있다."

孟子曰 "西子蒙不潔 則人皆掩鼻而過之. 雖有惡人, 齊戒沐浴
맹 자 왈 서 자 몽 불 결 즉 인 개 엄 비 이 과 지 수 유 악 인 제 계 목 욕

則可以祀上帝."
즉 가 이 사 상 제

〈고자 상告子 上〉 15장 공도자가 맹자에게 물었다. "다 같은 사람인데도 어떤 사람은 대인이 되고 어떤 사람은 소인이 됩니다. 어째서 그렇습니까?"

맹자가 이렇게 대답했다. "자기의 큰 몸, 즉 마음을 따르면 대인이 되고, 자기의 작은 몸, 즉 육체를 따르면 소인이 된다."

공도자가 다시 물었다. "다 같은 사람인데도 어떤 사람은 큰 몸을 따르고 어떤 사람은 작은 몸을 따른다니, 어째서 그렇습니까?"

"귀나 눈과 같은 인간의 감각기관은 사고를 하지 못하기 때문에 객관적인 외계의 대상물에 의해 가려지게 마련이다. 외계 대상물은 끊임없이 인간의 감각기관과 교섭하면서 그 감각 작용을 촉발할 따름이다. 그러나 마음이라는 기관은 사고를 한다. 사고하면 도리를 터득하게 된다. 사고하지 않고서는 도리를 터득할 수 없다. 이 두 가지는 모두 하늘이 나에게 부여한 것이다. 그러므로 내 몸의 다양한 기관의 기능 가운데 큰 것이 확립되면 작은 것이 그 지위를 빼앗지 못한다. 이렇게 되면 대인이 되는 것이다."

公都子問曰 "鈞是人也, 或爲大人, 或爲小人, 何也?"
공도자문왈 균시인야 혹위대인 혹위소인 하야

孟子曰 "從其大體爲大人, 從其小體爲小人."
맹자왈 종기대체위대인 종기소체위소인

曰 "鈞是人也, 或從其大體, 或從其小體, 何也?"
왈 균시인야 혹종기대체 혹종기소체 하야

曰 "耳目之官不思, 而蔽於物. 物交物, 則引之而已矣. 心之官
왈 이목지관불사 이폐어물 물교물 즉인지이이의 심지관

則思, 思則得之, 不思則不得也. 此天之所與我者. 先立乎其大
즉사 사즉득지 불사즉부득야 차천지소여아자 선립호기대

者, 則其小者不能奪也. 此爲大人而已矣."
자 즉기소자불능탈야 차위대인이이의

❀ 그러므로 자신을 되돌아보는 반성을 통해 자신이 욕구하는 것이 무엇인지 알고 나서 겸허한 마음으로 천명을 따를 것이다. 삶의 근본은 생에 대한 욕구이나, 사람이 이 세상을 살아가는 데 있어 자신의 의지대로 되지 않는 것은 하늘의 뜻에 맡기라는 것이다.

〈진심 상盡心 上〉 1장 맹자가 말했다. "자기의 마음을 다하면 자기의 본성을 알 수 있다. 자기의 본성을 알게 되면, 하늘을 알 수 있다. 그 마음의 훌륭한 측면들을 잘 보존하고, 자기의 본성을 잘 기르는 것이 바로 하늘을 섬기는 길이다. 사람이 살다 보면 일찍 죽을 수도 있고, 오래 살 수도 있거니와 그로 인해 마음이 흐트러져서는 안 된다. 오직 자신의 심신을 닦으며 천명을 기다리는 것이야말로 천명을 내 삶 속에 확립하는 길이다"

孟子曰"盡其心者, 知其性也. 知其性, 則知天矣. 存其心, 養其
맹자왈   진기심자 지기성야 지기성 즉지천의 존기심 양기

性, 所以事天也. 殀壽不貳, 脩身以俟之, 所以立命也."
성 소이사천야 요수불이 수신이사지 소이립명야

〈진심 상盡心 上〉 2장 맹자가 말했다. "사람이 살아가는 데 있어 천명 아닌 것이 없다. 그렇기 때문에 올바른 천명을 순리로 받아들이는 것이 중요하다. 그러므로 천명을 아는 사람은 곧 무너질 담장 밑에는 서지 않는다. 정당한 도리를 다하고 죽는 것이야말로 올바른 천명이다. 죄를 짓고 질곡에 빠져 죽는 것은 올바른 천명이 아니다."

孟子曰 "莫非命也, 順受其正. 是故, 知命者, 不立乎巖墻之下.
맹 자 왈   막 비 명 야   순 수 기 정   시 고   지 명 자   불 립 호 암 장 지 하

盡其道而死者, 正命也. 桎梏死者, 非正命也."
진 기 도 이 사 자   정 명 야   질 곡 사 자   비 정 명 야

〈진심 上盡心 上〉 3장 맹자가 말했다. "[인간의 본성과 같은 것은]
구하면 얻어지고 내버려 두면 없어진다. 이러한 경우에는 구
하려는 행위가 그것을 얻는 데 유익하다. 왜냐하면 구하려는
것이 본래부터 내 안에 있기 때문이다. [이와 반대로 부귀영
화와 같이] 구하는 데에도 달리 방법이 있고, 얻는 데에도 천
명이 있는 경우가 있다. 이럴 때에는 구하려는 행위가 그것
을 얻는 데 무익하다. 왜냐하면 구하려는 것이 본래부터 나
의 바깥에 있기 때문이다."

孟子曰 "求則得之, 舍則失之, 是求有益於得也, 求在我者也.
맹 자 왈   구 즉 득 지   사 즉 실 지   시 구 유 익 어 득 야   구 재 아 자 야

求之有道, 得之有命, 是求無益於得也, 求在外者也."
구 지 유 도   득 지 유 명   시 구 무 익 어 득 야   구 재 외 자 야

⊛ 최선을 다하고 천명을 기다릴 뿐이다. 그렇기에 애당초 사

람이 욕구할 수 있는 것은 제한적일 수밖에 없다.

〈진심 상盡心 上〉 17장 맹자가 말했다. "내가 하고 싶지 않은 것은 하지 말고, 내가 원치 않는 것은 원하지 말라. 그렇게만 하면 될 뿐이다."

孟子曰 "無爲其所不爲, 無欲其所不欲, 如此而已矣."
맹 자 왈   무 위 기 소 불 위   무 욕 기 소 불 욕   여 차 이 이 의

〈진심 하盡心 下〉 35장 맹자가 말했다. "마음을 수양하려면 욕심을 적게 하는 것이 가장 좋다. 욕심이 적은 사람은 비록 본래의 마음을 잃는다 하더라도 그것은 잠깐에 그친다. 그러나 욕심이 많은 사람은 비록 본래의 마음을 지녔다 하더라도 그 역시 잠깐에 그치게 마련이다."

孟子曰 "養心莫善於寡欲. 其爲人也寡欲, 雖有不存焉者, 寡矣;
맹 자 왈   양 심 막 선 어 과 욕   기 위 인 야 과 욕   수 유 부 존 언 자   과 의

其爲人也多欲, 雖有存焉者, 寡矣."
기 위 인 야 다 욕 수 유 존 언 자 과 의

〈진심 하盡心 下〉 10장 맹자가 말했다. "이익을 추구하는 데 주도
면밀한 사람은 흉년이라 할지라도 그를 죽일 수 없고, 덕을
추구하는 데 주도면밀한 사람은 사악한 세상이라도 그를 어
지럽힐 수 없다."

孟子曰 "周于利者, 凶年不能殺; 周于德者, 邪世不能亂."
맹 자 왈   주 우 리 자   흉 년 불 능 살   주 우 덕 자   사 세 불 능 란

❀ 그 어떤 외부의 힘에도 흔들리지 않는 마음을 맹자는 '부동
심'이라 불렀다. 그러한 부동심은 안온한 온실 속에서 키워진
화초에서는 찾아볼 수 없다. 그러므로 옛말에 '젊어 고생은 돈
을 주고 사서라도 해야 한다'라고 했다. 살다 보면 여러 가지
어려움을 겪게 마련인데, 그러한 어려움은 그냥 주어지는 게
아니라 그 사람을 단련시키는 하나의 계기가 될 수도 있는 것
이다.

〈고자 하告子 下〉 15장 맹자가 말했다. "순 임금은 밭에서 일하다가 등용되었고, [은나라 왕 무정에게 발탁된] 부열은 담을 쌓다가 등용되었다. [은나라 말기의 현자인] 교격은 생선과 소금을 팔다가 등용되었고, 관중은 감옥에 갇혔다가 등용되었다. [초나라 재상] 손숙오는 바닷가에 살던 비천한 신분으로 등용되었고, 백리해는 저잣거리의 천한 신분으로 발탁되었다.

그러므로 하늘이 장차 그 사람에게 큰 임무를 내릴 때에는 반드시 먼저 그 마음과 뜻을 고통스럽게 하고, 근육과 골격까지도 수고롭게 하며, 그의 육신도 굶주리게 하고 헐벗게 하며, 하는 일마다 어긋나게 하나니, 그것은 타고난 작고 못난 성품을 인내로써 담금질하여 하늘의 사명을 능히 감당할 만하도록 그 역량을 키워 주기 위함이다. 사람들은 항상 잘못한 뒤에야 뉘우치고 고칠 줄 알며, 마음이 막히고 그 생각에 커다란 통나무가 가로지르듯 절망감이 찾아올 때 비로소 분발하며, 그 처참함이 얼굴 표정에 드러나고, 그 애절함이 목소리에 나타날 때 비로소 깨닫게 된다.

[이것은 나라의 경우도 마찬가지니] 나라 안에 법도를 지키는 세가와 임금을 보필하는 현인이 없고, 나라 밖에 대적하

는 나라와 우환이 없다면, 그 나라는 [무사안일에 빠져] 언젠가는 망하고 만다. 그러니 개인이든 국가든 이런 시련을 겪은 뒤에야 오히려 우환 속에서 살아갈 수 있고, 안락한 가운데 죽어 간다는 이치를 알게 되는 것이다."

孟子曰 "舜發於畎畝之中, 傅說擧於版築之間, 膠鬲擧於魚鹽
맹 자 왈   순 발 어 견 무 지 중   부 열 거 어 판 축 지 간   교 격 거 어 어 염

之中, 管夷吾擧於士, 孫叔敖擧於海, 百里奚擧於市. 故天將降
지 중   관 이 오 거 어 사   손 숙 오 거 어 해   백 리 해 거 어 시   고 천 장 강

大任於是人也, 必先苦其心志, 勞其筋骨, 餓其體膚, 空乏其身,
대 임 어 시 인 야   필 선 고 기 심 지   노 기 근 골   아 기 체 부   공 핍 기 신

行拂亂其所爲, 所以動心忍性, 增益其所不能. 人恒過, 然後能
행 불 란 기 소 위   소 이 동 심 인 성   증 익 기 소 불 능   인 항 과   연 후 능

改; 困於心, 衡於慮, 而後作; 徵於色, 發於聲, 而後喩. 入則無
개   곤 어 심   형 어 려   이 후 작   징 어 색   발 어 성   이 후 유   입 즉 무

法家拂士, 出則無敵國外患者, 國恒亡. 然後知生於憂患而死
법 가 불 사   출 즉 무 적 국 외 환 자   국 항 망   연 후 지 생 어 우 환 이 사

於安樂也.
어 안 락 야

〈진심 상盡心 上〉 18장 맹자가 말했다. "덕행이 뛰어나고, 지혜가 출중하며, 수완이 있고, 지모가 탁월한 사람은 항상 환난과

고난 속에서 그 자신을 단련했기 때문에 그와 같은 경지에 이른 것이다. 특히 임금에게 버림받은 신하와 어버이에게 천대받는 서자는 그 조심스러움이 늘 백척간두에 서 있듯 위태롭고, 환난이 닥칠 것을 항상 깊이 염려하기에 자연스럽게 사리에 통달해 뛰어난 인물이 많다."

孟子曰 "人之有德慧術知者, 恒存乎疢疾. 猶孤臣孼子, 其操心
맹자왈 인지유덕혜술지자 항존호진질 유고신얼자 기조심
也危, 其慮患也深, 故達."
야위 기려환야심 고달

⊛ 그러므로 자신에게 닥친 위기 상황에 절망할 것이 아니라 그것을 도약의 발판으로 삼아야 한다는 것은 시공을 초월해 누구에게나 적용되는 금과옥조가 된다. 그러므로 이 험난한 세상을 살아가는 우리에게 가장 필요한 덕목은 중도에 포기하지 않는 것인지도 모른다. 영어에도 이와 유사한 표현이 있다. "Winners never quit, quitters never win(승자는 결코 중단하지 않고, 중단하는 자는 결코 승리할 수 없다)."

〈진심 상盡心 上〉 44장 맹자가 말했다. "그만두어서는 안 되는 상황에서 그만두는 자는 무슨 일이든지 하다가 그만둘 것이다. 후대해야 할 자에게 박대하는 자는 누구에게나 박대할 것이다. 나아가는 게 재빠른 자는 그만큼 물러나는 것도 빠르다."

孟子曰 "於不可已而已者, 無所不已; 於所厚者薄, 無所不薄也.
맹 자 왈 어 불 가 이 이 이 자 무 소 불 이 어 소 후 자 박 무 소 불 박 야

其進銳者, 其退速."
기 진 예 자 기 퇴 속

현대인을 위한 고전 다시 읽기 02

맹자

보급판 1쇄 인쇄 · 2018. 7. 1.
보급판 1쇄 발행 · 2018. 7. 15.

발행인 · 이상용 이성훈
발행처 · 청아출판사
출판등록 · 1979. 11. 13. 제9-84호

주소 · 경기도 파주시 회동길 363-15
전화 · 031-955-6031 팩시밀리 · 031-955-6036
E-mail · chungabook@naver.com

ISBN 978-89-368-1130-3 04800
ISBN 978-89-368-1128-0 04800 (세트)